あの男の正体（ハラワタ）

牛島 信

あの男の正体（ハラワタ）

目次

第一章　殉死

1

どこにもあの男の姿がなかった。

あの男がいつもすわっていた席に、別の男がいた。

「取締役会を開催いたします」

静まりかえった大きな会議室に、新しい声が響く。内外海行株式会社の取締役会が始まったのだ。

なんのこともないような決まり文句がだらだらと続く。だれもが漠然とした思いのうちに聞き流してしまう。しかし、法的にみれば一分の隙もない文章に作ってある。暗記して、口にすれば、それで済むようにしてある。新任の社長なのだ、目の前に原稿まで用意されている。

議長役の新社長の声は緊張しきっていた。簡単なことなのに、震える声でしか喋れない。

無理もない。まだ二回目なのだ。だれでも取締役会の議長などといった役に慣れるには時間がかかるものだ。しかも、彼にとっては唐突な社長就任だった。一回目は、彼を社長に選ぶだけの儀式だった。実質的には今日が初めてといっていい。

だが、あの声の異様さはそれだけでは説明できない。声の震えは、彼があの男を意識せずにおれないからなのだ。

この世にいないはずのあの男が、

「いやー、遅れたな。すまんすまん」

と手をあげて、今にもドアを開けて会議室に入ってくるのではないかという気がしてならない。

「横淵君、代役ご苦労さん」

と言いながら、あの男がいつもの自分の席に座ろうと歩いてくる姿が目に浮かんでしまうのだ。

いつもの席。

それは、彼が新社長として座って、今まさに議事をとりしきっている席だった。

「なんだ、横淵君、そんなとこに座って。そこは君なんかの席じゃない。どけ、どけ」

そうあの男に怒鳴りつけられてしまいそうな気持ちが、心のどこかにあるにちがいない。おびえているのだ。

新社長になった横淵三男だけではない。あの男のことを、その場にいる取締役も監査役も事務方の人間も、だれもが横淵と同じように意識しないではいられない。

いや、一人だけ違った。はるかな高みから、冷ややかに事態を眺めている人間がいた。唇の両端を少しだけ引いたその表情は、あるいは他人には微笑しているように見えたかもしれない。

私だった。

微笑していたわけではない。社外取締役をしている弁護士の私には、この場にいる人間たちの運命の糸をたどった先の光景が、ぼんやりとではあっても目に見えるような気がしていた。もちろん、結末は複数ある。どれになるのかは、神のみぞ知るというほかない。人の一生は偶然が決めるのだ。それを必然と呼び運命と呼び替えるかどうかは、その人間の哲学による。

もうあの男はこの世にはいない。なんにしても、それが厳粛な事実だった。誰もがそこから出発するしかない。

内外海行は一流商社と言われている。

といっても、内外海行くらいの売上げや利益の会社なぞ、いくらでもある。年に二千億を売って四十億の利益。そのための従業員の数が二千人というのが、いったいどれほど自慢になるというのか。社員に優しすぎる会社だと言われて久しい。「そいつがなければ、あそこの時価総額ももっともっと高いはずなんだがね」と、いつも投資家連中が言い立てている。

時価総額とは株価のことだ。つまり、株を買った人間にすれば、自分の買った値段よりも少しでも上がってくれればうれしいというわけだ。それも一刻も早く。身勝手な言い草だ。株価がなにによって決まるかなど、誰にもわかりはしない。

そもそも、自分独りだけが金儲けしたくて、縁もゆかりもない内外海行という会社の株を買ったのではないか。他人を出し抜いたつもりで、こっそりと買ったのではなかったか。女房にもいわないでへそくりで買った株。そいつが期待どおりにポンポンと値上がりしてくれれば、すぐにでも売り払ってしまう。売ってしまえば、もう内外海行などとはなんの関係もありはしない。元の赤の他人に戻るだけだ。

そうやって儲けた金で、いったいなにをしようというのか。憧れの女性を誘って、都内の超高層ホテルのスイートルームへでもしゃれこもうというのか。そんな一人ひとりの株主の手前勝手な、綿菓子みたいな大人の夢物語が、内外海行という会社になんの関係があるというのか？

なにもありはしない。しかし、私にとっては大ありだった。私は内外海行の社外取締役なのだ。

社内でたたき上げてきた取締役とは違う立場の人間だ。名前のとおり、外の人間なのだ。私は内外海行の株主の利益のために社外取締役として存在している。そういうことになっている。

「大木先生、あ、いや、大木取締役、いかがでしょうか？」

議長役の横淵社長の声が聞こえた。いつもの先生という呼び方を慌てて取締役と言い直す。すがるような響きがあった。部長の人事案について、私の意見をきいているのだ。私に賛成だと言って欲しいのだった。

社外の取締役である私にそうした社内の人事の適否などわかろうはずもない。だが、この会社は、今、私の後押しを必要としている。

「議案のとおりで、結構ではないでしょうか」

そうゆっくりと答えてから、議長席のほうを向き、大きくうなずいてみせた。

私が内外海行の社外取締役になったのは、あの男に頼まれてのことだった。もう七年前のことになる。あの男が社長になって一年ばかりたったところだった。社外取締役などというものが必要だという世の中になってきつつあった。会社は株主のためにある、と大声で叫びたてる連中が世間で幅を利かすようになってきたからだった。そういえば、あのころ大騒ぎしていたあの連中はどこから来たのだったか。

最近はあまり見かけない。いったいどこへ行ってしまったのか。もっともちかごろは、そうした連中の代わりに外国の投資家とそこへの助言会社が厳しく独立した社外取締役を要求している。名だたる巨大企業がたじたじだ。それどころか、いずれは日本政府が法律で強制することになるだろう。あれもこれも、時代ということなのだ。


七年前、あの男が、「おい、大木、どうしたもんだろう?」と私にたずねてきた。

私はあの男の高校の同級生で、弁護士をしている。ときどき、会社の顧問弁護士には相談したくないといった類のことがあると、私に電話がかかってきた。

私はあの男に、「世間の風潮に適当にあわせるってのが経済効率性を重んじたやり方ってものだろう」といって、社外取締役の採用を勧めた。そうしたらあの男、返す言葉で、「やっぱりな。わかった。おまえならそう言うだろうと思っていたよ」と言った。間をおかずに、「じゃあ、おまえが社外取締役ってやつをやってくれるよな」ときた。

私は、驚かないではなかったが、これも友達甲斐ってものだろうと、やはり間髪いれずに承知した。私にとっては三つ目の社外役員だったが、友人の役に立ってやりたいと思ったのだ。もちろん、上場した会社の社外取締役になるのだ。会社や株主へのそれなりの義務ということもよく承知していた。

あの男は、大学を出て社長になるまで、内外海行においておよそ考えつくかぎりのフルコースの料理の皿を次から次に片づけてきた。社長になる前には副社長の皿。その前が常務の皿。

部長の皿は何種類もあった。なかにはコース外の腐りかけた料理の載ったのもあった。ア・ラ・カルトにも遠慮なく手を出した。社長になって二年目。もうフルコースの最後近くになっていた。社長が終われば、会長という、腹も満たされてそろそろ眠気もでてきそうなころのための料理の番だった。やわらかくしっとりと煮込んだ一皿だ。湯気がゆったりと上がっている。歯が悪くなってしまった老人でも、食べるのに苦労がないように調理してあるのだ。第一、もう急いで食べなくてはならない皿などありはしない。

「大学を出て会社に入れば、なにかが皿にのって出てくるものさ。ときには山盛りのこともあるし、ときには生煮えのこともある。考えもしなかったような皿が目の前に次々と出てくるのがサラリーマンてものだ。自分で頼んだ料理でもないのに、さあ食えってわけだ。

ところが、この俺の場合はどういうわけか毎度まいど皿を見るたびに猛然と食欲が湧いてね、すぐに平らげちまう。ほんと、どれも堪能するんだな。すると上司が、『おまえはいつも、なにを食わせても、まだなにも食べてません、て顔してるな』とくる。つまり、追加の皿が目の前に運ばれてくるってことだ。そして、俺は飽きもせず同じことをくり返すってわけだ」

いつだったか、まだ部長だったころ、あの男がそう言ったことがあった。酒の席だったが、長い鎖の遠い果てを見つめるような、妙に真剣な表情だった。そういうときには、左の唇の端を少しゆがめてみせる。あのときには、そのうちに我が手で目の前の皿を叩き割ることがあろうとは思いもかけなかったろう。それどころか、その後になって、もっと大盛りの皿が差し出されてくるとは。

そんな男だった。業界ではフェニックス、不死鳥という愛称で呼ばれていた。一九四五年、日本がアメリカとの戦争に降伏した年に生まれた男にふさわしいニックネームだ。おまけに生まれた日は八月十五日だという。いつも絶望的な状況から出発して、いちど食いついたら決してあきらめない。他の奴ならもうとっくに駄目だと音をあげるところで、あの男はいつもうれしそうに微笑んでみせるのだ。

ただし、歯は見せても口は開かない。がっちりと獲物に嚙みついたままでいる。だから、最後はいつもあの男の勝ちになる。誰もが根負けしてしまうのだ。呆然とした相手をその場に置き去りにして、あの男は獲物をくわえたまま、大きく羽ばたいて大空へ飛び立ってゆく。

「では、以上をもちまして本日の取締役会は終了といたします」

社長の横淵三男が、苦行からやっと解放されたような声を絞りだして、私のほうを見た。私は、合格ですよとでもいうように一度だけ大きく首を縦に動かすと微笑んでみせ、一番先に席を立った。私が立ち上がると、それが合図のように参加者がつぎつぎと席を離れはじめた。ざわついた雰囲気が儀式の終わりを告げていた。

2

「あの男はフェニックス、不死鳥だ」

そう言われ始めたのは、あの男が内外海行の営業第三部長とやらになってからのことだ。もっとも、営業第三部長などと言ってみても、内外海行の外の人間にはなにもわかりはしない。ただ、社内の人間ならすぐにピンと来る。

「ああ、営三ね。あの人もあそこに追いやられちゃったってわけか。これで、あの人のサラリーマン人生も終わりってことだな」

営業第三部というのは、とっくに流行おくれになってしまったブランドの終戦処理にあたる部門なのだ。

口の悪いやつにいわせると、ブランド・ビジネスというのは、海外に出かけては目ぼしいファッション・ブランドを漁って、なかば騙すようにしてライセンスをとってくることから始まるのだそうだ。当たれば儲け、当たらなければ次を探すだけのこと。もっとも、当たったといったところで、なまじ大当たりになったりすれば、ブランド側が言ってくることも決まりきっている。

「ウチの製品が良いから売れたんだ。誰がやっても、ウチのものなら売れる。客はウチのブランドを見て安心して買うのさ。中身がいいってわかってるからね。でも、いつまでも他人任せにしているわけにはいかない。そろそろウチが自分でマーケットに直接のりださないとお客さんに対して無責任だな」と来る。

お定まりの代理店切りコースだ。

ブランド・ビジネスは焼畑農業に似ているという者もいる。森を焼いて、積もった灰の上に種をまく。芽が出れば育てる、刈りとる。それでも、同じ場所でいつまでも続く仕事ではない。それでいいのだ。芽が出なくたって、少しもかまわない。隣の森を焼く。それでもだめなら、その隣。何回かに一回はかならず当たる。当たったら、そのときに少しばかりの蓄えもできる。そんな繰り返しなのだそうだ。

だから、余程の大ブランドは別格として、一つひとつのブランドにいずれ限界がくるなんてことは知れた話だ。内外海行では、そうした搾りかすになったブランドを営業第三部に集めるのだ。そして、契約を洗いなおして在庫の整理をする。海外に持ってゆくことは、契約上の制限でできないのが原則だから、国内で処分する。最後には、ブランドのラベルをむしり取ってどこのなにともしれないものに化けさせるしかないこともある。

「美しかりしオーミエール」という彫刻が上野の西洋美術館にある。あの「考える人」で有名なオーギュスト・ロダンのものだ。十五世紀フランスの泥棒詩人フランソワ・ヴィヨンが「兜屋小町」と歌った絶世の美女の成れの果ての、なんとも残酷な現実が具体的な形になって人の目にさらされている。

しなびた乳房と垂れ下がった下腹があわれを誘う。男たちの心をとろけさせ、恋の勝者となるためならと、男同士の固い友情も放り投げての大げんかをさせずにはおかなかった。それほどの官能に満ちた女の顔は、張り切った二つの胸は、引き締まった腹と尻はどこへいってしまったのか？　男たちはなんのためにデスマッチを戦ったのか？

あの彫刻こそが、人々の心をたぎらせたブランドが命を失い、墓場に積み上げられることになってしまった結末そのものなのだ。かつて花の盛りに、匂うように美しく、たくさんの男たちに魂を抜かれるような思いをさせた美女が、老いさらばえてもまだ命だけは残っている。それがブランドの運命だ。輝いていたブランドが、人生の終末期に近づいた女性の肉体の抜け殻になるのだ。

いや、実のところ、女性からすればなにも変わっていないのだろう。私は私。男たちが寄ってきて、去っていっただけ。それは私とはなんの関係もない。そうなのかもしれない。だが、ブランド・ビジネスは金のたまごを生む鶏にしか興味がない。もっとも、これはビジネスならどれも同じことだが。

そうした、死体処理にも似たブランド処理が営業第三部の仕事だった。あの男はその責任者になった。サラリーマンの人生として、終着駅の出口近くに押し出されてしまった自分について、あの男なりの感慨はあったに違いない。しかし、あの男は、落胆して座り込んでしまうかわりに、墓場で、そこらじゅうの棺おけを暴いて回ったのだ。そして、棺おけの底の臭いを嗅いでなにかを探った。確かに、あの男の鼻でなければ嗅ぎ当てられなかったものがそこにはあった。

昔、〈カリグラ・デ・ローマ〉というブランドが流行したことがあった。女物のハンドバッグのマーケットで、もう二十年前のことになる。そろそろブランド側が自前でやりたいといってきそうなときになっても、あいかわらず内外海行の主力ブランドの一つのままでいた。木下という名前の内外海行の担当者が、どうやってブランド側のご機嫌をとり結んでいたのか、どうせブランド側のしかるべき人物に金を渡したり飲み食いを盛大にさせていたのだろうが、「木下さんがいるかぎり、〈カリグラ・デ・ローマ〉は内外海行に任せますよ」という話になっていた。何年も好調が続いたが、オーナーが亡くなって未亡人が引き継いでからも、ブランド側からは少しも文句が出てこなかったのだ。

ところが、ブランド・ビジネスにお定まりの別の話がはじまった。

営業第三部長になりたてだったあの男が、いつものように勝手なときに、一方的な電話をよこして、私に相談ごとだという。

電話で三十分もしゃべりまくってくれたが、どうやらこんな話だった。

〈カリグラ・デ・ローマ〉というブランドを担当している木下なる男が、ブランドを持って独立すると言いだした。誰が考えたってあらかじめ周到に組み立てて準備した話に決まっている。代理店がどんなに慌てて引き止めたところで、ブランド側は首を縦に振りはしない。

木下は、口では、「オーナーになった奥方に頼まれちゃってさ。俺、サラリーマンだから困っちゃうんだよな。もう五十歳を超えてるんだから冒険なんてしたくないし。だけど、代理店屋の悲しい性（さが）だな、この〈カリグラ・デ・ローマ〉が可愛くってな。貧乏くじとわかっちゃいるんだけど、悪縁っていうのか、どうにも別れられないんだ」とうそぶいている。

「あの野郎、生かしちゃおかん」

あの男は語気を強めた。

木下は、会社に辞表を出した翌日には「カリグラ・デ・ローマ・ジャパン」の名刺をもって得意先を走りまわっていた。新会社のオフィスも、会社にいたときにとっくに手当てをしていて、取引先のお店にもしゃあしゃあと渡りを付けていたのだという。

内外海行のほうでは、当の木下がいなくなってしまってはなにもできはしない。すぐに営業第三部行きということになった。もう会社としてみれば、手も足もでないから敗戦処理にまわすというわけだ。

「だがな、営業第三部の部長は俺に代わっていたというわけだ」

電話ごしにあの男の不敵な面がまえが見えるようだった。

「木下という男の不運は、この俺様が営業第三部の責任者になってたってことさ。それさえなければ、木下道輔というすばしこい男は、いまごろ優雅に、〈カリグラ・デ・ローマ〉の日本代表の座をエンジョイしていたことだろう」

私が、

「つまり、お前の幸運は木下という裏切り者がいたからってことになるのか？」

と半畳をいれると、すかさず、

「そうかもしれないし、もともと幸運なんか所詮あんまり役に立つしろものではないのかもしれない」

と、妙に生真面目に答えた。

それから気を取り直したように、

「で、どうしたらいい？」

とたずねてきた。

もうとっくに自分の腹の中では決心していることなのだ。あの男は、喧嘩すると決めたから、そのやり方、作戦を訊きたいのだった。喧嘩は、こぶしの握り方一つで勝ち負けが決まることがある。弁護士である私にはよくわかっていた。

「交渉相手のブランド・オーナーに向かって、一発かませろ。

『内外は裁判をすると決めている』と断言してみせるんだ。

そこまで言ったら、すかさず、何でもない解説のように付け加えろ。わざわざ言うまでもない、当然のことのように、な。

『裁判は、内外海行にとって一つのブランドだけの問題ではないのだから金も時間もいくらでもかける用意がある』、そうぼそりと言え」

「裁判？　わかった。ドンパチになったら、お前やってくれるよな？」

「ああ、もちろん。だが、会社は俺でいいのか？」

「社長がＯＫしてくれてる。社長も、子飼いの木下の野郎の裏切りには頭にきていたからな。よしっ、て言ってくれた。お前の名前も申し上げたら、『オマエのいいと思う弁護士を使え。やってみろ。オマエにとって、人生の時の時だ。人にはそういう時ってのが一生に一度はあるものだ』とおっしゃってくださった」

電話の向こうで、大きな鼻息がした。

「でも、社長の決断力は大したもんだ。俺に賭けてくれた。大した男だ。惚れた。俺はあの人のために働くことにした。サラリーマン人生三十年。生きてきて良かった、初めてそう思った。こいつは組織のなかで窒息しそうになりながら生きてきた、いや、死にかけた人間にしかわからない。お気楽な人生をエンジョイしている弁護士さんなんかじゃ無理だ」

最後は、あの男らしい台詞で終わった。

とにかく新任の営業第三部長だったあの男は、〈カリグラ・デ・ローマ〉をブランドの死体処理場から病院のベッドに戻した。そして、ひとりでイタリアの本社に交渉に出かけた。ミラノの本社で女オーナーに会い、その女性に向かって、あの男は独特のジャパニーズ・イングリッシュで熱情をこめて説明したという。

意気揚々と帰国したあの男が、夕刻、私の事務所にやってきて、土産のテタンジェのシャンパンをやりながら一部始終をこと細かに話してくれた。身振り手振りが入る。いかにもあの男らしかった。

(こいつはここまで自分で自分に酔うことができる。なんとまあ、稀有な才能の持ち主だな)

私は半ば呆れながら、あの男の話に聞き入った。

四角い顔に細い糸を引いたような目の東洋人の男が、甲高い声を響かせる。それを、老いたと言っていいイタリア人女性が目を丸くして聞いている。男の英語にはLとRの区別など薬にしたくともありはしない。大筋は私のシナリオに沿っての話だったが、さすがにあの男が舞台で演じると台詞回しが堂に入っていたということのようだった。

「内外海行が日本で裁判所に訴え出れば、どちらが勝つのか。誰にも本当のところはわかりっこない。裁判てのはそんなものだ。内外の顧問弁護士は、〈カリグラ・デ・ローマ〉ってブランドは日本国内ではウチの了解なしには売ることができない。そういう契約になっている。裁判になれば内外が勝つ、とこう言っている。本当の話だ。

しかし、あなたのところの弁護士にきいてみれば別のことを言うでしょうね。もっとも、こいつは準拠法が日本法、つまり日本とイタリアの会社の間の契約を日本の法律で解釈しようってことになっている契約書だから、弁護士も日本の弁護士を頼まなきゃならないことになる。お高くつくでしょうね。

ま、いずれにしたって弁護士も商売ですからね。自分の依頼者が勝つと言わなくては仕事は来ないってことをよおく知っている。訊けば、いいことを言うでしょうよ。

本当に東京で裁判が起きたら、あなたはどうする？　契約では、専属管轄といって、裁判は東京でしかできないと決まっている。裁判は書類も証人尋問も全部日本語だ。翻訳するだけでも途方もない金がかかる。あなたは、自分の日本人弁護士にいったいいくら払うことになるか、わかっているのですか？　一審が終わっても、次がある。そいつが終わっても、まだ最高裁判所に行けるってことですよ。時間も、金も、どんどん消えてゆく」

　そこでほんの少し、間をおく。相手と目を合わせると、いかにも曰くありげに微笑んでみせてから、また口を開いた。イタリア人の老女は、相づちも打たずに黙って聴いている。それが彼女の習慣なのだ。

「お互いさまでしょう、って言いたそうな顔をしていらっしゃる。

　そうかもしれません。どちらにとってもビジネスの話、そのとおり間違いありません。

でも、内外はやる。とことん、やる。なぜなら、うちにとっては〈カリグラ・デ・ローマ〉だけの問題じゃないからだ。現に私は三十以上のブランドの責任者だ。会社全体ではいくつになることか。その全部の将来が、〈カリグラ・デ・ローマ〉を内外海行という会社としてどう取り扱うかにかかっている。他のブランドが見ていますからね。つまり、会社の未来がすべてこの一件にかかっているというわけだ。

　会社の人間が、ブランド側の日本担当とつるんで会社を裏切ったのだ。そいつを放置するなんてことは、ありえない。あなたの知らないところで起きたのだろうが、あなたも会社を経営しているんなら、そこんところはわかるだろうじゃないか。

裁判には勝てると思っている。思っているが、勝てなくてもいい。裁判なんてものはビジネスの喧嘩の一場面にすぎん。内外がブランド・ビジネスってものを続けていけるかどうかの問題なのだから、断固としてやる。どんな手でも使う。なんどもいうが、ウチにとっては〈カリグラ・デ・ローマ〉だけの問題なんかじゃないんだ。

社長は全面的に私に任すと言ってくれてる。

そこのところをよく理解してくれないと、あなたはとんでもない間違いをやらかすことになる」

二人は、外からの光が厚いカーテンで遮られた部屋に向かい合って座っていた。部屋の主には、もうまぶしい光は厭わしいのだ。

一人がけの大きなソファに深々と座った女オーナーが、ゆったりとした動きで長いスカートのなかの脚を組み直すと、肩まである髪を左手の五本の指で斜めにかきあげた。一瞬、カーテンの隙間から入りこむ陽の光に黄金色の髪がゆれる。目はあの男から離さない。

あの男は、女の指先を見つめ、髪の先端がさらさらと音も立てずにもとに戻るのを待って、ふたたび言葉を継いだ。

「裁判が始まって、お互いがとことん消耗しあって、どこにいきつくと思う？

ハッキリしていることは、日本の客はだれひとり、〈カリグラ・デ・ローマ〉なんかに見向きもしなくなるってことだ。それだけが、今の時点で確実に予言できることだ。

内外海行も困る。しかし、少ししか困らない。ウチの人間として長い間食わせてもらったくせに自分勝手な理由でウチを裏切るような奴は、この私が決して許さない。そういう奴は血へドを吐いて死ぬことになるってことを、身内にも世間にも見せてやらなくてはならない。それだけでも、ウチとしてはやる意味があるってものだ。

組織っていうのはそういうものでしょう？　おかげで組織が引き締まる。あなたのところ、ブランド側としては、損をするだけだ。それも日本のマーケット全部を失うほどに。それが〈カリグラ・デ・ローマ〉の商売全体のどれほどの割合か、もちろん存じ上げていますよ。

誤解しないでくれ。私があなたのところに飛んできて、あなたの時間をもらってこうして話しているのは、日本のお客さんにこれからも〈カリグラ・デ・ローマ〉を可愛がってもらうためだ。日本のマーケットを破壊するためじゃない」

あの男はここまで言って口を閉じた。黙りこんだまま下を向く。床に向かって大きく息を吐き、顔をあげながら吸ってみせる。目の前の老女の視線に目を合わせると、

「提案がある。あの木下って男を切り落としてくれ。そしたら、内外海行はあなたが〈カリグラ・デ・ローマ〉を自分の手で売ることに同意する。木下と組んでいたあなたのところの担当を使うかどうかは、あなたが決めればいい。ウチはなんなら、『カリグラ・デ・ロー

マ・ジャパン』の再スタートを手伝ってもいい。

裁判か仲直りか。内外がどちらの手を使うことになるのか。決めるのはあなただ」

あの男は最後にそう言うと、老女性オーナーの青い透きとおった瞳の奥をじっと見つめた。

そこには六十年前と少しも変わらない美しさがたたえられている。瞳は歳をとらない。

沈黙の二十秒間が過ぎた。

クラウディア・ヴェルジネッリという名のその女性は、

「ありがとう。

よくわかった。

あなたが日本の〈スィニョーレ（ミスター）・カリグラ・デ・ローマ〉よ」

と言って、青黒い血管が太く浮き出した、乾いて皺だらけの右手を差し出した。鋭く伸ばした爪に真っ赤なエナメルが塗られている。一瞬の後、あの男の柔らかい両手のたなごころがそのマニキュアごと老女性オーナーの右手をすっぽりと包みこんでいた。


そうやって〈カリグラ・デ・ローマ〉の件を解決すると、あの男は、ひんぱんにブランドの死体置き場に通いはじめた。そこに並んでいる死体の臭いを自分の鼻を使って一つひとつ嗅ぎ、可能性の残っているブランドをより分けて部下に蘇生案を考えさせるのだ。これと思うやつを選んでは自らヨーロッパの本社に出かけて行ってブランド・オーナーに会う。そのやり方を何回か繰り返した。その度に私に報告してくれた。

ブランド・オーナーに会えば、死んだ人間が蘇る方法を提案し、費用を一緒に負担したいと持ちかける。土に返ってしまったブランドに若い日本人デザイナーの新しい息を吹きこむというのが提案の中身だった。

「土の人形の鼻の穴から、命の息を吹きこむ」

旧約聖書を引用して、あの男はそう言ってのけた。なに、ヨーロッパのブランドの世界なぞ狭い、閉じられた世界なのだ。〈カリグラ・デ・ローマ〉の武勇伝はあの男が頼まなくても、とっくにくだんの老イタリア人女性、クラウディアがそこらじゅうに触れ回ってくれていた。

あの男は内外海行の社長、南川丈太郎におおいに認められた。

「お前はハイエナだな。腐肉を漁って太ってゆくとは、たいしたものだよ」

ふだんから毒舌家の南川はそう言ってから腹を揺すり、大きな笑い声を出してあの男をねぎらった。そして、

「いや、ハイエナよりはフェニックスのほうがきれいでブランド・ビジネスにはふわさしいか」

といって澄ました顔をして口笛を鳴らした。

あの男は取締役になり、すぐに常務になった。

もっとも、それだけのことであの男が尊敬と畏怖をこめて「フェニックス」と呼ばれるようになったわけではない。

3

弁護士をしていると、いろいろなことに出くわすものだ。なんといっても腹が立つことが圧倒的に多い。仕事が仕事だから当たり前といえば当たり前なのだが、そこはそれ、所詮は他人事、という面もある。なに、ありていにいえば、他人が困るから弁護士が飯のタネにありつくということでもあるのだ。皮肉ななりわいだと思わないわけではないし、なんとも嫌な話でもある。

しかし、だれでも病気になれば医者が要る。近所に泥棒が入ったと聞けば、急に街角の警官が頼もしく思えてくる。人というのはそんなものだろう。人生は楽しいことばかりではないのだ。つまるところ、弁護士は人の世に必要なのだ。それが有能であれば、一段と好ましいということになる。

弁護士のなかでも私はビジネス・ローヤーといって、ほとんどが企業がらみの仕事をしている。だが、ビジネスと言ってはみても所詮はすべて人のやること、そして人は欲の塊で手に負えないもの、ということなのだろう。思えば、弁護士というのも因果な仕事ということかもしれない。

それでも、時には手をたたいて喜びたいような目にも遇う。涙を流さずにはおれないこともある。

あの男の、あのときの相談もその一つだった。

「おい、大木、いや大木先生、ひとつ相談にのってくれよ」

あの男からの電話は、いつも突然だ。

「遺言状ってやつを書きたいんだ。どうしたらいいのか、教えてくれ」

たたみかけるように一方的に喋るのも、高校生のときから少しも変わらない。

「すぐに会えないかな？」

せっかちなのも同じこと。もっとも、こればかりは私も他人のことは言えない。私自身が大いにそうらしいのだ。とはいっても、自分ではよくわからないのだが。

（遺言状？）

手もとの手帳で予定をくりながら、ふっと嫌な気がした。なぜ、五十五にまだ手のとどかない、働き盛りといっていい年齢の男が、突然に遺言状を書きたいなどと言いだしたのか。しかも、あの男は常務に抜擢されたばかりではないか。ひょっとしたら悪い病にでもとりつかれたのではないか。まさか癌では。

電話をスピーカー状態にしたまま、私は手帳を繰る手を止めた。そして、

「よっぽど急いでるみたいだな。しょうがない、今からはどうだ？」

と誘った。

「ありがたい！」

電話の向こうから大声で返事が返ってきた。それからワンテンポおいて、

「でも、大丈夫なのか？　予定があったんじゃないのか？」

ときた。

もちろん、私には予定があった。それも、ずっとずっと先まで。しかし、私は後悔したくなかったのだ。友人が死の病にかかっている。それでいつ死んでもよいようにと、家族のために遺言書をしたためたいと言っている。そのときに、「そいつも弁護士としてのたくさんの仕事の一つに過ぎない」などというような真似を、私はしたくなかったのだ。

私は別段、内外海行という商社の顧問弁護士というわけではなかった。あの男が高校以来の親友で、そいつが内外海行という会社に勤めていただけのことだ。会社の仕事について悩

みがあると、ときどき相談を持ちかけてくる。それだけの関係だった。いや、仕事をすれば、それなりの報酬も払ってくれたから、一応会社からは使ってもいい弁護士の一人程度には認知されていたのだろう。それとも、あの男のことだ。会社の了解などナシだったのかもしれない。だとしたら、どういう方法で私への仕事の報酬の金を捻りだしたのか。実際のところはわかりはしない。

どの会社でも、顧問弁護士となると、同じように会社のために働いている複数の弁護士のなかでも別格の存在だ。少なくとも、昔はそうだった。内外海行のような旧い時代の臭いを引きずっている会社になると、顧問弁護士も親子代々ということがある。そうなると、会社の人間も気をつかう。ご機嫌をそこねて社長になにか告げ口でもされたら、などと先回りして考えてしまうからだ。

あの男からは、内外海行の顧問弁護士の事務所には、親子二代どころかなんと三代目の若先生までいるのだと聞いていた。その話をしたとき、あの男は、司法試験がびっくりするほどやさしくなったおかげで三代目か、と与太をとばした。そして、

「俺はな、世襲ってのが大嫌いなんだ。歌舞伎役者ならそれもいいだろうが、こちとらは生まれも素性も飛びっきり悪いんでね」

そう吐き捨てた。

「いったいどうしたんだ？」

あわただしく私の事務所にやってきたあの男に、椅子に座るいとまも与えずにたずねると、

「思うところがあってな」

と答えてから、ゆっくりと腰をおろし、

「馬鹿な話さ」

とうそぶいた。

「いや、遺言書をつくっておくのはいいことだ。だいいち、長生きする」

私が、弁護士の癖で、「イゴンショ」と法律家特有の発音をすると、

「イゴンショ？　遺言状だろう。ま、なんでもいいや。だけど、大木、その話は俺にゃあてはまらなそうだがな」

と言った。

(やっぱりそうか)

私は表情を変えないように努力した。目の前に座っている男は、私が十五歳のときにはじめて出会って、同じ時代を四十年間、いっしょに生きてきた男だった。私が十五歳に戻ることはない。目の前の男と同じような関係を、他人ともう一度もつことは、絶対にありえない

のだ。

広島にある国立大学の付属学校は小学校から高校まである。私は中学から入り、あの男は高校から入ってきた。小学校から中学、そして高校へと進むにつれて、段々と入学するのが難しくなる。中学まで三クラスだったのが高校で五クラスになる。小学校から来たのも中学校から来たのも、どれも入り混じって四十人ほどでひとクラスができあがっていた。

「東京で高校に入るはずだったんだけど、父親が広島に転勤になっちゃいました。それでこの学校に来ました」

初めてのクラス全員の自己紹介のとき、あの男はこう言ってのけた。白く四角い顔のなかの、細い目の両がわの目じりが下がっていて、微笑を浮かべてでもいるように見えた。東京の高校に入るはずだったとあの男が口にしたところで、聞いていた誰もが強い衝撃を受けた。

この国立の高校は、広島という日本の一地方にあるローカル・エリートのための高校なのだ。そこに在籍している若者で多少でも自負心のある者なら、誰もが東京にある大学に入るのだと頭から信じていた。だから、その東京から来て突然同級生になった少年は、まるで空から降ってきた何か得体のしれない、しかし凄いに決まっているものに映ったのだ。

私は、彼と隣同士の席になった。

わからないことがあるとなんでも訊いてくる。遠慮がない。一度なぞ、「どうして広島の女の人はあんな原色を平気で着ているの?」と問われた。とっさに、「広島では、太陽の輝きが東京とは違うからね」と答えてから、「夏になりゃ、いやでもわかるよ」とつけ加えた。引け目を感じているのを気取られたくなかったのだ。

「広島の夏、か」

あの男はそうつぶやくと、遠くを眺めるような目つきになった。

互いの家を行き来する仲になってみると、あの男がなんとも独特の少年であることがわかってきた。

「人生ってのは、なんだかんだいうけど、結局は暇つぶしってことじゃないのか。そう思わないか。

僕は、この世で重大な問題は一つだけだと思う。アルベール・カミュの言っているとおりだ。哲学の問題は唯一、自殺だ」

と言ったかと思うと、タバコを大きく吸った。私は驚いた。赤く輝く先端に魅入られながら、そうか、そういうことだったのかと妙に納得していた。あの男は、すぼめた口の先から煙をすこしずつ吐き出しながら、

「僕はね、頑張るっていう言葉が大嫌いなんだ」

と言って、例の微笑を浮かべてみせる。少年にしてはませた、しかし、大人になることは決してないような顔が、そこにあった。

あれから四十年が経っていた。

私は話題を変えることにした。

「まあ、イゴンショ、いや遺言状を書くっていっても、簡単な話さ。お手紙を書いて、ハンコを押す。それだけだ。お手紙を書くときは手書きだろう。もっとも、最近はパソコンでしか書かないか。でも、そこんとこが大事だ。自筆でなくっちゃいかんからな。それに日付を入れる。年、月、日。手紙なら、誰でも最後に書き足すものだ。そして名前。姓と名、だ。最後に、ハンコ。三文バンでいい。ここだけが手紙と違うな」

民法に書いてある簡単な決まりごとをそのまま一気にしゃべり終わると、少し落ちついた気がした。

「で、なんでまた遺言状なんか？」

そう訊くことができた。

あの男はニヤニヤしていた。

「まさか、オマエ」

そう問いかけた自分の大胆さに、我ながら驚いた。

あの男はその私の問いには耳も貸さず、

「わかった。ついでに、辞任届けの書きかたってのも教えてくれ」

と他人事のようにいった。

「辞任届け？　オマエ、会社辞めるのか？」

間の抜けた質問だった。会社を辞めるつもりがない男は辞任届けなどに用はない。

いや、そうでもないかもしれなかった。世間では「辞表を懐に」ということがある。上司に対して覚悟のほぞを固めてみせるというわけだ。

「ああ、辞める」

今度は素直に答えた。

「辞めれば、人生にも大した用はない。だから、遺言状ってやつを書いておくことにした。いつ死んでも、俺以外の誰かが困ったりしないようにな」

あの男には、以前は妻と二人の子どもがいた。別れて、新しい妻との間にも一人子どもがいた。前の女房との間の男の子二人は、もう大学生になっている。十六歳も年下の新しいほうとの子どもは、まだ小学校に行っている。女の子だった。

　そういえば、あの離婚騒ぎのときにも、会社の顧問弁護士でない私は身軽で重宝だった。

「たしかに遺言状ってのは、いつだって、書く本人以外の人間が困らないように、ってのが目的ってことになるな。遺産が多くても少なくても、人は争わずにおれないらしいからな」

　そう言ってから、私は、

「あの子が心配だよな。まだ十になっていないんじゃないか。父親がいなくなっちゃ、大変だ」

　と月並みなことを言った。

「父親らしい父親じゃないがな」

　あの男は、柄にもなく天井を向いて黙りこんだ。

「で、なんで辞任届けなんだ？」

　気を引きたてるようにたずねた。

「オヤジが社長を辞める。だから俺も辞める」

　オヤジというのは、内外海行の社長、南川丈太郎のことだった。内外海行のオーナー社長と言われている男だ。

「社長がいなくなった内外海行なんてところは、俺にはなんの関係もない。すかすかの、ただの空っぽな箱だ。いいか、大木。俺は内外海行に二十三歳で入社した。人並みの希望に溢れた新入社員として、な。

それから三十年経ったところで、墓場に捨てられたんだ。すぐに死体になるに決まっているんだからもうゴミだっていう調子で。俺はまだ生きていたのにだぞ。俺は、まだまだ生きたかったのにだぞ。

あのときに、俺と内外海行って会社の関係は切れた。

組織ってのはもともとそういうものだ。

組織なんて幻だ。聖徳太子じゃないが『虚仮』だよ。なにかしら得体のしれない、目で見ることも手で触ることもできない、なんだか訳のわからないものだ」

吐き捨てるような調子があった。

「オヤジが墓場に送られた俺を拾ってくれた。なにせ営三は内外海行のサラリーマンたちにとっちゃ死体置き場だからな。そこで、この俺自身がなかば腐りかけて息も絶え絶えだった。淋しかった。いったいなんのために生まれてきたのかって、毎日考えた」

「で？」

「考えたって、答なんかありゃしない。独りきりで生きているってのがひしひしと迫ってきて、ますます切なくなるばかりだった。これが人というものか、こうやって生きて死ぬのが人なのか。そう思った」

「そうだったのか」

「ああ、だから、賭けをしてみることにした。目の前に、とても勝ち目のない勝負がころがっていた。

そう決心した俺にチャンスをくれたのが、あのオヤジだった。オマエも知ってのとおりだ」

「あの時の」

「俺は賭けに勝った。淋しさを感じているひまがないくらいに、忙しくなった。いや、自分で自分を忙しくした。俺は愉しかったね。もう自分は独りきりじゃないって感じることができたからな。走り回っていながら、俺は、オヤジがいつも見守ってくれていると感じることができた。孫悟空だ。お釈迦さまの手の平のなかのあの小猿だ」

あの男の目が輝いた。

「そしたら、オヤジは俺を常務にまでしてくれた。でも会社での地位なんてどうでもいいことだ。俺は墓場でこの身の腐りはじめた臭いをかいだ男だ。だが、オヤジの下で働いていて、会社だとか肩書きだとかそんなことではなく、確かで動かないものを摑んだんだ。オヤジという、血の通った一人の人間だ」

確かに、あの時にはそういうことがあった。あの男の言っているのは、〈カリグラ・デ・ローマ〉のときのことだった。

「だから、俺はジュンシする」

「ジュンシ？　ああ、殉死か。追い腹ってやつだな」

どうやら癌ではなかった。私は安心した。

「だけど、殉死って、オマエ、いまどき。乃木大将じゃあるまいし」

「そうでもないさ。

あのことがあってから、俺はオヤジのためだけに生きてきた。会社じゃない、オヤジという個人だ。

個人は真実だ。本物だよ。見て触ることができる。いずれ死ぬ。死ななくっても終わりってものがある。俺は、その個人ってやつにしか生きている実感をもてなくなったんだ。オヤジでなくてもよかったのかもしれない。だが、目の前にオヤジがいて、俺はオヤジに『例の件、こんなことになりました』って報告がしたくって、わき目もふらずに働いた。そいつが俺の人生のすべてだと信じ切れた」

私は口を挟まずにおれなかった。

「そうだったよな。

おまえ、うれしそうだった。まるで若い女の先生に、良い子ねって頭をなでてもらった小学生って感じだった」

「そうかもしれん。いや、そのとおりだ。よくわかってるじゃないか」

あの男は、素直になんどもうなずいた。

「こんどそのオヤジがビジネスマンとしての人生を終える。俺が内外なんかにいる理由なんか、もうほんのこれっぽっちもありはしない。要するにそういうことだ。

俺はな、オヤジが会社を辞めたら、自分も辞めよう、それまでのわずかな命だ、それならなんでもやってやる。それだけを考えて生きてきた。オヤジが会社を率いている間は、暴れるだけ暴れてやろうと。

だから、やったね。オヤジは俺を取締役にした、常務にもした。俺にとっては常務でも平取でも、それより下でも同じだ。会社の連中のなかには、俺がオヤジの秘蔵っ子になりおおせたから、きっと社長を継ぐと思っていた奴もいたらしい。わかっていた。

しかし、人は人のために生きるものだ。組織なんて得体のしれないもののためには生きられない。会社ってなんだ？　組織ってなんだ？　オヤジのいない内外海行は、俺にはいとわしい」

「へえ、そういうものかね」

「そういうものだ。オマエなんかにはわからんことだ。気の毒にな、オマエの仕事は人生の本当の意味を味わわないで終わる仕事だ」

それから少しして、あの男は本当に辞表を出して、内外海行を辞めてしまった。周囲の誰もが驚いた。理解しなかった。初め説得しようとし、最後には非難した。あの男は誰にもなにも言わず、黙って会社を去った。

なにもすることがない身になって、最初にあの男が始めたことは、娘を小学校に送り迎えすることだった。

朝早く、あの男がひとり先に起きて、ごはんを炊き味噌汁をつくる。それから娘と女房を起こして、三人でいっしょに食べる。食べ終われば手早く片づけ、娘と二人、手をつないで家を出る。時間がくれば、学校の前までいって門の外で立って待っている。

月に一度、決まった日に、あの男のいうオヤジのもとを訪ねる。南川丈太郎は、静岡県の興津に女性と二人で住んでいるのだ。あの男はオヤジのところに一日いて、半日は庭仕事をする。残りの時間をオヤジとの対話にあてる。

「で、そのほかの日にはなにをやってるんだ？」

と、露骨にならないよう遠まわしに収入の心配をしてやったら、コンサルタントの真似ごとをしていると答えてから、

「プア・ローンサム・コンサルタントってところだ」

とうそぶいた。

しけたコンサルタント。ローンサムというのは、一人だけという意味だったのか、それとも孤独で寂しがり屋の、と言いたかったのか、しかとはわからなかった。いずれにしても、あれだけのことを成し遂げた男なのだ、内外を辞めれば業界の人間がなにかと頼りにするに決まっていた。私としたことが、とんだおせっかいだったか、と反省した。

三年経ったとき、内外海行にスキャンダルが持ち上がった。後継社長の小関直人が架空の取引をでっちあげて業績をふくらましていたのだ。それが露見した。

「こんどの社長は凄腕らしい」

そう言われたい焦りが本人にあって、部下がそれを察した。有能な部下だったから、数字づくりのためにやってはならないことをしたというわけだ。存在しない架空の取引を累積させた。監査法人も騙しおおせた。

しかし、結局は時間の問題でしかない。上場会社で嘘の決算をすれば、有価証券報告書虚偽記載という罪を犯すことになる。先ず部下が逮捕され、社長の小関も辞任すると同時に捕まった。

この混乱を収めるのはオーナーしかないとなって、南川丈太郎が戻ることになった。あの男も引っ張られるようにして返り咲くことになった。

　このときから、あの男はただの不死鳥、フェニックスではなくなった。人々はあいかわらずあの男を不死鳥、フェニックスと呼んでいたが、そこに権力の座にある者への畏敬の念が込められるようになっていたのだ。

4

　あの男が会社に戻ることが決まってすぐ後のことだった。あの男らしくもない、なんともおずおずとした調子の電話がかかってきた。「できれば会いたいのだが」と言う。

　といっても、それも初めだけのこと。二人きり、私の事務所の会議室で向かいあうと、開口一番、大声で、

「俺、どうやったら社長になれるんだ？　なんせ三年前に取締役もなにもかも辞めちまってるんでね。社長ってのは、取締役じゃないといけないんだそうじゃないか。そこのところを、お前の知恵でなんとかならないのか？」

　と、たたみかけてきた。

　私は、

「いや、違うね。そんなことはない。知恵なんて大げさな話じゃない。誰に聞いたかはしらんが、社長が取締役でなくっちゃいけないなんてことはない。少なくとも法的には、な」

わざとぶっきらぼうに答えた。あの男の身勝手なふるまいに少し腹を立てたのだ。私は彼の一友人であるに過ぎなかった。それを、あの男は、私が弁護士である以上、いつでも、どんな場合でも、彼の個人的な法律顧問かなにかのように役に立ってやる義務があるとでも考えているのだ。

「えーっ、そうなのか。さすがだな。やっぱりお前に訊いてよかった」

私は顔に微笑が浮かぶのを感じた。あの男は、私の答にほんのすこしも疑問をさしはさまなかった。私の言うことを頭から信じてくれた様子だった。むずがゆいところをくすぐられたときに似た悦びが体のどこかにあった。我ながら、弁護士というのは単純な生き物だと抵抗感があったが、もうどこにもあの男への腹立ちはなかった。

「もっとも、法的に可能だからといってそうするのがビジネスとして一番とは限らん」

私がそう付けたすと、あの男の顔が曇った。

「そうだよな。俺も取締役じゃない社長さんなんてのは、見たことも聞いたこともない」

と言ってから、

「なにせ、オヤジが、『俺は帽子だ。帽子役だけだぞ』と言っているんだ。社長役は俺がやれってことだ」

そうあの男は話してくれた。

結局、すぐに社長になるわけにもいかず六月の定時株主総会まで待つことになった。それまではあの男のいうオヤジが形だけの代表取締役社長ということになった。その日の夕方には発表された。

あの男のほうは、さしあたりということで、私の助言どおり副社長執行役員という肩書きをもらった。執行役員の制度など存在しない会社だったが、一も二もなかった。

副社長になったあの男は、その夜から猛然と働きはじめた。会社を辞めてからの三年間、小学校に通っている娘の朝ごはんを自分の思いどおりにつくって、娘の母親と三人で食べ、娘の小さな手を武骨な手で握りしめて校門の前まで送り迎えをして過ごしていた男は、もうどこにもいなかった。そんな月日などあの男には一度も存在したことがなかったかのようだった。

三カ月したところで株主総会があった。あの男は型どおり取締役に選ばれ、すぐに代表取締役社長になった。

「オヤジときたら、

『なにもかもオマエがやれ。俺は会社になんか出てこないからな』

そんな勝手なせりふとともにお隠れになった。また田舎に引っ込んでしまったってわけだ。今度は例の女性はいっしょじゃない。オヤジ独りきりだ。飯（めし）も自分で作るし、洗濯も掃除もするそうだ。

『今の俺は自分一人の面倒さえ見ればそれで足りる立場だからな。独り月を眺めて暮らす仙人だ。ありがたいことになった』

なんとも嬉しそうなご様子だ。報告があるなら、話したければ、オマエが俺のところへ来い、っていうことなんだな」

「ああ、あの」

例の女性と言われてすぐに思い当たった。古堂房恵という名の女性だった。あの男が副社長になってすぐのこと、南川氏に会ってくれと頼まれて、会社に南川氏を訪ねたときに出迎えてくれたのがその女性だった。

あの男から、南川氏と彼女についてのあらましは事前に聞いていた。もう二十年近く南川氏の秘書をしているということだった。大学を出て内外海行に入って受付になり、五年が過ぎたところで南川氏の秘書になった。以来、常務だった南川氏が、専務、社長と地位を昇ってゆくにつれて名前は専務秘書、社長秘書と変わっていったが、いつも南川氏の横にいたのだという。

　南川氏が社長を退いたとき、つまりあの男が殉死と称して会社を辞めたときに彼女も会社を退職してしまい、南川氏の個人秘書になった。静岡県の興津へ隠棲した南川氏といっしょに住むためだった。その時には三十九歳になっていたというから、七十歳を過ぎた南川氏よりも三十一歳も若いことになる。

　古堂房恵と興津にひっそり暮らしていた三年間、南川氏は、取締役会長という肩書きを残してはいたものの上京してくることはまれだった。会社のことはなにもかも、後継社長の小関が切り盛りしていた。だから、傍からみれば自ずと、会社を辞めた古堂房恵と二人きり、年老いた父親と行き遅れた娘が肩を寄せ合って暮らしてでもいるような具合になっていた。ただ、毎月、決まった日にあの男が訪ねてきた。

　南川氏の横には常にこの女性がいた。妻ではない。南川氏の妻というのは、内外海行の創業者の娘で、元麻布のお屋敷にいた。夫婦に子どもはない。

　三年の後、南川氏が再び社長になるということになって二人して東京へ戻ってきた。

　私が南川氏を初めて社長室に訪ねたとき、古堂房恵はエレベーター・ホールに立って待っていてくれた。

「大木先生でいらっしゃいますね」と小さな声で確認し、私がそうだと答えると丁寧なお辞儀をしてくれた。小柄で、とりたてて美人というわけではなかったが、彼女が体を戻した瞬間、折り目正しい、しっかりとした人だという強い印象があった。

二度目に南川氏を訪ねたときには驚かされてしまった。彼女は、南川氏の向かい側のソファに座った私に、

「先生はあたたかいお紅茶、お砂糖もミルクもなし、というのがお好みでしたね」

と、微笑みをふくんだやさしい目で確認するように問いかけたのだ。私は、そんな些細な私の嗜好を正確に記憶していた彼女に心から感心しないではおれなかった。隣の南川氏は素知らぬ顔をしていた。

もっとも、あの日、あの男が「今度は例の女性はいっしょじゃない」と言うのを聞いても、私には「やはり」という思いしかなかった。南川氏の相談というのが、古堂房恵をあの男の秘書にして、自分は独りきりで興津へ戻ることとかかわっていたのだ。もちろん、私は弁護士だから、南川氏の相談の中身をあの男には漏らすことなどはしない。だが、どうせあの男はなにもかも承知しているのだろうと漠然と想像していた。

依頼の内容が正式な妻のある男性の、婚姻外の女性との関係にかかわっていることは、弁護士にとっては特に珍しいことではない。人は時に道を踏み外してしまうものだ。だから弁

護士の出番になる。そんなことは起きないほうが良い。多くの人は平穏無事に暮らす。なかにはそうでない人間もいる。人の世の悲しい現実だ。しかし、ことが上場会社の社長と女性秘書との間のこととなれば、話は別次元のことになる。会社の問題でもあるからだ。場合によっては、会社と社長個人との間に利害対立が発生することにもなりかねない。頭に血が昇ってしまった社長は、いずれ世間が成敗することになる。

南川丈太郎といえば、ビジネスの世界では富も名声も兼ね備えた立志伝中の人物だった。内外海行という会社を上場会社に育て上げて君臨し、経験の豊かなビジネスマンにふさわしい威厳を漂わせながら余裕に満ちた表情で世の中を睥睨(へいげい)している。同族会社のトップだから、個人的に動かせる金の高もサラリーマン社長とは桁が違う。ビジネスの世界はもちろんのこと、政界にも官界にも、さらには文化やスポーツの世界にも知り合いは多い。毎日のようにたくさんのことを頼まれる。ときには頼みごとをすることもある。

それほどの男が女性関係で悩みを抱え、弁護士に相談しなければならない状況にあるのだ。だが、それとても珍しいことではない。いや、金があればあるほど悩みは深いという面もある。南川氏の女性関係とは、妻のある身でありながら別に長く深い仲の女性がいて、その女性のことが気になってならないということだった。死ぬ前になんとかしておきたいというのだ。その女性というのが私を出迎えてくれたあの古堂房恵だった。

私は不思議な気がした。

南川氏は、ビジネスのうえでは手に触れる限りのものを自分の自由にしてきた男だった。金額も何千億にもなるだろう。さっと手を振れば、組織がその命令に従って働き蜂のように一斉に動く。個人の金が必要なら、会社の金に手を付ける必要などない。個人の財産管理会社からいくらでも出すことができる。そんな生活にはすっかり慣れきっているはずだった。その男が、たった一人の女性との関係で身も心もなく悩んでいるというのだ。

私は、相手が古堂房恵と聞いても少しも驚きはしなかった。人は誰でも外見からは想像もできないような悩みを抱えているものなのだ。姦通（かんつう）をした女性を石で打ち殺そうとする男たちにキリストがこう言った。「罪を犯したことのない者だけが石を投げてよい」。すると、男たちは次々に立ち去ってしまい、誰もいなくなってしまった。

あの経済学者としても財政家としても歴史を動かし、個人としては金儲けに励んでバレリーナの妻のために劇場を造ることまでしたケインズにも、どうしても世間から隠し続けなければならない秘密があったという。そうなら、ケインズはそのことを弁護士に相談しなければならない事態に何度も陥ったに違いない。ケインズは、その度に有能な弁護士のおかげで危機を切り抜けることができ、世間からホモセクシュアルの烙印（らくいん）を押されることなく、円満な紳士として人生をめでたく閉じることができたのだろう。あのころのイギリスで、世間的には大変な名士で通っている男にとって、実はホモセクシュアルであることを暴かれてしまうことがどれほどの決定的な汚点であったことか。

弁護士はそういう困難な運命を生きなくてはならない人のためにも、黒子として存在しているのだ。

しかし、私はどうして南川氏が男女関係になった女性をそのまま秘書にしているのか理解できなかった。いまどき、上場している会社のトップが秘書との間に男女関係があるとなれば、立派なスキャンダルだと言っていい。場合によってはトップとしての立場を失いかねないことになる。会社にとってもどれほどの問題になることか。

七十三歳という南川氏の年齢と同族会社のオーナー社長という立場がその認識不足の説明だとしても、弁護士である私から見れば不用心という他ない。もう渋沢栄一の時代ではないのだ。

ことはそれだけではない。それほど長く深い関係があるのであれば、古堂房恵という女性が南川氏の妻になりたい、戸籍上の妻にとってかわりたいと言い出してもなんの不思議もない。確かに年齢は離れている。しかし、それは初めから二人にとってはわかっていたことだ。なによりも、古堂房恵という女性は二十七歳から四十二歳までの間、南川氏の秘書を務めたばかりか、最近の三年間は二人きりで暮らしてもいたのだ。しかもその三年は、一般的には女性が配偶者を探し当て、子どもを作り、家庭を営むラスト・チャンスの時期に当たる。いったい、あの古堂房恵という女性はどんな考えの持ち主なのか。南川氏とどう折り合っているのか。自分の人生について、殊に結婚、出産についてどう考えているのか。四十二歳であれば、まだ間に合うではないか。それとも人は、花粉が闇雲にブラウン運動をするように、所詮偶然に支配されて生き、死ぬものと悟ってでもいるのか。

弁護士としての私は、国から独占的に与えられた資格を職業とする以上、よほど自分の倫理観に外れていることでなければ、縁あって相談をしてくださる方の法的なお役に立ちたいと思う。法律を悪用する手伝いは、違法であろうとなかろうと決してしない。だが、心ならずも犯してしまった犯罪についてはできるだけの助言をしたい。もちろん、弁護士とて人の子、相談を受けた内容についての個人的な思いが別にあることもある。私個人は、ごく保守的で面白味に欠けた人間でしかないのだ。

南川氏の相談を受けたときに、私が最初に考えたのは老齢といってよい彼の妻のことだった。私は南川氏の妻が一歳年上だと聞き、すぐに自分の母親のことを思い出したのだ。私の母も夫、つまり私の父親と一歳違いだった。「二つ年上の女房は金のワラジを履いてでも探せという諺がある」というのが、少し酒が入ったときの父親の口癖だった。「なにいってるの、私はあなたに騙されて結婚しただけ」といつも母親は嬉しそうにやりかえしていた。母親の言葉には、家族になんとか中流の生活をさせるために生涯を働き続けた父親への、パートナーとしての労り(いたわ)と歓び(よろこ)が溢れていた。

しかし私は、母親が父親に感謝していたことはそんなことではなく別にあったことを後になって知らされた。母親の葬式が終わって家族だけに戻った時、妹から母親がかねて「お父さんは一度も浮気をしたことがないの。それが私の人生には一番の宝だったのよ」と言っていたと聞かされたのだ。

だから、私は南川氏の妻から見れば、事態はまったく違った様相を帯びているのではないかと思わないではいられなかった。私の職業的経験もそう教えていた。特定の二人の結婚生活なのだから、それぞれの形と中身がある。外側からとやかく言うことであろうはずもない。弁護士としてたまたま一方から事情をきいたからといって、相手側の立場に立ちようもない。

もとより私には、弁護士として法的な立場からの助言が期待されているに過ぎない。だが、そのためにも相手から見ればどういう状況なのかと想像してみることは、常に必須であり有益でもあることなのだ。

法的に言えば、夫の不貞行為は離婚原因であり、離婚すれば財産分与と慰謝料の問題になる。秘書である女性は、妻との関係では、妻が夫の貞操を独占する権利を侵害した不法行為者であり賠償義務を負う。その女性は加害者であるだけではない。依頼者である南川氏は、女性との関係次第では重大なセクハラとして不法行為となる。そこでは、秘書である女性は被害者である。まだある。会社の代表者たる南川氏の行為は会社の行為でもある。セクハラには会社も賠償義務を負うかもしれない。なによりもレピュテーションの問題が大きい。

こうしたことは弁護士の仕事として見れば日常の一コマに過ぎない。だが、一人ひとりの人生にとっては、生まれた意味を決するほどの重みを持つ。扱いを誤れば会社の運命を左右しかねない。その組織には何人の生活がつながっていることか。

私の思いはそれだけではなかった。

南川氏は、私に対してなんの躊躇(ちゅうちょ)もなく開けっぴろげに自らの秘密を口にした。南川氏の社会的立場を破壊してしまいかねない事実だった。もちろん、弁護士には秘密を守る義務がある。だが、南川氏は、会ったばかりの目の前の弁護士が現実にその義務を守ると頭から信じて疑ってもいなかった。私は、改めて弁護士という職業への人々の信頼を思い、弁護士という制度が社会で果たしている役割の重さを思った。もう三十年以上弁護士をやってはいても、人の、ビジネスの、重大な秘密を打ち明けられるときにいつも感じないではいられない私の感慨だった。

同じことが毎日のように起きる。海外から、知り合いを通じて紹介があっただけのＶＩＰが、初めて会ったばかりなのに会議室に座るや「実は」と驚天動地のような秘密を切り出す。

私は微笑みながらそれを聞き、淡々と助言を繰り出し議論する。そこには国境など存在しない。

他にもある。

こうして身の破滅を招くほどの秘密を打ち明けての依頼であれば、いつものことながら、なんとか依頼者の信頼に応えて差し上げたいという情熱がふつふつと我が胸のうちに湧きあがるのだ。法律が分からないからこそ、あからさまに言いたくもないことを口にして相談するほかない。法律を知る者としては、なんとか役に立ちたいものだといつも強く感じないではおれない。世間の側では石を投げられずにはいないような事柄であっても、それとは反対側で震えている依頼者を何とかしてあげたいと願う。

弁護士であることが生まれつき性格（しょう）に合っているのだろうとでも思うしかない。いや、職業というものは誰にとってもそんなものなのかもしれない。習うより慣れろというではないか。靴を作っていても法律をなりわいとしていても、三十年もすれば人生と仕事とは切り離すことはできない。それどころか、職業生活が人生そのものである人も多い。私もその一人なのだろう。

あの男が「例の女性」と言ったのは、会社へ復帰してから三カ月が経ったときだった。株主総会があって社長になったばかりだったあの男は、あの日、自分の口から「例の女性」などと言っておきながら、それ以上古堂房恵の話には乗ってこなかった。不思議でもなんでもない。あの男の関心はいつも自分にしかないのだ。あの男にとっては、内外海行の社長になっただけでも余計なことだった。そのうえ南川氏は隠遁（いんとん）すると言っているのだ。あの男が会社と自分のことだけで精一杯なのは当然だった。

あの男は、南川氏が興津に行ってしまうことについて、こんなふうに話してくれた。

「オヤジは興津にお隠れになる。

俺は、興津へお訪ねするね。喜んで行く。俺はあの人に会うためなら、どこへでも行く。月並みな言い方だが、千里の道でも少しも遠くない。

お前、時間の無駄じゃないのか？　社長なのに？　って言いたそうだな」

図星だった。

「冗談じゃない。社長の一番大事な仕事は、物ごとを決めるってことだ。時間なんか要らん。腹をくくる、そいつができればいい。トップが、自分のうちなる孤独な魂を我が手の平で思い切り引っぱたく。そうやって断固として決めさえすれば、あとは組織ってものが蟻の人群よろしく寄ってたかって実現する。それが会社だ。組織ってのはそういうものだ。

いいか、みこしは誰と誰がかついでいる、ってものじゃない。誰かなんてありはしない。

一見みんながかついでいるように見えるが、実は宙に浮いてるだけなんだ。会社も同じだ」

「おもしろい話だ」

「そうか。

だが、天っぺんだけは違うんだ。そこには一人だけ人間がいる。切れば血の出る生身の人間だ。そいつが針の先端につま先立ちに立っている。足半分だけでも踏み外せば、その鋭い針が体を刺し貫く。それが経営トップというものだ」

私は思わずうなずいた。

「俺には、社長として物ごとを決めるためにどうしてもオヤジに会う必要がある。俺のなかには何もない。オヤジの顔を見ながら、オヤジに向かって話していると、俺の内側が俺に見えてくる。会社のことに得心がいく。だから、自分がなにをすべきかが自ずとわかる。だから、俺は、月に一度、興津にあるオヤジの家に行く」

「ふーん、そういうことなのか。なーるほど」

あの男の話は、私にはとても興味深いものだった。

「行って、オヤジの前に出れば、俺は元のハナタレ小僧だ。まず庭の掃除をさせていただく。あの方の掃いた箒のあとをなぞる。それが終わってから、オヤジへ報告をする。している間に、俺は報告する自分の声を聞きながら、自分が考えていたことがやっとわかってくる。オヤジは、俺の両方の目ん玉を覗きこみながら黙って聞いているだけだ。だが、そいつが一番こたえる。

『オマエはいつまで経っても馬鹿なままだな。オマエには進歩というものがない。哀れな奴だ。救いようがない』

　オヤジの顔にそう書いてある。その顔を一心に睨みながら、俺は声をだして報告する。自分の耳にそいつが聞こえる。耳に響く音は、俺の心に沁みる。それで、やっとわかる。俺はやっぱり馬鹿だと、やっと悟る」

「しかし、内外海行の社長は君だ。君がトップということだろう。それが会社のルールだ。南川氏はオーナーといっても、社内での立場はただの取締役でしかない」

「そんなこと知らんね。俺はあの人が社長をやれと言ったからやっている。あの人が俺の話を聞いてくれる間だけ、社長という役を務める。もしあの人がこの世からいなくなれば、俺は、今度は本当に殉死するつもりだ」

「しかし、お前、いやしくも内外海行は上場会社だぞ」

「ああ、そうだ。だけど、それがどうかしたか。上場しているからって、商品は売れん。上場だけで金は儲からん。お前、株主が、って言いたそうな顔をしているが、株主の皆さんは、俺がオヤジの指図どおり動いて金を儲ければ、それでご満悦だ。

誰からも文句なんか出ない。俺は儲けているからな。いや、正確には、オヤジの言うとおりにしていると、金が向こうから転がりこんでくる」

私にはわかっていた。あの男が言っていることは事実ではないのだ。あの男はオヤジなる人に報告しているというが、それは文字どおり、訳のわからない念仏のようなものを唱えているだけなのだ。

私は南川氏に相談を受けていた。だから、オーナーである南川氏の思いを知らないどころではなかった。南川氏には、それがなんであれ、実現したいと思うことを実現できるだけの圧倒的な力があったのだ。

しかし、南川丈太郎氏は敢えて代表権のない取締役に退き、すべてをあの男に委ねた。南川氏においてあの男を信頼できると思っていることだけは確かだった。南川氏にしてみれば、理由のないことではない。なにしろ、あの男は、南川氏が社長を辞したとき、南川氏のいない会社など自分にはなんの意味もないといって会社を辞めてしまったほど南川氏に心酔しているのだ。

南川氏が、もっとも大切にしてきた宝物を託すに足る男だった。

いずれにしても、あの男に南川氏のもとを訪ねる必要があるということは、私にもよくわかった。南川氏がオーナーだからではない。それが、あの男なりに見つけだした個人と組織の関係だったのだ。形になって目に見えるものと言ってもいいし、経営の哲学と言い直してもいい。

もっとも、私がそんなことを言えば、あの男はニヤリとして、

「ほう、弁護士さんでも経営がわかったような気になることがあるかね」

とからかうことだろう。

しばらく、その念仏もどき、いや興津まで伺候しての報告が続いた。

一年後、

「オヤジが死んだ」

あの男から電話が入った。

「オヤジが死んだ。これで俺は終わった。もう何もない」

初めて読む本の中身をやっと朗読でもしているかのような、人工音声じみた声で呟くと、沈黙した。私は自分からは声を出さず、あの男の次の言葉を待った。

「お前、友だち甲斐に、カイシャクをしてくれ。頼む」

私は、嬉しかった。あの男は「友だちか？」とたずねはしなかった。頭から、私が友だちだと信じ、カイシャクをしてくれと頼んできたのだ。

カイシャク？　解釈？

「解釈って、なにを、どうしろって言うんだい？」

私は、自分が間抜けな質問をしていることに気づかないでいた。

「俺は消えるのさ。だから、教えてくれ。俺が死んだら、会社はどうなる？」

「ああ、そういう法律問題の解釈か。それなら簡単だ」

「そうだ。俺がショケツして、俺がいなくなっても会社が永遠に続くようにしてくれ。それが、俺がお前に頼むカイシャクだ」

「ショケツ？　なんだかよくわからんが、まあ、いい。

お前が死ねば、お前はたった一人の代表取締役だから、取締役会で次の代表取締役を決めなくっちゃいかん。なに、それだけのことだ。

『王が死んだ。王様万歳。The king is dead ; long live the king !』と昔から言われているとおりさ。個人としての王様の肉体が死んでも、制度としての王様ってのは絶対に死なないんだ。お前の社長っていう役廻りも同じことだ。正確には代表取締役社長の役のことだがな」

「しかし、俺が死ぬってことは、取締役会を招集する人間がいなくなるってことでもある」

死ぬ？　私はあらためて目の前の男の言っていることを考え直してみた。ショケツというのは、処決ではないのか？

ギクリとした。目の前の男は、どうやら自死するつもりなのだ。本気で殉死する気なのだ。

すると、カイシャクも解釈ではなくて介錯か？

とんでもない役回りだった。人が自殺する手伝いをすれば、手伝った人間は自殺幇助という立派な犯罪を犯すことになる。

「だいじょうぶ。法律ってのはそういう例外的な事態のためにはよくできていてな。お前がいなくなっても、次の召集権者が予め取締役会で決めてあるものだ。万一そうでなくても、取締役の誰かが召集すればいい。会社法に書いてある。みんながそろって取締役会をやろうってことになれば、誰も召集しなくたって構わない」

私はそこでいったん切ると、

「だが、お前、いったい？」

と声を落としてたずねた。

「安心しろ。お前に介錯してくれというのは、会社の話だ。個人としての俺は、オヤジがいなくなったからこの世にはおさらばする。それは俺だけの問題だ。他人には関係ない。だが、会社には迷惑をかけたくないんだ。会社じゃない。俺を支えてくれた一人ひとりの部下に、だな。

こうしていてもたくさんの顔が浮かぶ。みんなそれぞれの生活がある。家族がいる。俺の我がままのせいであいつらの生活が割りを食ったんじゃ、申し訳が立たん。あの世でオヤジに会わせる顔がない。

俺の命は俺のものだが、会社は俺のものじゃない。働いている連中にとって、会社ってのはかけがえのないものだ。株主はすぐに俺の代わりを見つける。だが、そうお手軽にはいかない人間もいるってことだ」

やはり介錯だった。しかし、自分が刀を腹へ突き立てた一刹那に横から首を落としてくれという頼みではなさそうだった。どうやら私は犯罪者にならずに済みそうだった。

「わかった、わかった。簡単なことだ」

私は、急に気分が軽くなった。

「簡単か。どうかな。まあいい。弁護士なんぞには、こうしたことも簡単にしか見えんのだろう。

頭の構造が単純な奴が羨ましいよ。

とにかく、大木よ。俺は会社のことはなにも気にせずに、プイといなくなっちまっても構わないってことだな」

「プイといなくなるってか。

そいつはちょっと違うな。

そんなのは解任ものだな。法的には解職と呼ぶ」

「解任？　解職？　俺を？　社長から？　あいつらが？　馬鹿な」

解任という言葉にあの男は強く反発した。それ以上の説明を許さなかった。

私は、介錯という、ほとんど忘れていた言葉をあらためて目の前にすえて眺めなおした。

そんな漢字をおぼえているのが不思議だった。いったい、私は何をすることになるのか。

「なんにしても、顔を見て話したほうがいい。手がないわけじゃない」

そう言って、急かすようにして私のほうから電話を切った。私はあの男を死なせるわけにはいかなかった。

きっかり二十分後、あの男は事務所にやってきた。

5

秘書からあの男がやってきたと聞いた。受付の女性から秘書へ電話で来訪をつたえる際、「変な方です。とっても変な格好をした方なんです。ほんとうに先生にご用事のある方なのでしょうか」と小声で注釈がはいっていたということだった。

私は笑いながら自分の部屋のロッカーを開き、鏡をのぞいて頭にブラシをかけ、背広の上着を取りだした。

驚いた。ネクタイはおろか、背広を着てもいなかったのだ。いつから着ているともしれない古びたカーディガンをはおっていた。汚れきったズボンには大きな破れが何か所もあって、かえって若い人々の流行そのままの姿のようでもあった。

「殉死する」

あの男は、私が椅子に座るなり、そうひとことだけ言った。

この男は本気なのだ。そう感じた。袖をとおしただけのカーディガンにも見覚えがあった。若いころ、ある女性に贈られたというハロッズ製のカシミアのカーディガンだった。そのとき、水色はその女性の好みの色でねと、照れ隠しに唇をなめながら講釈してくれた。あせた水色が流れ去った歳月をしめしている。いくつもの破れ目の目立つズボンは、黒地に白いピン・ストライプの柄からして背広のズボンのようだった。

テーブルの下から靴がのぞいていた。靴は黒の紐付きをはいていたが、なんと靴下をはいていなかった。たしかに「変」だった。だが、専用の車に乗ってきたのだろう。社長室から専用のエレベーターで地下の駐車場に直行する人間は、他人の目を気にする必要などないのだ。

私は、ことさらにあの男の服装を無視して、

「だが、お前個人はそれでいいとして、会社は社長がいないと困る。そいつにカタをつけておくのは、会社の社長という立場に就いてしまった者の責任だ」

と言った。

「わかっている」

それだけだった。あとは黙っている。視線は私のほうを向いているが、そのまま私の顔を素どおしに貫いてでもいるように、部屋の壁と天井の境目あたりに漂っていた。

沈黙が続いた。

私は、目の前の男が死ぬのだということばかりを考えていた。日本では一年に三万近くの人間が自殺するという。しかし、彼は私の親しい友人だった。もう二人とも若くない。私たちの間には、たくさんの時間が流れたのだ。高校を卒業してからは、大学も違ったからほとんど別々の場所での時間だった。しかし、いっしょに時をすごしたことも数限りなくあった。若いころ、まだ二人とも社会に出る前のことだった。その友人がみずから命を絶とうとしていた。私には、あの男をどうしても救わなくてはならない理由があった。

「お前が来いと言ったから、あわててやってきた。ごらんのとおりだ」

すこし苛だった声だった。そうだった。確かに私が呼んだのだった。彼は自分の部屋から

はどうして？

飛びだしてきたのだ。カーディガンはいつも社長室で身に着けているのだろう。ではズボン
　私は、彼が部屋を出るまでに椅子やテーブルになんどもつまずいたことを厳粛に想像した。
あるいは、車のドアに挟んだのを無理やり引っ張って破ってしまったのかもしれなかった。
　私は、友人を死なせたくなかったのだ。そのためなら、どんな犠牲をはらってもよい。そ
う思いつめていた。「友だち甲斐」という言葉が私の頭のなかを去来した。もちろん弁護士
としての義務を忘れたりはしていない。南川氏の託した使命のことは常に念頭にあった。し
かし、目の前にいるのは二度と得ることのできない友人だった。
「ああ、なんだかむしょうにお前の顔を見たくなってな」
　私の言ったことが彼には意外だったのだろう。あの男の顔に微笑が浮かんだ。
（ああ、四十年前の微笑みそのままだ）
　一瞬そう感じた。少年だったあの男が笑うと、いつも細い目の両がわの目じりが極端に下
がるのだ。目の前の男も同じだった。人の笑いの表情は歳をとることがない。
（しかし、これはもうこの世のものではない。この微笑みは、すでにあの世を見ている者の
微笑みだ）
「社長が辞める以上、次の社長を指名しておかんとな」

私が投げつけるようにそう言うと、あの男は不思議そうな顔をした。

私は、かまわずに一気呵成につづけた。

「そういうものだ。辞める人間が次を決めといてやらないと、争いが起きてしまう。小学校の駆けっこじゃあるまいし、いっせいにヨーイ・ドンでは誰でも心が騒ぐ。要らざる野心を持って、しまいには身をあやまる。互いに争う。人はそうしたものだ。なまじ誘惑がなければ、人は平穏に生き、心安らかに死ねる。汝、誘惑するなかれ、だな。

南川丈太郎氏は、すべてが見えていたから、お前に何もかも託したってことではないのか」

あの男の顔から微笑みが消えた。少年の顔が円熟したビジネスマンの顔に戻った。

視線を縮めて私の顔まで戻すと、

「いないな。俺の後継など、ウチにはいやしない」

独りごとのように言った。言い終わってから、声をたてて笑った。いつもの笑い声だった。ふだんの笑い顔だった。もう、あの少年の微笑みはどこにもなかった。

私は知っていた。多くのトップにとって、後継者に値するものなど、周囲にいはしないのだ。誰もそれなりの役を果たすことはできる。しかし、どの人間をとっても自分のような責任感もなく、ただ手の中にある当座の仕事に溺れている。トップにいる自分がそうした連中を統率してやらなければ、会社はバラバラになってしまう。いずれ代わりが育ってくるかもしれない。しかし、まだまだ時間が必要だ。トップの座からまわりを見渡せば、そうとしか見えないものなのだ。

　当たり前のことにすぎない。自分という歪んだ物差しを当てて周囲を測る。測れば、どこも寸足らず、そうでなければ余計なはみだし、ということにしかならない。

「いないか」

　私は敢えて相づちを打った。あの男が本当にそう思っているのか、どうしても確認したかったのだ。

「ああ、いない」

　あの男は繰り返した。

「あの時、常務だったオマエは南川氏の後継社長になるのを拒否した。それどころか、さっさと会社を辞めてしまった」

「ああ、オヤジのいない会社と俺とはなんの関係もないからな。

　会社は俺に属していない。俺は会社に属していない」

「じゃあ、お前の見るところ、あのときに、お前の他に誰かできる奴がいたのか？」

「ああ、いたいた。仕事のできる奴はいた。小関さんも、いま副社長をやっている澤田も、とんでもなく仕事はできた。だが、とてもオヤジのあとは無理な奴らばかりだったな」

一息おくと、

「そりゃあそうだ。オヤジのあとなんて。無理、無理。だれがやったって務まるもんじゃない」

自分に言い聞かせるような調子だった。

「お前は社長にならずに、その小関とかいうとんでもないのを社長にした。

だから、オヤジ殿は、会社を辞めた。

そしたら、そいつがスキャンダルを引き起こした。

オヤジ殿、南川氏が会社に戻るしかなくなって、お前を呼び戻して社長にした。

お前は受けた」

「ああ、今度ばかりは一も二もなかった。

もっとも、はじめは副社長執行役員とかだったがな。

執行役員てのはお前の知恵だったっけな。あのときは世話になった。ありがとうよ、あらためて礼をいうよ」

場違いに軽く頭をさげた。

私は機会が訪れたと感じた。

「だがな。弁護士の俺がお前に言う話でもあるまいが」

と前置きしてから、

「会社がかわいそうじゃないか。

そうは思わんか。

売上げの水増しで社長が逮捕された。それで世間の非難を浴びたのが、ついこの間のことだ。

会社にとって、社長が逮捕されるなんてことがどれほど辛いことか。身を切られるというのは、このことだろうじゃないか。

それで、会社が泣きくずれているところを、お前のいうオヤジが手をさしのべて救った。だが、本当の救世主はお前だったはずだ」

「違う、違う。オヤジが救ったんだ」

「そうだろう、そうだろう。

南川氏は、内外海行のオーナーだからな。

だが、南川氏はもう自分では経営をやろうとしなかった。お前がいたからだ。凄腕の管理人を見つけ出したら、オーナーなんてのは気楽なものさ。そいつに手綱をつけて、あとは好きに走らせる。自分は黙って見ているだけだ。もちろん、ただじゃない。金はたっぷり払っ

てやる。もしダメなら取り替える。会社はトップで決まるからな。人の集まり、組織っての
は、そういうものだ。

もっとも気をつけないと、才覚のあふれかえった管理人だと代わりのオーナーまで探して
くるって真似をしかねないこともある。

もっとも、お前は会社のためなんかじゃない、なにもかもオヤジっていう個人のためだっ
て言うんだろうがな。

俺にはわかる。

だがな、世間はそうは見ていない」

「そうかもしれん。しかし、俺にはオヤジがすべてだった」

あの男は目をつぶった。二度、深く息を吸いこんで二度吐きだした。

「オヤジはなんていうかな？」

「殉死していい、とはおっしゃるまい」

（お前は、南川丈太郎氏の打っておいた手の意味がわかっているはずだ）

私は、心のなかでそうつぶやいた。

あの男の目に涙があった。ゆっくりと浮かびでて、閉じられた両目の線にほんのすこしの
間ただよい、やがて両の目じりからあふれ出した。

「そうか」

そう言ってから、しばらく沈黙があった。

「そうだな」

と言って、今度はすぐに、

「そうだよな」

と続いた。

私は黙っていた。

「殉死するのは、俺がオヤジのいない世界を生きることになにひとつ興味が持てないからだ。俺は、オヤジのいない世界を生きているのが厭なのだ。そういう自分は、俺にはいとわしい。

だが、オヤジが俺になにを望んでいるのか、か。

生きていたとき、オヤジは俺に、社長になれと言った。一度は断った。だが、二度目は、オヤジも思いつめたものがあったのか断らせてくれなかった。だから俺は社長になった。

だが、それもこれも、オヤジがこの世にいての話だ。

オヤジが死んでしまった今、死んだオヤジが俺になにを望んでいるというのか？

わからん。

生きていたときのオヤジにそれなりの思いがあったことはわかっている、しかし、もうオヤジはいない。死んでしまった。

死んだものが生きてるものに何を望んでいるのかなど、生きているものにわかりはしない。だが、生きていたころ、オヤジが俺に望みをかけていたことはわかっていた。よく言ってくださったものだ、『オマエはまったくの馬鹿だ。だが、そいつに多少は気がついているらしいから、まだましなほうだな。他の連中ときたら、底なしだな。餓鬼道に落ちた亡者どもだ』って。

だから、死んだオヤジが俺に何をしろと望んでいるか、そいつを生きている俺が察することはできるかもしれん」

「殉死してくれ、じゃない」

「いや、わからんな」

「なんにしてもお前の側には、察したことを実行しなくてはならないという使命感がある」

「いや、やっぱり違う。

俺なんかにオヤジの考えを察するなんてことは、どだい無理な話だ。

小関さんがあんなことをしでかしてくれたから、オヤジが俺を引っ張りだして後釜につけた」

「お守りまでつけてくれて、な」

「ああ、オヤジはあの女を俺のところに置いたまま、独りで興津へ帰っていった。まるで忘れ物でもしたみたいな具合だった。

独りになりたかったはずはない。オヤジなりの思いがそこに込められていた。さすがに、

『俺のお下がりだ、大事にしてやってくれ』とは口に出さなかったがな」

古堂房恵のことだった。しかし、あの男も私もそれ以上彼女の話には踏み込まなかった。

「俺は、言われた場所で、オヤジに言われるままに動き回った。

管理人だって？　お前がなにを言いたいのか、俺にはわからん。オーナーと管理人。そんなシャレた言葉なんか、俺にはなんの関係もない。

俺は、オヤジ、南川丈太郎という男のために働いた。南川丈太郎の両方の耳に俺のしたことを報告するためだ。

だけど、そのオヤジがいなくなってしまった」

私は、自分が急ぎすぎていると感じた。

人を説得するのは、私の人生の悦びのひとつなのだ。説得の中身がなんであれ、相手が誰であれ、私は他人を説得することが好きなのだ。それは、私の第二の性(さが)と言ってもいい。それをやって、さてなにをするというのでもない。

相手が、自分のほんとうにしたかったこと、すべきであったことに気づく、そのささやかな手伝いだと思っている。

いや、ただの性分なのだろう。こんなことを思い出す。

――私がまだ若くて学生だったころ、日光へ行く特急電車で、たまたま隣にすわった女性に話しかけたことがあった。初めて会う女性だった。とても痩せていた。行き先に着くまでの一時間半。私は全力をつくした。私なりに、なにものかに挑んでいたのだ。一時間半後、その女性は降りる予定の駅を、私の隣にすわったまま車窓越しにながめていた――。

私は、

「お前のいうオヤジは、会社がいとおしくてたまらなかったから、引退の身を引きずってもういちど会社に戻ったのじゃないかね？　そのとき、会社っていう独りきりの娘をお前にめあわせようっていうのが、オヤジなる方の切なる願いだったのじゃないか？」

私は、あの男の目を覗きこみながら、静かな細い声で話し続けた。

「その後、内外海行って名前の娘さんはしあわせかね？　いいお嫁さんになったかね？」

「しあわせ？　独りきりの娘？　嫁？　会社が？」

そう問い返すと、あの男はふたたび私の向こう側、はるか彼方をながめはじめた。

オヤジなるものとの対話をしている。私は彼をそのままにしておくことにした。五分を超える長い沈黙があった。

「『お前の殉じるのは、俺じゃないよ、会社だよ』、そうオヤジさんが言っている。『オマエには、なにもかもわかっているはずだ』ともおっしゃっている。悲しいことだが、俺には何もわからない。でも、オヤジさんがそう言っている」

あの男は、オヤジさんなるものの声が聞こえてくるままを口にしている。私にはあの男の言うことを言葉どおり信じることができた。

「大木、俺はオヤジさんの言うことをする。俺にはなにがなんだかわからない。しかし、オヤジさんは、俺にはわかっていると言う。ならば、それで十分だ。俺は、会社に殉ずる。オヤジさんが置き去りにしていった娘の面倒をみる。それがオヤジさんへの俺の殉死だ」

あの男は会社と一体になった。

第二章　社長秘書・古堂房恵

6

内外海行の役員フロア入り口には、びっくりするほど大きな黒い大理石のカウンターがあって、その後ろに、淡いグリーンの制服姿の女性が二人、ちょこんと座っている。二人の背後の壁も同じ黒の大理石で、その壁には漢字とアルファベットの金文字で「内外海行」、〈Naigai & Co.〉と大書されているから、黒と金のなかに若い女性がそろいの薄い緑色の服を着て、小さく優雅に浮かんでいるという風景になっていた。

社長室に行こうとするものは誰でもこのカウンターの前をとおらなければならない。カウンターの前の女性たちはいつも微笑みを絶やさない。しかし、どんな不審な動きも見逃さないように訓練されてもいる。

もうすぐ昼休みになろうかというころ、寝不足なのか受付の二人のうち年かさの一人が、あくびをかみ殺そうと口元をほんの少しあけた。慌ててピンクの上下の唇に力をいれているところへ、一人の男が足音をしのばせつつカウンターに近づいてきた。ネクタイを外して、背広もだらしなく着くずしている。三十歳を超えているだろうか。中肉中背、髪はぼさぼさのまま額に垂れている。眉がするどい。

二人の女性のうち、若い方の女性がすわったまま軽い会釈をした。

男は、名刺を差し出しながら簡単に自己紹介すると、低い声で用件を切り出した。

名刺に「経済ワールド　副編集長　大宮幸人」とあるのを確認しつつ、会釈をしたほうの女性が、男に答える。

「は。経済ワールドの大宮さまですね。社長についてのお話を、というご用件でいらっしゃったのですか。広報のほうには？」

「もちろんお話ししてあります。なんならご確認ください」

大宮がにこりともせずに答えた。

受付の女性は微笑みをつくると、

「失礼いたしました。もう、ご連絡いただいているんですね。社長のどんなことでございましょうか？」

「うん、おたくの社長の素顔っていうテーマでインタビューをしたいんだ。社長ご本人の前に、社長の素顔っていうのをいちばん知っている秘書の方のインタビューをお願いしたいんですよ」

受付の女性の表情が一瞬こわばった。

「え？　社長だけではなく秘書にも話をききたい、と？」

すぐに、もとの微笑みを取り戻す。

「でも、私は社長の秘書と申しましても六人いる社長秘書のなかでは入社したての新米で受付担当ですし、そのようなことなど何もわかりません。私なんかにきかれるよりも、一番古くから秘書をやっております古堂がふさわしいのではないでしょうか」

「ああ、古堂房恵さんね。

あの人がいいかもしれないね。確かにあなたの言うとおりだ」

大宮がにこりとした。

「ご存知でいらっしゃいますか。ええ、その古堂房恵です」

「古堂さんだな、うん。

で、彼女っていくつだっけ？　女性の年齢だけど、本人に訊くわけじゃないからかまわないよね」

大宮は、笑顔のまま急になれなれしい口調になっていた。

「は？　古堂はいくつになるかというご質問ですか？

そういうことは、私から申し上げるわけにはまいりません。しかられてしまいます。それに、私、古堂の年齢なぞ、存じませんし。

ちょっとお待ちください。古堂を呼んでまいりますので」

若いほうのその女性がカウンターの後ろにある隠し扉から奥へ入ると、入れ替わりに五十歳前後とおぼしき女性がでてきてカウンターの内側に立った。そのまま、名刺に目をやりながら、

「はい、私が古堂房恵でございます。

ああ、経済ワールドの方ですか。いつもいつも社長がお世話になっております。御誌は大変ご見識の高い雑誌だと、常々社長が申しております。

副編集長の大宮様でいらっしゃいますね。それはそれは。

申し訳ございません。本日はあいにく外出しておりまして、一日会社には戻らない予定になっております」

古堂房恵を呼びに行った女性が、古堂房恵に耳打ちした。

「私にもインタビューをしたいというお話なんだそうですね。

社長の素顔を聞かせてほしい、というお話ですとか。秘書の目から間近に見たところをお聞きになりたい、と」

大宮がポケットの中に手をつっこんでかき回しながら、

「次号は無理かな。でも、そうでなくてもその次には」

と、ぼそりと言った。

「なるほど、次々号がそういうご企画でいらっしゃるんですか。

それは、それは。

でも、そういうお話は、私などにはとてもとても。

社長につきましてのマスコミの方のご取材は、すべて広報をとおしていただくことになっております。皆さんどなたにもそのようにお願いさせていただいております。ええ、どうかご理解ください。

私、てっきり社長への中期計画についてのインタビューとばかり。広報からも、大宮様のご訪問はそのようなお話だと申してきておりましたものですから。

たしか予定の日時も今日ではなく別の日だったかと。

申し訳ありませんが、どうかご理解ください」

大宮は、押し問答をするでもなく、また来る旨だけを告げると、拍子ぬけするように素直に引き上げていった。

内外海行の社長秘書たちは、そろってランチをとることが多い。他の社員とはフロアが異なるうえ、女性社員同士といっても、秘書とそのほかの部署とではふだんの付き合いも少ないのだ。

ランチの中身はそれぞれに違う。近くのコンビニから買ってきた、薄いプラスティックの容器にはいったコンビニ弁当を机の上に置いているものもあれば、母親の手作り弁当を持参するものもいる。ちいさな楕円形のピンクの弁当箱に、飾り見本のようにほんの少しだけご飯と惣菜がつめこんである。ときには昨日の夕食のメニューをほうふつとさせるものもある。

六人のなかでちょうど真ん中の年齢の女性が、コンビニのスパゲッティをプラスティックのフォークでつつきながら口を開いた。小柄で、大きな眼をしている。プラスティックの名札に小田真美とあった。

「ねえ、ねえ、さっきのあのイケメン、どこの誰？　裏からモニターでみてたんだけど、カッコいいよね。背がもうちょっとあるといいんだけれど、でも、雰囲気あった。あの、眉がグッとりりしいとこなんか、とっても素敵」

「雑誌の記者さんよ。『経済ワールド』っていう」

大柄な女性が答えた。藤野美咲という名札をつけていた。

「へえ、雑誌の記者なの。

そういえば、ジャーナリストって感じだったよね。

経済ワールドなんて聞いたことないよ。なに、それ。

そんなくだらない雑誌の記者なんかしてるようじゃ、大した人じゃないのか。なーんだ。残念」

小田真美はスパゲッティを口に運ぶ手を止めると眉を寄せて言葉を続ける。

「だいたい、ウチにはろくな男いないじゃない。そのうえに、こんな社長室なんかにくすぶってたら、男に会うチャンスだって、ちっともないし……。

毎日まいにち、顔を会わす男ときたら、平均年齢五十五歳。おじいちゃんばっか。

私、二十七よ。未婚、独身。現在、婚活真っ盛りなのに！」

すると、年上らしい女性が、口のなかにいれたばかりのキュウリを急いで飲み下すと、

「真美ちゃんは、まだ理想を追いかけていられる歳だから。うらやましい。

私くらいになると、ぐっと現実をみちゃう。

ほら、あの営業二部の業務にいる香川君、あの人、いいと思ってるんだ。背が高くて、色白で、カッコいい。

でも、こっちから声かけるわけにもいかないし。事務職で隣で仕事でもしてりゃ、いっぱいチャンスがあるんでしょうけど、ここにいるとそうもいかないし、ねえ」

と、口をとがらした。近藤琴利という名札の角が少しこすれて丸くなっていた。

「バーカだ、琴利って。いま気がついたの。遅い、遅い。あの香川翔太って子は、私のな

の」

今度は、その隣にすわった、同じような年かっこうの女性の番だった。肩でまとめた髪が背中まで届いている。松下麻緒とある名札が、同じように少し古びていた。

「私、会社入ってきたときから、ずーっと狙ってたんだから。手出しちゃ駄目。他人のもの欲しがるなんて、泥棒猫のすることよ」

琴利と呼ばれた女性の向かいの一番新しい秘書からも声があがった。

「そんなことといって、麻緒先輩。なんか、まだまだみたいじゃないですか。敵は秘書室だけにいるわけじゃありませんからね。気をつけてください。もう、とっくに誰かとくっついているかも。いえ、知りません。私じゃありませんからね」

と言ってから、ため息まじりに、

「でも、先輩たちはいいですよねえ。私なんか、ときどきお茶いれて、お客さんに出すだけの役じゃないですか。受付は順番でしますけど、話をするって感じじゃありませんし。ぜんぜん見通し暗い。真っ暗くら。

私、ほんと、まる一日会社にいて、誰にも会わないことだってあるんですよ。会社きて、制服に着替えて、新聞を社長の机に置いたら、あとはお茶碗洗いばっか。私、会社入るまで、自分ちでお茶碗なんか洗ったことなかったんですよ。今だって、家に帰ったら上げ膳据え膳サマなんですから」

すると、はす向かいから藤野美咲が、

「久美ちゃん。みんな、その道を歩いて来たの。嘆かない、ぼやかない。大丈夫。もうちょっとすると、楽しくてワクワクするような毎日が待ってるのよ、フフッ」

と、新人秘書の伊野久美をからかう。近藤琴利と松下麻緒との三人が同期入社組なのだ。そのすぐ下が小田真美で、伊野久美が新人だった。

「それにしても、あのイケメン、社長の素顔についてききたい、なんて言ってたね。なに、それ。

ウチの社長、なんかそっちのほうであるの？　雑誌の記者なんかがクンクン嗅ぎまわりたくなるようなことしているの？」

「だって、バツイチでしょ。なんか、いろいろあるのかもね。ほら、いうじゃない、二度あることは三度あるって」

松下麻緒が色白のふっくらした顔いっぱいの笑顔で答える。

「違うでしょ。そんな話じゃないと思うよ、美咲。

ウチくらいになると、社長も表の顔はけっこう知られる機会があるけど、ほら、あるじゃない、雑誌でいろんな会社の社長さんの家を写真で出してるの。

あんな感じの企画じゃないの」

美咲の目が好奇心で左右に小刻みにゆれていた。

「ふーん。麻緒の考えだとどうなの？」

「私、いつもあの雑誌が社長のとこへ届くたびにパラパラって覗くんだけど、私でも名前を知ってる大きな会社の社長さんが、なんだかとんでもなく遠くの、牛久とか、そんなところに家があったりするのよ。それも、課長時代に住宅ローン目いっぱい借りて無理して買いました、みたいな。どこにでもありそうな、いかにも建売っていうやつ。

そう、寅さんの映画に出てくる博さん、ほら、倍賞千恵子のご亭主役、あの印刷屋さんの真面目な職人がローンでやっと買いました、みたいな家」

「えっ、なんですか、それ。先輩、ずいぶん古い映画を観てるんですね」

久美が感嘆の声をあげた。

「そう、女もこの歳になると何でも知ってないとね、オツキアイに困るの」

「でも、そういうことが話題になるような歳の男の人と、先輩、交際されているんですか」

「いいの、どうでも。

とにかく、あの雑誌社のイケメンはそんな昔話が聞きたいんじゃないの。なんていうか、苦労話。

私も課長になる前はこんな失敗をしました、とか」

「社長、離婚してらっしゃいますよね。社長が離婚されたのって、そのころのことなんですか？　今六十四歳でしょ。お嬢さんが確か大学。だから、四十五くらいのときの子。

やっぱ、別れてらっしゃるんですよね」

松下麻緒が伊野久美に答えようとしたところに、近藤琴利が横から口を入れて、同期三人組のかけ合いになってしまった。

「二度目の奥さんて、どんな人？　知ってる？

ウチにいた人だっていうじゃない。まさか、元社長秘書？」

「違うわよ。だいいち、ご本人がまだ社長になってないもの」

「あ、そうか」

麻緒の説明に琴利は簡単に納得した。

「バーカ。

でも、社長の素顔、かあ。

素顔って、自分ちでの顔のことでしょ。社長、家に帰ったらどうしているのかしら？」

「自分でお料理しちゃったりして？」

「そう。確か、一度会社辞めているでしょ。あのとき、社長、毎日自分ちのキッチンで包丁を振り回していたのよ。

人に聞いたんだけど、朝早くから起きて、奥さんとお嬢さんのために朝ごはんつくってたんだって。

純粋の和食。炊き立ての白いご飯とシャケの切り身を焼いたのに、とうふのお味噌汁、とか。

それからお片付けを済ませて、お嬢さんを小学校へ送っていったんだそうよ、手つないで、いっしょに歩いて。

そのとき、社長、五十五だよ。

気持ちわる」

麻緒が顔をしかめてみせた。

「そう？

私、とってもいいお話だと思うけどな。

私も、そういう男の人の子どもつくって、三人でいっしょに暮らしてみたい。

ベッドでぐずぐずしている私に、『そろそろお目覚めですか、奥様？　朝ごはんのご用意ができております』なんて。

それに、後片付けまでしちゃうところが素適。

やっぱり、よくわかってるってことよね」

美咲の言葉に琴利が水をかける。

「駄目。そのオママゴトは三年でおしまいになっちゃったの。それで、元の仕事の鬼」

「じゃ、その後は、プライベート・ライフ、うまくいっていないんじゃないの？　だって、そうでしょう。女って、なまじ楽しい時間があると後がかえって辛くなるものじゃない」

「わーっ、実感こもってるう」

「それにしても、麻緒、いつも焼肉弁当ね」

「はまってんの、焼肉弁当に。ここの、おいしいのよ」

「でも、あの記者の人、なにを聞きたかったのかしら？

考えてみたら、広報に嘘ついて接近してきたのよね。だって、広報には、社長の素顔って話じゃなくて、なんでも会社の中期計画についてききたい、ってコンタクトがあったって言うんでしょう。

変。おかしい。

やっぱり、なにかある。

社長の素顔。素顔？

考えてみたら、素顔、って自宅での顔とはかぎらないかも。

銀座や六本木のクラブなんかでも、社長ってすごいお金つかっているじゃない。

そっち、かも」

美咲がひらめいたように言ってみせる。

「そういえば、クラブの女性からときどき電話がかかってくる」

「違う、違う。いまどき、会社の固定電話にかかってくるってことは、親密じゃないってことよ」

琴利はなんでもわかっているといわんばかりだった。

「社長の携帯メール、誰か知ってるの？」

「なにもありません。

そりゃ、携帯にクラブの電話番号はいっぱい入っているけど、それだけ。あんまり通話記録がないもの」

「でも、消してるのかも？」

伊野久美が三人のやり取りに割って入ろうと真剣な顔つきで口を開いた。

「私、社長にかぎって、そんな気がしません。あの、社長さんて、私、よく知らないんですけど、でも、いっつも会社のことばっかり考えていらっしゃるみたい。

　私なんかから見ていると、なんだかお気の毒な気がすることがあるんです」

「えー、言ってくれるわね。一番お若い、新米で苦労ばっかりしていらっしゃる、暗ーい久美ちゃん」

「すみません、生意気なこと。

　でも、社長さんの生活って、どこの会社でも同じなんでしょうか？　誰でもあんななんですか？

　朝来たら、会社の人がつぎつぎ会いに来て、外からのお客さんがみえて、昼は会食がずらり。それがない日は決まってザル蕎麦を下から私たちに運ばせる。でも、いつも書類をみながらあっという間。

　あれって、食事じゃありませんよね。悪いんですけど、無理やりなにかを胃に詰め込んでいるだけみたいで。

　それに、夕食っていえば外にいくつも約束があって。

　夕ご飯も、ご自分の好きなもの食べるっていうこと、少なそう」

「あ、琴利、そのキンピラゴボウ、おいしそう」

「うん、昨日の残りだけどね。母親のお得意」

「社長って、でも、いっぱいお金もらってるでしょ」

三人に無視されてしまっても、伊野久美はへこたれない。

「そうなんでしょうねえ。私なんかにはわかりませんが、お金って、たくさんあるとそんなに嬉しいものなんでしょうか？

社長は、お金のためにあんなに働いていらっしゃるっていうことなんですか？」

「うーん、そう言われると、そうね、どうなのかしらね」

「いったい、どのくらい貰っていらっしゃるんですか？」

「知ーらない。

誰も知らないんじゃない」

「少なくとも、年に一億に行ってないことだけは確か。だって、それ以上は世間にさらされるから」

琴利は得意気な調子だった。

「え、なんでですか？」

「なんだか法律で年収が一億以上あったら公表することになったんですって。あんた、そんなことも知らないの」

「私も知らなかった。

へえー、私、社長ってあんなに働いてるんだから何億もとってらっしゃるんだと思ってた。だって、私だってこの会社から五百万もいただいてんのよ」

「わー、いつも『薄給会社』って言ってる麻緒が、よく言うよ」

「でも、そう思いません？　私の二十倍もないの？

ウチって、社員が二千人もいるんですよ。社長はそのトップでしょ」

「麻緒が心配しなくたって大丈夫。麻緒の十人分はあるから」

伊野久美が三人の先輩秘書にすがるようにたずねる。

「私、思うんです。いったい社長って、なにが愉しみであんなに働いてらっしゃるのかしら、って。社長の人生、もう残り少ないでしょう。あと十年？　元気なのは五年なんてない。それなのに。

いつまで社長してらっしゃるのか知らないけど、おかわいそう。

私なんかには想像もつかないような偉い人たちとのお付き合いとか、大きな金額の取引とかあるんでしょうけど、でも、それって会社のことじゃないですか。会社のことって、あの社長がいなくっても誰かがやることでしょ。

自分じゃなきゃダメって頭から思ってらっしゃるんでしょうけど、それって本当？　って感じちゃうこと、ないのかしら？

副社長とか専務とか、その下の常務とか、いったいどんな風に思っているのかしら？　社長があの人たちを怒鳴っている声が漏れてくると、私、あの人たちも世間ではとっても偉い人たちなんだろうけど、世の中ってどうなっているのかしらって、わかんなくなっちゃうんです。

社長、私たちには、いつも、会社での時間を充実させて、みたいなことおっしゃいますよね。それがあなたがたの人生の中身だから、とか。余計なお世話、って思う。給料払ってくれる人なら、社長なんてだれでも同じ」

「そういえば」

突然、真美と呼ばれていた女性が口調をあらためた。

「運転手さんが言ってた。社長、妙な行動があるみたい」

「なに？　どんな？」

「うーん、聞いただけなんだけど、ほら、毎月興津に行ってらしたでしょ。あれなくなってから、都心のホテルにときどき籠もるんですって。独りだけで、何時間も」

「興津って、先代の社長の家でしょ。知ってる。あの、古堂さんもいた。

でも、都心のホテルって、お仕事じゃないの？　お客さんに会うだけじゃないの？」

「それが、いつも決まって、あの有名な建築家が設計した高台にあるホテルなんですって。そこで、社長、なにしているんでしょう？」

「お独りなの？」

「そんなこと、わかりっこないじゃないですか。でも、独りでいるんなら社長室にいても同じなのに、どうしてかしら、って思ったんです。だから、誰かと？かも」

「オンナ、だ」

美咲の目が輝く。

「でも、社長もう六十四よ」

「男は女とは違うのよ。それに社長になんかなる男は、もともと男のなかでも元気が違うの」

「ふーん、そういうものなんですか」

「そういうものなの。よーくおぼえておきなさい」

琴利はいつも訳知りだった。

「でも、私、社長になるような人と結婚なんてしなさそう」

「社長の謎、ね。

秘書も知らない、社長の素顔、か。

古堂さんなら、社長のことなんでも知っている人だから、わかってるかもね」

美咲の言葉に琴利が口をつっこむ。

「古堂さんてすごい。この間もトイレに行ったら、掃除している女の人と話しているのを聞いちゃった」

「琴利、ダメダメ。立ち聞きは悪い癖よ」

「いやだ麻緒、立ち聞きなんかしてない。私がトイレに入ったら、掃除の人が古堂さんに『済みませんねえ、いつも』ってお礼言ってたの。古堂さんが手洗いのシンクの周りを拭いてたのよ。なんでも気がついて、やっちゃう人。しかもさり気ない」

麻緒が話を戻す。

「わかった、琴利。私も同感。でもあの記者、ホテルのことで情報を握ってるのかも。誰か女性といるところを見た、とか」

「そしたら、どうしてウチの受付なんかに来るの？　その女性のこと、私たちがペラペラ喋るっていうわけ？　バッカみたい」

「そうか、それもそうね」

「素顔が本当の顔？　公式の顔が本当の顔？　どっちなんでしょう？」

「社長なんだから、公式の顔じゃない？」

「でも、人間は結局独りきり。だから、それが素顔なのかも」

琴利だった。だが、久美は止まらない。

「素顔ってなんですか？　私にも素顔ってあるんでしょうか？」

「あんたはぜんぶが素顔じゃない？　いつもスッピン」

「でも、受付にすわっているときは猫かぶっている」

「いわれたとおりの顔して、微笑みを浮かべて、言われたとおりの言葉づかいで、いわれたとおりの中身をしゃべってる」

「そうね、それは素顔じゃない。外向きの顔」

「友だちとお食事しているときが素顔なんですか？」

「あ、そういえば、そんなときでも、なんだか装っているって感じるときがある」

「今は？」

「今は、化粧はしているけど素顔でしょ。心の化粧を落とした顔」

「人によります。私なんか外向きのまんまですもの」

「そう言えちゃうところが、すごい」

きっかり一時間が経って午後一時が近づくと、みないっせいに立ち上がった。それぞれに食べ残しを片付けて、歯ブラシと化粧ポーチをもってトイレに向かう。午後の仕事の始まりだった。

7

「社長、おはようございます」

「おはよう」

いつもの朝のやりとりだった。あの男が会社にやってくると、いの一番に古堂房恵が熱いコーヒーをささげもって社長室に入る。小鳥が、「朝が来ました、朝が来ました」とさえずりながら楽しげに唄うように、新しい一日の始まったことをあの男に告げるのだ。

海外ブランドものの淡いブルーのスーツ姿と短くひっつめた髪型が、四十五歳をとうに過ぎた、最古参の独身秘書らしさをかもしだしている。もちろん、内外海行が扱っているブランドの一つだった。どうやら、腰まわりのサイズがすこし窮屈になってきていた。

「おや、なにかあったの？　今朝はなんだか声の調子が違うなあ」

あの男がロッカーに上着をしまいながら、背中を向けたまま古堂に話しかけた。怪訝そうな声だ。

「変だよ。なにがあったのか、教えて。
厭な話かな？
それなら、一番ききたくない話だから、一番最初に教えてちょうだい」
「おそれいります、社長。
実は、『経済ワールド』の大宮が、昨日訪ねてきました」
「経済ワールド？　大宮？
どうして？
あの男の取材申し込みは来週か再来週っていうことになっていたんじゃなかったっけ」
「ええ、そうなんです。そうなんですけど、でも、昨日、突然来たんです。
それだけではありません」
「話は結論から。
いつも言っていることでしょう。あなたには、もう何百回そう頼んだかわからないよ」
「済みません。
私にインタビューしたいというので、お断りしました」
「君に？
どうして？

なにを？」

「はい、社長秘書に、社長の素顔について聞きたい、と。

それで、受付のものが、『社長の素顔について秘書に聞くのなら、古堂がよい』と申しました。

受付のものが私に事情を報告しましたので、私は受付に出て、カウンター越しに大宮さんとお話ししました」

「なんて？」

「はい、社長がいらっしゃらないことと、取材は広報をとおす規則になっていることを申しました。約束の日が先になっていることも申しました」

「なるほど、どれもそのとおりだ。

それにしても、そんなことはとっくに承知の大宮が、どうして？」

「あとで広報にききましたら、『社長の素顔』という雑誌のシリーズ企画で、以前から取材依頼がはいっていたことは間違いないそうです。中期計画というのは、そのこともいっしょに、という程度だったそうです。ですが、日づけは再来週の水曜日、午後三時から一時間ということになっています」

「うん、そんな話だったよな。それを、大宮はどうして？」

「わかりません。

　でも、カウンター越しに私がお話ししましたら、『じゃ、また来ます』とだけ言って、すっと出てゆかれました」

「へえ、変な話だ」

「ええ、変なんです」

「なにか思いあたることがありますか？」

「ございません。

　あ、そういえば、私の名前を受付の女性にきいて、私が何歳かたずねたそうです。

　もちろん、受付のものは答えていません。知らない、と言ったそうです」

「なかなか訓練が行き届いているね。

　それにしたって、妙齢の女性の年齢を問うなんて、大宮も不粋な奴だな」

「ありがとうございます。もう妙齢というほど若くはございませんが。

　でも、どうして大宮が私の年齢なんかに興味をもったのか、すこし気になります」

「うん。

　大宮も男だから、君の顔を見て、あんまり若く見えるんで、突然、君がいくつか知りたくなったのじゃないか」

「いいえ、社長。そうだといいんですが、違います。

　大宮が私の年齢をたずねたのは、私に会うまえのことです。受付のものは大宮に、社長の素顔についてインタビューするなら一番年寄りの私がいいのではないかと言ったそうなんです。そしたら、大宮は私の名前を知っている様子だったそうです。それで、私に報告してきたのです」

「ふーん、そうか。断られるとわかっていて、なぜ？」

「そこなんです」

「君の顔が見たかった、ってことか」

「え？」

「だって、それしかないじゃないか。君、そのとき写真に撮られたのかな？」

「いいえ」

「でも、君にはわからないかもしれない。今の時代、目の前の人間に気づかれないで写真を撮るなんてことは簡単だからね」

「それはそうかもしれません。軽率でした」

「いや、そうは言っていない。この世には避けられないこともある。

　問題は、大宮がなぜ君の顔写真が欲しいのか、だな。内外海行社長秘書の古堂房恵の。もっとも、大宮の意図をそう決めつけてもいけないが」

　そう言いながら、あの男は机の上に置かれた、真っ白な地に太い金色の縁取りのある小ぶりのコーヒーカップをつまみあげると、ゆっくりと口に運んだ。底にNoritakeと印されている。右手の親指と人差し指の二本だけしか使わない。この指の動きが、一種一日の始まりの儀式の頂点なのだ。

「誰が知っている？」

「受付のもののほかは、社長と私だけです」

「ああ、そう。

　当面はそうしておいて。片岡なんかに言うと、また要らん心配をして騒ぎまわるから」

　片岡というのは総務部長の名前だ。

「はい」

　古堂房恵はそう返事をした。だが、いつものようにすぐにはあの男の机の前から立ち去ろうとしない。

「大宮が私の写真を欲しがっているなどと、社長はどうして思われたのですか？」

　意を決したような問いかけの言葉が古堂房恵の口から出た。

「他に考えようがないからさ。簡単なロジックだ。

受付に来た。

受付で判断できっこない無理難題を持ち出した。

君の名が受付の女の子から出た。

必然だな。この会社では、社長についてのインタビューを秘書の方に、なんて言えばそうなるに決まっている。大宮はそいつを承知だ。

案の定、君が出てきた。名前は先刻承知の古堂房恵さんだ。

君に無理を繰り返す。

やんわりと断りをいわれて、ていよく追い返される。

素直に出てゆく。

つまり、すべて大宮の予定どおりってわけだ。

つまり、大宮は君とそんなやりとりをする目的でウチに来たということだ。

その理由は？

あいつは内外海行自慢の黒大理石カウンターなんか見飽きている。

君の顔だ。音のしない電子式の隠しカメラだ、時間はかからん。

声なら電話でも聞ける。だが、顔は見えない。

顔がわかったところで、君の写真を手に入れるのは簡単ではない。

なんにせよ、そうやって君の写真を手に入れれば、第三者に見せて回ることができるってわけだ」

「前回の取材がなんだかおかしな具合だったと、社長、おっしゃっていました」

「そうだ。大宮は、この僕のことじゃなくて先代の社長のことばかり知りたがっていた。ま、それはそれで、この僕とすると、オヤジのことならいくらでも記者さんたちに自慢したいことだから上機嫌でしゃべりまくったんだがね。

でも、質問のなかに気になったのがいくつかあった」

「興津の家の登記のことですとか」

「そうだ、君、よくおぼえているね」

「おぼえておりますとも。

所有者欄に出てくる株式会社ゴンザーガの代表者は私の父ですから」

「そうだ。ときにご尊父はお元気かな？」

「はい、おかげさまでつつがなく暮らしております」

「どちらだったっけ」

「奈良です。父はそこで生まれました」

「そうか。奥様は確か」

「はい、何年も前に亡くなりました」

「そうだった。お独りなんだね。おいくつになられた？」

「来月で八十三歳になります」

「そうか、お元気なんだね。それはなによりだ。

　イザベラ・デステ・ゴンザーガという美しくて聡明な女性、ゴンザーガ家のイザベラが内外海行のために身を粉にして働いているから、おかげでゴンザーガ・ファミリーはますます安泰ということだね」

「美しくて聡明かどうかはともかく、はい、すべて社長のおかげだといつも父が申しております。

　でも、安泰ではないんです。父は、元気は元気なんですが、でも、やはりもう歳が歳です。母が亡くなってからはなんだか一度に歳をとったみたいです。兄と二人きりの兄弟ですから、父親の将来のことを話し合ってはいたんですが。

　結局は、誰も面倒をみてあげられそうにありません。私は東京で勤め人暮らしです。私、父親のことを考えるといてもたってもいられなくなる時があるんです」

「そうか。

　でも、歳をとって独りで生きていらっしゃるというのは素晴らしいことじゃないのかな。

オヤジがそうだった。

君をイザベラ・デステと呼んだのもオヤジだ。ルーブルでレオナルド・ダ・ヴィンチの描いた『イザベラ・デステ』という素描を観てから、オヤジが言い出した。

『レオナルドは一五〇三年にモナリザに手をつけた。ところがどうだ。あのルーブルの『イザベラ・デステ』は一五〇〇年の作だ。たった三年の違い。モナリザってのは、着ているのも髪型も、なにもかもイザベラだよ！　二十六歳だったイザベラが今もそのままそこにいる。なんて幸運な女性なんだ、レオナルド・ダ・ヴィンチの描いた自分が五百年後に生きていて、世界中の人々の憧れの的なんだからな』

オヤジはそう言っていた。僕は、イザベラ・デステっていうのをさっそくネットで調べたよ。

オヤジに『イザベラ・デステっていうのは、イタリアの侯爵夫人なんですね』と言ったら、オヤジ、『そうだ古堂君のように美しくって頭のいい女性だ。十五世紀の終わりから十六世紀の初めに、北イタリアのマントヴァという街で、大輪の花のように咲きほこっていた。マントヴァっていうのは、ロミオがジュリエットの死を聞いたところだ』

って言って、

『ほら、これを描いたのは誰だと思う？』

と、その素描の写真を見せてくれた。その、イザベラ・デステっていう女性の横顔の絵だった。

『あ、これ、モナリザじゃないですか』

僕は思わずそう答えてしまった。誰だってそう思うくらい、とっても似ていた。

いつも、なんでも、オヤジがすべてを考え、実行する。どれも素晴らしい。僕はオヤジのやった跡を、オヤジに言われたとおりに、はみださないように気をつけてなぞっているだけだよ。

なにもかも、だ。

内外海行のすべてはオヤジだ。君もよく知っているとおりだ」

「私の姓が、田中ですとか斉藤とか、ありふれた名前だったら良かったんですけど、済みません、古堂だなんて変な苗字で」

「おやおや、突然なにを言い出すのかと思えば。

古堂って、いい姓じゃないか。奈良に多いの？」

「はい。昔の大和国以来の姓なんだそうです。父には古いことくらいしか自慢するものがありません」

「そうだった、そうだった。そうご尊父がおっしゃっていらした。

大和国の、古いお堂、つまり南向きの広間の古いやつという意味です、と言われたっけな」

「古いお堂だなんてなんだか陰気な姓だなって、子どものころからずっと思ってました。とってもいやだったんです。

でも、女はいずれ姓が変わるから、と母親がなぐさめてくれました。

結局、変わらなかったんですが」

「もったいないことを言うね、君は」

「でも、大宮は興津の建物の登記を見れば所有名義が株式会社ゴンザーガと簡単にわかったはずです。

その次に株式会社ゴンザーガの登記を見れば、代表取締役が古堂従道という名前の男だとわかります。

そこには、古堂従道、つまり私の父の自宅、奈良の住所もでています。

そこまでくれば、戸籍を調べて私にたどりつくのも大した手間ではないでしょう。古堂従道の長女が古堂房恵で、独り身だと国の書類に書いてあります。

日本の登記とか戸籍って、すごい仕組みですよね。なんでもわかってしまう。

そこまでわかれば、その娘があいかわらず昔も今も内外海行の社長の秘書をしているのが偶然だとは思わないでしょう」

「って、前にも話したよね。それはそうに違いない。そういうことだ。誰が見てもそう思う。もっとも戸籍を見るのは簡単じゃないらしいがね。

　そうか、大宮の奴、前回の取材の後だいぶ調べまわったかな。それで君の写真を手に入れようってわけか」

　あの男はカップを大きく傾けると、コーヒーを飲みほした。

「だがね、それもオヤジの決めたことだ。

だから、それで良い。どれをとっても、オヤジの決めたことなんだから」

「私、心配。とても不安なの」

「なにが？　どうして？」

　あの男の問いには答えず、古堂房恵は下を向いたまま黙っていた。

　あの男が静かにカップを皿に戻す音がしたとき、古堂は小さく会釈をするとそのまま急ぎ足で部屋を出ていった。

8

　十一年前のことになる。古堂房恵は三十七歳だった。

あの男が社長になるずっと以前のこと。内外海行の社長はもう長いあいだ南川丈太郎で、六十八歳の南川がライオンのように君臨し、虎のように力を振るっていた。

「あの男はハイエナだ。

つまり、あの男は大したものだってことだぞ、房恵。

俺がハイエナってことで言おうとしているのは、そういうことだ。あの男は、ほかの人間にはできっこないことを、いとも簡単にやってのけた」

表参道にある南川のマンションだった。

昼間の社長室の続きが、夕刻を過ぎたところで所と人を替えて再び始まったのだ。

南川丈太郎が、昼間のできごとについて古堂房恵に説明していた。上機嫌なときのいつもの癖で、大声になっている。

房恵は、南川の椅子の隣にあるソファに座って、スリッパをはいた脚をそろえて斜めになりがし、黙って聞きいっている。

「誰もがとっくの昔に死んだと思っていたブランド、墓場に放りなげられて捨てられていたブランドを取りだして、手づかみで食ってみせた。

ああ、なんとも大した男だよ。

もっとも、人間は死んだ動物の肉しか食べないな。いや、例外はあるがな。動物は生きている動物の肉しか食べない。

人間の食べる肉は死体の肉だけだ。牛でも豚でも鳥でも羊でも。どれも人間様がいただくよりずっと以前のところで、死んでいる。俺もお前も、死んだ動物の肉を食べて喜んでいるってことだ」

その日の昼過ぎ、ミラノから帰ってきたあの男は、成田に着くなりまっすぐに社長室に入っていった。営業第三部長になったばかりのあの男だ。一時間経ったところで、南川に命じられて、古堂房恵が、エスプレッソ用の小さなカップを二つもって部屋に入ると、南川が房恵に呼びかけた。

「古堂君、こいつ、とんでもないことをしてきたぞ。

あの、バァさん、ほら、〈カリグラ・デ・ローマ〉の女性オーナー、あのバァさんのハートを射止めてきた。

死にかけたカリグラが生き返ったってわけだ。

バァさんの唇に、キッスまでしてきたそうだ。

なあ、べったりと塗られた真っ赤な口紅が自分の唇にくっついちまって、目の前でふき取るわけにもいかず、といってそのままじゃなんともみっともないし、ってんで困ったそうだ。

で、こいつ、どうしたと思う？

女ならわかるか？　女でもわからないか」

房恵は、慌てて小走りに社長室から逃げだしてしまった。

女性を、年齢を重ねているだけの理由で「バァさん」と呼ぶその言い方が、どうにもいやだったのだ。その年老いた女性の唇について、その唇に塗られた紅色のリップスティックについて、男たちが猥雑な会話をかわしている声が、震えがくるほどの嫌悪を感じさせた。

その老いた女性が一刀両断にくだしてくれた決断のおかげで、男二人が大いにビジネスの成績をあげることができたのだ。それを、もう遠く離れたところにいるからといって男が二人して笑いものにするなど、どうしても許せないという気がしてならなかった。


表参道にある南川のマンションというのは、会社が借りている。南青山五丁目、青山通りぞい、地下鉄銀座線の表参道駅の真上にある、古くて巨大なマンションだ。南青山第一マンションズという名のそのマンションは昭和四十五年に造られたものだから、もう三十年近く経っていることになる。その最上階、十一階の三十坪が南川の自宅だった。

いや、南川の自宅なら元麻布にあった。三百坪ほどの敷地にうっそうと濃い緑が繁茂し、樹々の太い幹と幹の間から、チューダー様式の古い洋館がひっそりと隠れるようにして建っているのが垣間みえる。お屋敷という形容がピッタリとくる。

表参道のマンションで二人が会うようになってから間もなく、南川が、房恵に話してくれたことがあった。

「あれは女房の持ちものなんだよ。地面も建物も、あいつのもの。女房の父親がじいさんから相続したのを、また相続したってしろものだ。土地は、もとはどこかの大名屋敷の一部だったって話だ。建物は、女房の父親が昔のイギリス貴族のマナーハウスを引き写すようにして造った。

あそこでは、建物のすみずみまであの女の息が吹きかけられていてな。薄暗い廊下を歩いていると、髪をふりみだした江戸時代の奥女中、そうでなきゃあ、マクベスの女房みたいのが後ろから抱きついてくるような、そんな気分にふっと襲われる」

「そんなことをおっしゃられて」

房恵は、南川が自分の妻のことをそんな風に話すのを聞いているのが辛かった。しかし、南川には房恵の気持ちなどわからない。

「あいつは、あそこで生まれて、あそこで育った。

建物だけじゃない。庭の一木一草にも、あいつの手が触れた跡がありありとしている。広い庭の真ん中にある、濁りきってよどんだ池のほとりに立ってみると、そいつがよくわかる。一本一本の木や草が、あいつが草履ばきで庭におりてきて、その手の指先で触ってくれるの

を待っている。だから、俺なんかが庭にいても、雑草までが見かけない異物でも見るように
まるで知らん顔だ。池の鯉までが俺が近づくとスッと反対側に泳いで逃げて、おびえたよう
に一つにかたまってる始末さ。
　あれは俺の本当の家じゃない。
　俺が死ぬべきところじゃない」
　元麻布の屋敷には南川の寝室があった。南川は毎晩遅く、運転手ひとりに送られて帰って、
その部屋のベッドで独り眠る。
「このマンションこそが俺の家だ。俺が借りた。俺が稼いだ金で、だ。いや、形式は会社の
金だが、家賃がなけりゃ、俺が会社から当然もらう金だ。家賃の分だけ、俺が会社から貰う
金は減っている。計算はキッチリと合っている。
　コンクリートと鉄とガラスでできた箱だが、そのなかにいると、安心して手足を伸ばして
いられる。心をゆるめていられる。誰も、どこからも襲ってこない。ドアは鋼鉄でできてい
る。二重のロックと二重のドア・チェーンだ。俺が特別に言って、そうしてもらった。外側
からドア・チェーンを切断することは絶対にできない」
　南川は、白いバルセロナ・チェアを二つ並べて、だらしなく体をもたせかけていた。ズボ
ンとポロシャツの間から、大きな太鼓腹がまる出しになっている。ヘソのまわりに濃くて太

い毛が密集して渦を巻き、そのままズボンのなかに続いていた。足は宙ぶらりんで、床にとどいていない。バルセロナ・チェアというのは、一九二九年にミース・ファン・デル・ローエがデザインした椅子だ。後ろに傾いた革製の背もたれと座面が、押しつぶされたX字型をしたスチール製の脚のうえに載っている。

「大恐慌の年だ。だから、こいつは俺より一つ年上ってことだ」

南川がこの椅子にすわっているときに得意気に口にするせりふだった。

「こいつに、本当に毎日すわって暮らしている奴が、いったい世界に何人いるかな。大切に玄関や部屋の中に置いている奴はごまんといるが、なに、ただ飾っているだけだ。しかし、椅子ってのは、日常坐臥(ざが)、尻を載せるためにあるものだ」

これは、自慢するときの口上だ。

三十畳はある広いリビングだった。

古堂房恵のすわっているのは、ル・コルビュジェのLC2、あの剝きだしのスチール・パイプが外側から四角く取り囲んだソファだった。その周りの絨毯を、伏せた銀色のサラダ・ボールから溢れ出た光がまあるく照らしている。サラダ・ボールは、まるで釣り上げられてすっかり観念した大魚のようで、軽やかに半月形に伸びた釣竿の先に静かにぶらさがっていた。

アキッレ・カステリオーニのアルコだった。釣竿の反対の端には大理石の土台がついていて、太古の昔から自らの意志でそこに存在しつづけてきたかのように、そうしていることが己の天命と悟りきってでもいるかのように、どっしりとして動かない。

このマンションに初めてきたとき、この照明のデザインが房恵と一つ違いだと聞かされた。以来、房恵には、この部屋の、このコーナーは妙に懐かしい。

どの椅子も、照明も、この部屋のなにもかも、南川が自分で選んだものだった。自分の眼鏡にかなったものしか置いてない。趣味のいいもの。房恵もその一つだった。

「贅沢なものは要らない。そういうものだけが、俺といっしょにここにいる資格がある」

南川はそう教えてくれた。

古堂房恵は、このマンションに誘われた日のことをよく覚えていた。

なにげなしに自分用の小さなマンションを買うつもりだと口にしたら、南川がふーん、と言って、しばらくしてから、じゃあ、僕のマンションを見においで、と言った。その場限りのこととやり過ごしていたら、何カ月かして、南川がもう一度そのことを口にした。それで房恵は初めてこのマンションに来たのだ。ずいぶんと古びた外観なのに、内装ときたら、今朝までかかってやっと改装が終わりましたといわんばかりに真新しくて、まだ新しい壁紙や絨緞のにおいがした。不思議な気がした。

房恵が、自分が買うつもりのマンションはこのリビング・ルームにすっぽりと全部入ってしまうと両腕をひろげて説明すると、南川は、

「えらく小さいのを買うんだな」

そう言って笑った。

「女が歳を重ねてゆくには、自分のお城が要ります。オモチャみたいに小さくたって、私、独りですからちっとも構いません。でも、広い世の中で、ここだけは自分のものということのできる場所がないと女は不安なのです」

房恵は真顔で言い返した。

房恵が、表参道のマンションの合鍵を肌身はなさず持つようになったのは、それから間もなくのことだった。南川は房恵に合鍵を渡すとき、

「ここは二人だけの空間だよ」

と耳元でささやいた。すぐ目の前に、ほんのりと頬を染めた、少年のような南川が背中を少し丸めるようにして立っていた。

なにもかもが不思議だった。房恵は南川の妻のことを考えた。黙っていなくてはならない。

そう思った。でも、どうして踏み越えてしまったのか。南川だった。南川を見ていると、どうしても望むとおりにしてやらずにはいられないのだ。なぜだかはわからない。房恵にとってはそういうことだったと言うほかない。

　自分だけではない、他にもいっぱい同じような立場の女性がいたのだろうと思った。しかし、今は自分だけと信じることができた。南川はそういう目をして房恵を見つめてくれたのだ。

　そのとき南川は、

「君を初めて見たとき、僕は、『この人といっしょに働くことができたら、きっと楽しいに違いない。自分の体と心から、こんこんと生命(いのち)の力が湧きあがってくるにちがいない。自分の限界を忘れてしまって、夢中になって生きることになる』って、そう感じたんだ」

　と言った。

「え、いつのこと？」

　房恵がそう問うと、

「君が二十六歳で、受付のカウンターに座っていたとき。僕が五十七歳で、黒いカウンターの上にでている君の淡いグリーンの姿に魅入られたとき」

　南川がそう答えて、微笑んだ。

「僕は、きっと、どこかで、自分の衰え、自分の肉体から若さが去っていくこと、心の潤い、勢いが減りつつあることを感じ始めていたのだと思う。一瞬のうちに僕の胸を射たもの、僕が君のなかに見たものは、自分の女性としての性を意識していない存在、自分が男と性的な関係を持つことがあり得ると少しも感じていない人の姿だった」

南川はそう房恵に言いながら、あのころの自分についてそれ以上を語らなかった。

南川は或る女性との長い関係から離れようとしていたのだ。南川には、結局はその女性を傷つける結果にしかならなかったという後悔があった。

しかし、他に取るべき道はないという苦い確信があった。南川は、仕事に忙しく、女は南川といっしょに過ごす時間が少しでも長いことを願った。小さなクラブのママをしていた彼女の店へ顔を出さないこと、行ってもずいぶんと遅い時刻で、その場かぎりでそそくさと帰宅してしまうことが重なって、彼女は変わってしまった南川に不満をぶつけた。

その女性と出逢った四十代初めのころの南川なら、彼女の仕事の終わるのを待っていっしょに彼女の六本木のマンションに寄り、午前三時を回ってから元麻布に戻っても、翌朝はいつもどおり朝早くからはつらつと働くことができた。しかし、五十五歳を回ってからの南川には、それができなくなっていた。

それ以来、南川は女性と長い関係を持つことがなくなった。どの相手も房恵よりもずっと年上だった。そうした女性相手に、南川は金払いのよい、移り気な初老の男の役を軽やかに務めてきたのだ。それなりの安定した生活があった。

房恵が秘書になった二十七歳から三十四歳になるまでの八年間、南川は房恵には文字通り指一本触れないで来た。触れたいと思わないではなかったが、彼女には彼女の人生があり、若い男との、年齢にふさわしい関係があるのだろうと想像していた。南川にとっての房恵は、すぐ身近にある生命の湧きでる泉ということだけで充分だったのだ。

そこに若さへの嫉妬があったこと、だから自分の欲望を抑えつけていたことを、南川は自分に否定しようとは思わなかった。余りに年齢が違ったから、彼女が自分のような若くもない男に未来を共有する異性として関心を持つだろうなどとは考えることもできなかった。

何よりも、南川には自分には房恵と男女としての関係を結ぶ資格がないだろうという思いが厳然としてあった。元麻布にいる妻の存在があったのだ。夫婦としての関係が空疎なものになっているとしても、南川が妻のある身であることに変わりはない。それに妻以外の女性たちとの関係もあった。

もともと南川は、自分の会社に勤めている女性と男女の関係になることは注意深く避けてきていた。世の中でセクハラという言葉が知られるようになるずっと以前から、会社で間近にいる女性たちが、それぞれの人生への思いを抱いて毎朝会社へ来て夕方まで働いていること、その一つひとつがかけがえのないそれぞれの女性の人生であることを南川はよく理解していた。南川なりの「倫理観」だったといってもよい。

南川が自分の人生を大切に感じるように、どの女性もそれぞれの人生が大事だという感覚に満ち満ちている。房恵を見る自分の目に邪(よこしま)なものがないかと自ら点検するごとに、南川はやましさの影があることをいつも感じていた。それでも、ほんの少しでも外側から気取られるような言動を自らに禁じていたから、そこに南川なりの安堵と満足感があったのだ。南川は、組織の頂点に立っている者としての責任感と誇りが自分にはあると信じていた。内外海行にいる人間には、それぞれの人生の可能性を最大限に開花させてやりたい。そう願い、それを実現することを自らに課していた。

だから、南川の関係した女性には南川と仕事の上で関係のある人間は一人もいなかった。男女が偶然のように出会ってお互いに惹かれ合う。そのうちに、矢も盾もたまらないようになって関係が深まっていく。そうした男女の関係こそ、南川にとってなんど繰り返しても飽きることのない人生の営みだった。仕事では感じられない人生の微妙な襞がそこにはあった。

だが、六十五歳になっていた南川は、三十四歳になった古堂房恵については自らに例外を許してしまったのだ。

房恵が三十四歳になっていたことは意識していた。いつも彼女の年齢は心にあった。早く結婚し子どもをつくらなくてはいけないのに、と余計な心配までしていた。

　だから、彼女から小さなマンションを買うと聞いたとき、ああ、この女性は一生独りで生きる決心をしたのだなと思った。なにがあってそうなったのかはわからなかったが、少なくとも、いっしょに一生を過ごす男に出逢わなかったということなのだろう、それなら、と思った。三十四歳の女性の判断はそれを大人の判断と受け止めて、一人前の男が行動しても良いはずだと考えた。房恵が自らの人生を選ぶのだ。

　六十五歳の南川は、房恵を既に八年間見ていた。房恵の仕事ぶりがなによりも彼女の人となりを示していた。優しく、懇切で、相手の思いに配慮せずにおれない。南川が何を考えているのか、感じているのか、いつも先回りするようにして察してくれた。これ以上を想像することのできないほど最高の秘書だった。それが南川には、自分という男にとって最良の女性に思われたのだ。もし房恵が南川の思いを受け入れるなら、できるだけのことをして大事にしなくては。そう自分に言い聞かせた。

　成熟した三十四の女性がいて、衰え始めた六十五の男がいた。落差は二十七歳と五十八歳のときよりも大きく、なにもしなければもうすぐ無限の距離になってしまって、この世では無縁でしかなくなってしまうと感じた。その思いが、自分が資格のない人間である自覚を南川の頭から消し去ってしまった。房恵が職場で部下であること、その立場にあればこそ日日南川と接しているという事実を忘れさせてしまったのだ。

房恵との間に新しい人生が始まる。その可能性に南川は夢中になった。房恵の仕事は夕方には終わる。南川さえこのマンションに戻れば、房恵はいつでもそこにいる。南川が元麻布に戻るために車に乗るまでの時間、二人で過ごすことができる、あり得ないことが現実になるかもしれない。もちろん、房恵が承知してくれなければ何も始まらない。しかし、房恵は長い間にわたって南川の秘書だったのだ。房恵は、南川の裏も表も、何もかも一切を知っていた。

房恵がマンションを買う話を聞いて、すぐに表参道のマンションを借りた。このマンションにしたのは、表参道という新しい時代の街並みと建物の古さとの組み合わせが、二人で人生の時を過ごすのにふさわしい場所だと感じられたからだった。

それまで自分の娘だった。どういうわけか嫁がない娘。それを愛人にした。いや、世間では愛人と呼ぶのかもしれないが、自分にとっては別のもののつもりだった。

三十四歳までの房恵にとって、南川以外の男性はほとんど人生に存在したことがなかった。中学も高校も群馬県の女子校だった。上京して入った大学も女性だけだった。

だから、内外海行に入社して、まわりにたくさんの男性がいるのを見たときには少し日まいがするような気がした。会社にいて、男に囲まれているだけで恥ずかしかった。

大勢の秘書の一人になって、二人一組で受付に座っていたら、目の前を通るたびに手を振って過ぎる、妙に愛想のよい中年の男がいた。用事もないのにカウンターに両肘をついてかがみこんで、房恵の目の中を覗きこんで話しこむ。

気持ちが悪かった。が、我慢していた。会社の偉い人だと聞いていたのだ。

仲間が、

「気をつけたほうがいいわよ。あの人、古堂さんに気があるのよ。あぶない、あぶない。いっぱい女性がいるって噂よ」

と忠告してくれた。

五年経ったところで急に人事から南川の秘書になれと言われた。南川が常務になったときだった。五十八歳と聞いた。房恵は二十七歳で、一人きりの常務秘書だった。

毎日ひどく緊張した。南川はほとんど父親と同じ年齢だったのだ。いつも見られているような気がしていた。

しかし、当の南川は、いっしょにいると少しも年齢を感じさせなかった。大声で笑い、怒鳴り、唸(うな)り声をあげ、電話器を叩きつけて口惜しがった。その姿がおかしくて、見飽きなかった。

表参道のマンションでの時間が始まると、房恵はそこでの生活費を細大漏らさず記録し、南川に報告した。その金額だけを受け取った。それ以上のお金を受け取ることにはかたくなに応じようとしなかった。初め南川は無視しようとし、次いで困惑した。誕生日なのだからお祝いをと言うと、二人で毎日使えるものが欲しいと言い張った。以来、いっしょにティー・カップを眺め、気に入ると買い求めることが習慣になった。

たいていの日、南川の夜は仕事上の会食に費やされる。

あの夜、〈カリグラ・デ・ローマ〉の一件があった日は、ひさしぶりに南川の体が夕方から空いたのだった。そんな日の南川は、食事に注文はない。房恵が買ってきた惣菜とマンションでこしらえる単純なサラダこそが南川にとってはご馳走なのだという。なにはなくても、豆腐さえあれば満足していた。

「そうか、房恵は、俺たちがクラウディアをバアさんと言ったのが嫌だったのか」

南川は家に戻ると、会社にいるときとうってかわって、とてもやさしい。表情がなごむ。口調がおだやかになる。房恵は、ときどき、ふっと女性、それも自分の母親と二人でいるような錯覚にとらわれることがあるほどだった。

「悪かったな。

だが、俺はあの男のやったことをほめてやりたくってな。あれが、俺流の、南川丈太郎式の、がさつだが、他のどんなやり方よりも真実味のこもったほめ言葉なんだ。

とにかく、あいつは大した男だ。

第一、運がいい。

房恵、人生ってのは運なんだよ。

あいつは、運が悪くて、一度は営業第三部長なんかに落ちぶれた。しかし、あのカリグラを生き返らせたのは、強運も強運、ひととおりじゃあない。そういう強運の星のもとに生まれたとでも言うしかない。

先に来て、そのうちすーっと消えてしまうのも運。遅れてきて、その分を埋め合わせでもするように豪気なことになるのも運だ」

南川は二人での時の過ぎて行くのを心の底から楽しんでいる様子だった。

「で、どうしたと思う。バァさん、いや、ご高齢の女性オーナー様と口づけしたまではよかったんだが、あの男、後になってから、自分の唇にべっとりとリップスティックがついちまってることに気がついたって言うんだ」

「存じません」

「そう怒るな。

悪かった。謝る。

でも、二人だけの時間なんだ。長くもない夜じゃないか。せめて楽しく過ごそうや。

な、聞いてくれよ、房恵ちゃん、『で、どうしたんですか?』って」

一段とやさしい声で南川がささやいた。

房恵は微笑まずにいられない。そっと小さな息を吐くと、

「で、どうしたんですか。女性オーナーの口紅、べったりとついちゃったんでしょう?」

改めてたずねてみせた。

南川は椅子からがばっと起き上がると、顔を房恵の頬にくっつけるようにして、

「自分で舐めたのさ。ぜんぶ自分の舌をつかって舐めちまったそうだ、あの男」

房恵は、南川がしゃべり終わるのを待たなかった。

「嘘です、そんなこと。

舐めただけでそんなに簡単にとれたりしません、口紅って」

「そうか、そういうものか」

「そうよ、そういうものです。かつがれたんじゃないかしら」

「それなら、上出来だ。大したものだ。いやはや、一段と大した男だ」

南川は、いっそう上機嫌になって、さらに大声をあげた。

房恵は、南川にそんな冗談を言うあの男を、変な男だと思った。あの男はいったいどんな男なのだろうかと不思議な思いが残った。社長の南川をかついだ男。それも、仕事でかかわった外国の年老いた女性とのきわどいやりとりのことでかついでみせたのだ。

その老いた女性の心一つのおかげで、あの男は運を取り戻し、会社での立場が回復した。それも、社長の信頼を一挙に獲得するという劇的な形で。

唇にべったりとついた紅いリップスティック。

深夜、表参道から門前仲町の自分のマンションへ帰るタクシーの中で、房恵は独りきり、あの男が社長に聞かせた冗談の意味を考えていた。なにが、あの男にあんなことを言わせたのか。そもそも、あの男はどんな男なのか。

南川はあの男をすっかり気に入ってしまった様子だった。ハイエナというのも、毒舌家の南川がよほどほれ込んだ証拠だった。それをフェニックスと言い換えてまでやっている。

南川はいつも言っていた。

「男は男に恋をするのさ。

それがビジネスの秘訣だ。

誰もが、いや、仕事に意欲をもって真面目に自分の人生に取り組んでいる男ほど、男に言い寄られたい。『できる男だね』って、熱い目つきでささやいて欲しいのさ。

だから、女の一人も口説くことのできない男には、仕事はできない」

いつだったか、南川がそう言ってきかせた。

妙なことを言う人だと思った。房恵が女なので、わざと男同士のことについて微妙なことを言ってみせるのかとも思った。

だが、南川は本気だった。それがわかるのに、時間はかからなかった。

(こっちが恋に落ちたのと同じような気持ちでなければ、相手はなにも感じてくれないものかもしれない、仕事ってそういうものなのかもしれない)

南川を横から見ていると、そう感じてしまうのだ。

「こんどの仕事はどうしても取りたい。ここらで、このくらいの成果をあげておかないと、会社の先行きが暗い」

そう言って新しいブランドの獲得にまい進しているあいだじゅう、南川は初めてこの世に恋というものがあると知った少年だった。電話があれば飛び上がった。電話がなければ、古堂に電話はなかったのかとなんどもたずねた。

傑作なのは、メールだった。

「古堂君、あそこからメールが来ているようなんだが、君、読んでくれ」

そう言って、自分の席のパソコンを指で差すのだ。

初め、なんのことだが理解できなかった。

しかし、モニターに見入っている房恵のすぐ後ろに少しかがみこんで立ったまま、南川は、まなじりを決してモニターを見つめていた。大きな息づかいが房恵の耳に聞こえてくる。南川のその距離からはモニターに映ったアルファベットは読みとることはできない。それでも、モニターから目をはなさない。そのたびに房恵は、以前映画で観た、バルコニー越しにジュリエットに愛をささやくロミオを思い出すのだ。

前の晩にブランドの代表者を紀尾井町にある福田屋という料亭に招待して、

「いまの取引先は捨ててください。

ウチと新しく始めてください。

内外海行はあなたのブランドに心の底から惚れ込んでいるのです。ですから、ぜひ、あなたも内外を愛してください」

と、典型的なクイーンズ・イングリッシュで迫ってきたばかりだった。その答がメールになって返ってきているかもしれない。だから、南川はそのブランド代表者からのメールが入っていると気づくと、もう自分ではその先を読むことができないのだ。で、房恵を呼びつける。

「昨日のご夕食のお礼だけです。いつもの懐石がとってもおいしかったそうです」

と、目の前のモニターを眺めたまま声を出して後ろに立っている南川にメールの中身を伝えると、

「そうか、喜んでくれたのか。よかった、あそこにしておいてよかった」

とうれしそうな声をあげる。

それから、マリオ・ベリーニがデザインしたヴィトラ社製のイマーゴの椅子にゆったりとすわって、モニターに英語で書かれた礼状を読み解くのだ。

「言葉はすべてだ。そこに、相手の心は露わにならずにはいないもの。短ければ短いなりに、長ければ長いこと自体が悪い知らせかもしれない。

人は理由なしに長い文章を書きはしない。

たとえば、少しは弁解しておくことが必要だと思うから、つい長くなる。裁判だって、無罪判決は冒頭に、死刑判決はこまごまと理由を述べたててから最後に、っていう話だ」

南川は、いつもそんなアフォリズムめいたことを房恵に言って聞かせる。

房恵は、そうした南川とのやりとりでたくさんのことを教えられた。

「人は心次第。

心から願えば、実現しないことはなにもない」

というのも、その一つだった。

「実現しないのは、心で願うことがまだまだ不足しているから、ですよね」

そう南川にやり返すことができるようになったのは、興津に行ってからだったが。

そう言ってみせると、南川は相好をくずして、

「ちがう、ちがう。

そんな小理屈を言ってみたいのは、君がまだ『心から願う』ということをしたことがないからだ。本当の意味がわかっていないからだよ。

真に心から願えば、自ずとわかる。そうでなければ、わからない。口ではない。

言葉は口先ではない。

言葉は心だ」

そう一生懸命に答えてくれる。若いままの南川がそこにいた。

（それにしても、ハイエナだなんて。

死体？　墓場？

「フェニックス」と言いなおすなんて、いつもの南川じゃないみたい）

房恵は、今日の昼間が、あの男の顔を見た最初のような気がしてならない。同じ社内なの

だ、そんなはずはなかった。でも、あの顔、四角く張ったアゴと細く糸を引いたような眼、後ろにべったりとなでつけられた真っ黒な髪のあの顔は、一度見たら忘れられないはずの顔だ。それなのに、房恵の記憶にあるのは、あのとき、あの男が、社長室に飛びこんでいった後ろ姿に呆然としたことだけ。あのとき以前に、内外海行の中であの顔を見たことなど思い出すことができなかった。

(大したもの。

そう南川は言った。そんな言葉を南川が使ったのは、いつ以来か。

そんなに凄いことを、あの男はやってみせたということなのか。

そして、南川をきわどい冗談でかついでまでみせた。

それなのに南川はうれしそう。そう、嘘とわかって、かえって喜んでいた。

昼間、あの男は私の存在など目にも入らない勢いで社長室に駆けこんでいった。でも、その背中に向かって、「あっ」と小さな声を私があげたとき、ほんの一瞬のことだけど、あの男の動きが止まったような気がする。振り向きもしないで、そのまま部屋に入っていってしまったのだし、私の錯覚かもしれないけれど。

あの男は、これからも私の人生に、ああやって突然、勝手に侵入してくるのかもしれない)

三十七歳の古堂房恵の胸に、そんな予感がふっと湧きあがった。

9

房恵が表参道のマンションに通うようになって五年が過ぎていた。房恵は三十九歳になっていた。

或る夜、南川が出し抜けに、

「興津にいっしょに住むか？」

とたずねた。

「え？　オキツ？　それ、どこにあるの？」

房恵が聞き返すと、

「静岡だ。温暖ないいところだ。とくに冬が暖かい。陽が長いんだな。引退した人間がひっそりと隠れ住むのにふさわしい。釣りでもしながら、ね」

「静岡？　引退？　会社はどうするの？」

なにがなんだかわからなかった。そうたずねるのがやっとだった。自分のことは少しも思い浮かばなかった。

南川はニコニコしながら、

「会社は辞める。俺はもう充分に働いた。あの男に次の社長をやれと言ったんだが、頑として言うことを聞かない。『社長がお辞めになるのなら、私は殉死いたします』って、こうだ。二度話して、二度とも同じ返事だった。

仕方がない。さしあたり小関にやらせるさ。あいつの好きにさせる。ちょっと心もとないが、役が役者をつくるってこともある。

俺の残り時間はもう少ない。会社と心中するのはご免だからな。お前と二人で、離れた場所で静かに暮らしたい。

そこで、済まないが先に死なしてくれ」

「えっ、静岡に行ったら死んじゃうの？」

南川は、相変わらずニコニコしながら、

「いやいや、違う、違う。死なないために興津に行くんだ。できればお前といっしょに、いつまでも生き続けたいからだ。だから、ここにいるわけには行かない」

（できれば？　それに、いっしょに行くかだなんて。なんで、そんな当たり前のことをたずねたりするのかしら？）

房恵には迷いはなかった。南川が言うのだ、南川が興津というところに行って住むと言うのだ。一も二もなかった。古堂房恵は南川丈太郎の横にいるに決まっていた。

「興津、行きます。早く行ってみたい」

房恵の言葉で南川の顔に微笑みが広がった。十七歳の南川がそこにいた。

その日、門前仲町へのタクシーの中で、房恵は我が身の変転に思いをはせていた。


古堂房恵は女子大を出る一年前に内外海行への入社が決まった。

就職問題がほかの人より先に片付いたのがうれしくって、自分で足の爪を紅く塗って、大好きな広尾の街を歩きまわった。外苑西通りと広尾の商店街との交差点に背の高いマンションが二つ建っている。それがいつもよりとっても大きくて、頼りがいがあるように見えた。その手前、通り沿いのアーケードのある低くて長いビルの一階にあったブランデーの名前のついたレストランにひとりで入って、紅茶を頼んだ。「ダージリンのファースト・フラッシュ」と言おうとしたのに「フレッシュ」と言ってしまった。黒い制服を着た男の人が「はっ？」っと、かがみこんで聞き返してきた。

このレストランの一階の奥は一面全体に大きな窓が広がっていて、その向こう側が緑に囲まれた花畑になっている。房恵は大発見をした気がした。

「素適！　いつかこんなところで暮らしてみたい」

房恵は、まだ見えない自分の未来に胸が高鳴った。

隣の席には、金髪の大柄な女性と背広を着た英語の上手な中年の日本人の男がいて、二人きりの昼ごはんを終えるところだった。房恵には二人の会話の内容はよくわからなかったが、どうやら別れ話のような深刻な話をしている雰囲気だった。

あれから三十年になる。

(常務秘書になってしばらくしてから、会社に採用が決まったすぐ後に広尾へ行ったと話したら、

「ああ、あの建物か。どれも槇文彦っていう有名な建築家のデザインしたものなんだよ。槇さんは、他にも、代官山のヒルサイドテラスも手がけているし、ああ、表参道にもスパイラル・ビルっていうのがあるね」

って、教えてくれた。

そういうこと、よく知っていて、私にも当たり前みたいにお話ししてくれる。私が知らないとか、興味がないかもしれないとか、ちっとも思わないみたい。同じ趣味の人間、似たような考え方の人間が目の前にいるとしか思っていない。

三十一歳も違ったけれど、二人だけでいるときには、そんなことなにも感じなかった。賢くて、かわいらしい男と、ませてるくせに、浅はかで薄っぺらな女。

常務が専務になって、そのうち社長になってしまったけれど、どんどん忙しくなってしまって、可哀そうみたいだった。

「どうやら子どものいないのが俺の人生みたいだな」

って言われたときには、実感がなかった。ああ、これが私の運命なのかしら、ってずいぶん後になってぼんやりと感じたくらい。

あの人の奥さんが住んでいるっていう元麻布のお屋敷、私は行ったことも見たこともない。戦前からの大金持ちのお嬢さんなんだって噂を聞いたことはあったけど、そのくらい。今の会社をつくるときにもそこからお金が出ている、会社の大株主なんだって言う人もいた。だから、あの人が社長でいることと奥さんがいることとは切り離せないんだって。

そんなこと、私には関係ないと思っていた。

私は、別にあの人とでなくてもよかったし、会社を辞めてもよかった。

本気でそう思ってた）

古堂房恵は、興津がすっかり気に入ってしまった。

興津のリビングで房恵が南川の洗濯物をたたむ。新しい習慣だった。南川は昔風の白いブリーフでなくてはいやだと言うのだ。

そんなある晩、目の前に洗ったばかりの下着を並べている房恵に話しかけてきた。

「房恵は、西園寺公望（きんもち）という人の名を聞いたことがあるかい？」

「ええ。最後の元老といわれた人。公家だった人。なんども総理大臣をしたことがある偉い人」

「ああ、そうだ。

若いころ、普仏戦争に負けたばかりのフランスに行った。ナポレオン三世とオスマン男爵の造ったパリだ。パリ・コミューンのあった直後のパリでもある」

「パリ・コミューンて、すぐに終わってしまったんでしょう？」

「ああ、ほんの二カ月だ。

だが、二カ月間は存在したということだ。

なんにしろ、問題は長さではない。大事なのは、それが一度はかけ替えのないものとして存在した事実だ。なんであれ、人のつくるものはすべて毀れるのだからね。

二十一歳からの十年をパリにいれば、その男の人生は残りのすべての時間、パリの刻印をしたものになる。

西園寺はずいぶんと遊んだようだ。昔の人だからね」

「じゃあ、西園寺にとってパリは移動祝祭日、〈moveable feast〉だったというわけ？」

「そうだ。房恵はなんでも知っているな。

ヘミングウェイの言ったとおり、

『もし君が、幸運にも青春の時をパリで過ごしたなら

その後の人生には、いつでも、どこへ行っても、パリが付いて回る

なぜなら、パリは移動祝祭日だから』ね」

「西園寺の人生は祝祭日の連続だったの？」

「もちろん、違うね。そんな砂糖菓子のような人生なんて、どこにもない。

忘れちゃいけない。あれは、ヘミングウェイが晩年に若いころを回想して書いたおとぎ話だ。

歳をとって、先に希望の光がなくなってくると、人は過去を思い出す。過去は常に美しい、懐かしい。

だが、そう感じずにおれない人間は、過去にこそ自分のすべてがあると思っているような下らん奴だ。

未来を感じていれば、過去は思い出すことすらない。

人間というのは、そういう生き物だ」

「西園寺はいつも未来を見ていたの？」

「どうかな。

いつも、今この時、を見ていたのではないかな。

いずれにしても、彼は芸術家ではなく、世間の俗事を取り扱う仕事についていた。政治家というもっとも俗にまみれた仕事にね。

たとえ彼が世間を忘れようとしても、世間が彼を忘れなかった」

「忙しい老後だったということ？」

「ああ、そういうことだ。老後ですらなかったといってもいい。

彼はとても運のいい人だった。

九十歳まで生きて、アメリカを相手とする戦争を日本が始める直前に、死んだ」

興津で二人が住んでいた家は二十坪ほどの小さな造りだったが、木材を吟味した南川自慢の伝統的な軸組工法の建物だった。南に広い芝生の庭が広がっていて、海の間際までくると突然けわしい崖になって二十メートルほど真っ逆さまに落ち込んでいる。

「あの芝生と崖があるんで、この場所が気に入ったんだ」

南川はその話をするたびに目を細めた。

土地も建物も、南川の指示で房恵の父親が社長をつとめる会社の名義になっている。

「どうして？」

房恵がたずねると、

「おまえのものにしたいからさ。これだけじゃない、俺が自分で稼いだものはなにもかも」

そう言って、微笑んだ。

海に向かって洋風の風呂場がつくってあり、広い窓に大きくて分厚い一枚ガラスがはめ込まれている。二人は入れるかという大きなバスタブのなかで両方の手足をのばし、首を浴槽の端にもたせかけたまま、芝生の向こうに広がった海をながめるというのが南川の注文だったのだ。嵐の夜、南川は横なぐりの激しい雨と風の音の気配をガラスの向こうにかすかに感じながら、灯りを消した湯にいつまでもつかっていた。

興津の家で暮らしながら、房恵は自分が興津で生きるために生まれてきたのだと感じていた。

朝、小鳥の声に目をさまし、ベッドのなかで伸びをする。眠くなんかない。満ち足りるほど眠ったあとなのだ。

裸足に紅い鼻緒の下駄をつっかけて、庭におりる。昨日まで、まだとっても先のことのように見えていたキュウリがもう食べられそうになっている。その隣にはピーマンを植えてある。

ピーマンを植えたのは、南川が頭からピーマンを毛嫌いしていたからだ。

「嫌いなんだ。子どものころから。細かく刻んで料理のなかに入っていても、ぜんぶ一つ残らず箸でどけてしまう。いつも母親に怒られていた。

だって、ピーマンておいしくないじゃないか」

まるで子どもみたいだった。

房恵は摘んできたばかりのピーマンを入れた小さな竹かごを南川の目の前に置いた。

「かわいそう。あなただけじゃない、どけられちゃったピーマンもかわいそう。

でも、これみて。このピーマンはスーパーで買ったのでも、宅配で届いたのでもありません。

私が、ほらすぐそこに種をまいて、水と肥料をやったの。そしたら、こんなに大きくなってくれて、

『早く僕を食べて。僕がおいしいうちに』

って言うから、わかった、わかった、そうなのね、そうして欲しいのね、って言いながら、
五分前に摘んできたものなのよ。

だから、あなたがこれまでの人生で味わったピーマンとは、別のもの」

そう言うと、南川は「ふーん、そうか」とでも言いだしそうな様子で、竹かごのなかを覗

きこんだ。

「そうか、そうか。

おまえたちは、鼻歌を歌っている房恵の指先で摘みとられた幸せなピーマンたちなのか。

でも、気の毒にな。この俺に食われちまうんだぞ」

おおきく笑いながらうなずいた。

（そういえば、私があの人のためにしてあげたことのなかで一番あの人のためになったことって、ピーマンを食べられるようにしてあげたことかもしれない。）

10

興津での一日は次の一日に似ていた。晴れていたり曇っていたり、ときに雨が降ったり。温暖な気候が冬をやさしくし、夏は海からの風が肌をなでてさわやかに過ぎる。

自然は変わらなかった。人間が興津での日々に侵入した。ある日、内外海行の小関直人社長が東京地検の特捜部に逮捕されてしまったのだ。テレビで毎日のようにニュースが流れた。ネットを見ない二人の目にも、いやでも入ってきた。

こうなってしまった以上、誰の目から見ても、南川丈太郎が社長に戻るしかないことはあきらかだった。前の社長だったし、逮捕された男を後継者に指名したのも南川だった。それに、会社の実務からは完全に離れてしまって住まいまで興津に移しているとはいえ、肩書きのうえでは依然として取締役会長という立場にあった。なによりも、大株主である創業者一族ということが誰の頭にもあった。内外海行は、上場会社ではあっても世間からはオーナー・ファミリーのものと見られていたのだ。

「私たち、興津に三年もいたのね。なんだか、本当のような気がしない。夢？　幻？」

三十九歳だった古堂房恵は四十二歳になっていた。

「ま、会社のことは一時のことだから」

南川は、興津の港に上がった好物のアマダイの一夜干しを箸の先でほぐしながら、房恵に話しかけるともなく、といって独りごとともなく、東京での騒ぎを口の端にのぼらせた。

「すぐにまたここに戻ってこれるの？」

房恵の問い返したのには、南川は口に入れたアマダイを味わうばかりで、なにも答えない。房恵にしてみれば、南川のこうした自分勝手なふるまいには慣れていたから、黙ってそのままにしておいた。

南川は箸を置くと、

「なんど食べても、興津のアマダイはみごとだな。

とくに今晩のやつは、とても幸せな一生を送ったアマダイに違いない。ふっくらとした身の弾力がいい。魚ながら、なんともうらやましいやつだ」

こんどはあきらかに独りごととわかる調子でつぶやいた。

「そうね。お魚の美味しい場所って、住んでいてとってもしあわせを感じる。私って、日本人なのねえ」

房恵も、答えるともなく、自分に言い聞かせた。

会社に戻ると決まると、南川と房恵はすぐに東京へ引き移らなくてはならなくなってしまった。

会社の人やマスコミからなんども電話がかかってきたりして、ひどくあわただしい日々が過ぎていった。

「なあに、さしあたってはホテルででも暮らすさ。ほんのしばらくのことだから」

房恵は、興津の家をあとにするのが辛かった。玄関の格子のはまった引き戸にも蝶番(ちょうつがい)のバネが強すぎた勝手口の開き戸にも、家じゅうのどこにも、房恵が自分で手をかけていないところはない。広い、陽当たりのいい縁側も、房恵が自分でワックスを塗って磨きをかけたのだ。隅っこがささくれだっていて、右の手の平にとげが刺さってしまったこともあった。南川には黙っていた。言えば、南川はすぐに人を呼んで縁側を徹底的になおしてしまう。房恵には、刺さったとげもとげの元になった縁側のいびつな板切れも、手塩にかけた、とてもいとしいものだったのだ。そのままの姿がいとおしかった。

あの日、南川は右手をかばっている房恵にとげの話を聞いて、

「どれ」

と言ってから、両手で房恵の右の手の平を広げるように持つと、

「ああ、これか。天眼鏡を出してこよう」

と言って、愛用している大きな虫眼鏡を持ちだしてくると、書斎の机の引きだしにいつもしまってあるトゲヌキをつかって器用に引き抜いてくれた。

房恵が、

「ああ、おおきなソバリ」

と言うと、

「ソバリ？　なんのことだ？　とげはとげだろう？」

といぶかしげにたずねた。

そんな昼下がりが、確かに興津にあった。

「かわいい子たち、おまえたちとはこれっきりでお別れになってしまうのかもしれないの

ね」

　房恵が家の鍵をかけながらそうつぶやくと、

「なに、いつ帰ってくることになるかわかりゃしないさ」

　南川が応じた。ほんの少しの間、近くのひなびた温泉場に湯治にでもでかけるような調子だった。

「だから、戸締りなんてどうでもいい」

　家財道具も置いたままでかまわないというのだ。

「でも、房恵、おまえは自分の身の回りのものだけは、ちゃんと持っていったほうがいい。女だからな。その日から生活に困ることになる」

　確かに、南川にはいくつも生活の場所があった。房恵は、興津を引き払ってホテル住まいになると聞いても、やはり自分は門前仲町の自分のマンションに戻るのだろうと思っていた。門前仲町のマンションはそのままにしてきたから、突然のように舞いもどってもなにも困りはしない。南川には言っていなかったが、真夜中に文字どおり着のみ着のままで帰ったところですこしも不便はないようにしてあったのだ。

（この小さな空間が私のいるところ。私はここにいればとっても快適。ここは私が最後の息をするところ）

房恵は、いつもそう思ってきた。

(ホテルなんて言ってみたって、いつまで。

それにそんなところでは他人の目もあるし)

まさか、表参道に借りたままになっている南川のマンションに二人で住むことになるとは思わなかったが、実のところ、さっぱりわからなかった。南川はなにも言わないのだ。

房恵にとってみても、表参道のマンションに南川といっしょに戻るのはいやな気がした。

興津にくる前、毎晩のように表参道のマンションで南川と時間を過ごしていたころのこと。南川は、十二時になるとシンデレラのようにかならずマンションを出た。元麻布の家へ帰って、そこにしつらえた、自分独りのための古くて大きなイギリス風の天蓋のついたベッドで眠るのだ。

房恵と二人のマンションで機嫌よく食事をし、仕上げにモルト・ウィスキーを飲み、そのままひどく酔ってしまったときでも、かならず待たせていた車に乗った。社用のモスグリーンの大きなベンツが、マンションの地下の駐車場に停まっていて、いつ南川が出てきてもいいようになっていた。飲みすぎてしまったときには、エレベーターで最上階まで運転手に迎えに来てもらわなくてはならないこともあったが、南川が深夜に元麻布まで戻ることに例外はなかった。

房恵にとってはそんなこともさほど苦にならなかった。南川を知った時には、南川の生活はもうとっくに形ができあがっていた。そこへ後から房恵がはまり込んだのだ。酔った南川を運転手と二人がかりで後部座席に押しこむようにして乗せる。それからエレベーターに乗ってマンションの部屋にとって返すと中を簡単に片づけ、身づくろいをして国道二四六号へ出て深夜のタクシーを拾うのだ。通称を青山通りという片側四車線の広い道路には、運転席の脇に赤いランプをつけた空いたタクシーがいつも右に左に走っていて、探すのにすこしの手間もかからなかった。

「門前仲町へやってください」

そう言うと、たいていのタクシーの運転手は二つ返事で気持ちよく車を走らせてくれる。

（変わったもの。昔だったら、そんな近くかよ、ってわざとらしい溜息の一つもされたのに。これもあれも、なにもかも時代っていうことね）

門前仲町までの、独りで後部座席にすわっている十五分ほどの時間が、いつも、なんとも愉しくてならない。一日が終わって、南川を眠るべきところでぐっすり眠らせるように手配したばかりだった。やるべきことをすべてやり終えたのだという安堵感があった。やっとこれから独りきりの時間が始まるのだ。２Ｋの小さなマンションだったし、ローンもまだまだ完済にはほど遠かったが、自分の力で手に入れた自分専用の空間だった。

ドアを開けて部屋に入れば、十五センチほどの、いつものキツネのぬいぐるみが黙って待っていてくれる。丸い小さな布切れを簡単に縫い付けただけなのに、つぶらで疑いをしらない瞳が、房恵の顔を見つめ返してくれる。

「コン太、ただいま」

そう声をかけると、

「おかえり。フサエちゃん、今日も大変だったみたいだね」

そう声を返してくれるような気がする。

どこにでも売っていそうな、なんということもない北キツネのぬいぐるみなのだが、何年も前に夜店で買ってからいつもいっしょに寝ていた。

小さな犬か猫を飼いたいと思わないではなかったが、生きているものは面倒をみてやらなければならない。そうなれば自分の動きがとれなくなってしまう。そんなこんなで、自分には縁がないものと諦めていた。

それだけではなかった。

房恵には、ペットを飼う人は目の前に面倒をみなければならないものが存在していない人、でもこの私には、いま、私が手をかけなければならないものが目の前に厳然としてある、という思いがいつも心のどこかに、確実なものとしてあった。私がいなければ前にも後ろにも、どこにも一歩も進むことのできない人がいる、私は、自分の好きな猫と気ままに遊んでいるわけにはいかない、私にはしなければならないことがある。そう感じていた。

11

東京に帰ると、三年前の生活が、そっくりそのまま戻ってきた。

違いは、南川がほとんど仕事をしなくなったことだった。

「あの男が社長だ。俺は帽子、フィギュアヘッドだからな。なにもせん。あいつには、初めっからそう言ってある」

「でも、副社長さんなんでしょう？　社長はあなた」

「そんなのは見てくれだけだ。次の株主総会が来れば、中身と外見が一致するようになる。時間の問題だ」

それだけではなかった。南川丈太郎は、房恵にこんなことを言って聞かせたのだ。

いつもの表参道のマンションだった。南川は、白いバルセロナ・チェアに以前と同じように斜めに座っていた。しかし、房恵に話しているのに、視線は房恵には向けられていない。部屋のなかに置かれた長い釣竿のようなスタンドの端から端を、右に左に行きつ戻りつするばかりだった。

「房恵、どうやらお前、近ごろ、あの男のことが気になってならないようだな」

「え？」

房恵にはなにがなんだかわからない。

「いや、いい、いい。それで当たり前だ。俺はもう長くない。お前はこの俺に、ふつうの人間がしてくれる以上のことをしてくれた。感謝している。とても感謝している。

だがな、房恵。あの男に惚れるのだけはやめたほうがいい。

俺は嫉妬で言うのではない。もう、そんな年齢(とし)じゃあない。わかっているはずだ。今の俺は、お前の先行きのためを思っているだけだ。それだけだ。

いや、いや、そうは言ってみても、ひょっとしたらそうではないのかもしれん。この俺の心の奥底に隠れているもの、本心は、あの嫉妬というやつなのかもしれん。もしそうなら、そいつは、誰にも避けることなんかできはしないものなのだろう。

もし嫉妬なら、俺が死んだ後、お前があいつに抱かれることへの嫉妬といった単純なやつじゃない。人が歳をとってしまうこと、歳をとってしまわねばならない公理のようなものへの、耐えられないほどの嫉妬だろう」

「そんな話、聞きたくない」

房恵はそう言うのがやっとだった。

南川が社長に復帰して、あの男が副社長になって以来、房恵はなにかとあの男と接触する機会が多かった。あの男の言うことを南川に取り次ぐと、決まって、「思ったとおりにしろと言え」と南川は答える。すると、あの男が「もう一度確認してくれ」と房恵に頼む。その繰り返しだった。

南川の指示を伝えるたびに、房恵はあの男がこんな風に言っているように感じた。もちろん、あの男の口からそんな言葉が出てきたわけではない。しかし、房恵にはあの男が、

「あなたは私にこう動けという命令を伝える人。

私は、あなたの口から出てくる、こうせよと私に命ずるその言葉に従うだけの存在」

と繰り返しているように感じられてならなかったのだ。奇妙な感覚だった。誰にも言わなかった。南川にも黙っていた。なんにしても、自分があの男を好きになっているなどとは想像したこともなかった。

南川は、房恵の言うことなど無視して、続けた。

「いや、俺のことはいい。お前のことだ。

他人から、『惚れるな、惚れたらとんでもない目に遭う。危険な男だ』と言われたところで、恋する気持ちがおさまるものではないことくらい、よくわかっている。俺もそうだった。

それも、何度もそうだった。他人に言われただけじゃない。自分でも言い聞かせた。だが、すべて無駄だった。

だが、房恵、気をつけなさい。あの男はお前の気持ちにこたえてくれるような奴じゃない。あの男は、愛だとか幸せだとかとは無縁の人間なのだよ。お前にはわかるまいが、俺にはわかる、よおくわかる。あの男の見ているところ、視線の先は、決して他人と交わりはしない。気の毒なほど孤独な男だ。いや、実に悲しい運命の男だと言ってもいい。ひょっとしたら、毎晩、独りきりでむせび泣いているのかもしれない。涙がこぼれおちるのを拭いもせずに、な」

「そんなこと。

でも、そうなのね」

「ああ、そういうことだ。

昼間の、明るい、人を引きつけて離さない、生き生きした表情からは想像もつかないような、そんな世界があの男の心のなかに拡がっていて、自分でも手がつけられない。そんな人間がいるものだ。俺にはわかる。ヒトラーを打ち倒したあのウィンストン・チャーチルは、自分のなかに頑固に住みついて決して去ろうとしないそうした奴のことを『黒い犬』と名付けていた。

房恵。だから、俺はあの男を私の後継者に選んだのだ。小関のときの失敗はもう繰り返さないつもりだ」

「私には何がなんだかわからない」

「いや、俺の勝手な愚痴だな。よそう。

房恵、あの男は俺と同類なんだ。わかるかな？　あの男なら、この組織を、俺がしたようにまとめ、引っ張り、騙したりすかしたりして、継続させてゆくことができる。

あの男にかかると、失敗をしたときでも許してやりたいという気持ちに誰でもなるのさ。そういう意味では、あの男はいつでも俺の心を読みきっているようなものだ」

房恵は立ち上がった。もう一度南川の好きな紅茶を淹れるふりをして、ガラスのコーヒーテーブルから小さな昆虫模様のついたヘリテージのティーカップを取り上げた。このテーブルも南川のお気に入りだった。角の丸い、三角形の分厚い透明ガラスの下に、奇妙な形の木が二つ組み合わされて脚になっている。

「イサム・ノグチのデザインだ。一九四四年。戦争の真っ最中にこの世に生まれ落ちた形だ。なんだかテーブル面が宙に浮いているような気分になるだろう」と南川が嬉しそうに講釈してくれたのを覚えていた。

「俺がなにを言っているのかわかるか？」

　台所へ歩きかけた房恵の後ろ姿に、南川がただでさえ大きな声をいっそう張り上げた。

「あの男は、自分で自分を騙すことができるっていうことだよ。嘘を言っているときでも、自分では本当のことを言っているつもりだ。だから、あの男には、誠実に喋っているふりなどする必要がない。あいつが嘘を言っているとき、あいつ自身は、真実を本気で語りかけているつもりなのだ。本心から、だ。

　天知る、地知る、我知る、汝知る、だ。なあ、房恵。人間、他人を騙すことはできる。しかし、自分を騙すなんてことは、なかなかできないものだ。そうじゃないか」

　新しいティーカップと、南川の好きなアール・グレーのクラシックをいれたそろいのティーポットが南川の目の前に置かれた。二人で青山を散歩していたとき、店仕舞いなのか、ひどく散らかった小さな陶器店をみつけたことがあった。売り場で、中年を過ぎた女性店主が、「これ、ロイヤル・スタンダードよ。わたし、とってもスミレが好きなの」といって、頼みもしないのに安くしてくれた。確かに、水色の菫（すみれ）がたくさん描かれたティー・セットだった。

　待ちきれなかったように南川が急き込んだ調子で、また話し始める。

「ところがだ、房恵。あの男ときたら、嘘でもなんでも、自分で本当と信じ込んだことしか喋っていないつもりだ。一つ一つの言葉に自信がみなぎっているはずさ。あの男の言葉には、いつだって嘘いつわりなぞない、ってことだ。

だから、あいつの言葉には真実味があふれている。仕事ができる、信じられんほどできる。そりゃそうだ。あの男と仕事の話をすると、とんでもないことを言う奴だと思いはしても、誰もがあの男の誠意、心、動機だけは信じてしまう。なにせ、本人が本気なのだからな。話している相手、取引の相手の動機がセルフィッシュなものとは正反対なのだと信じれば、いずれその相手と取引したくなる。目の前の、誠実さの塊のような男をなんとかしてやりたいと思うものだ。断りを言うのが、言い続けるのが気の毒でならなくなる、堪らなくなる。もし、自分の力でなんとかしてやれるものなら、なんとか助けてやりたい、って気になる。人間てのは、そんなものだ。

あの、イタリア人のバアさん、いや、有名な〈カリグラ・デ・ローマ〉の老女性オーナー、クラウディア・ヴェルジネッリのときがそうだった。

あれで、あの男はフェニックスになった」

房恵は、話題を変えるいいチャンスだと思った。どうして今日に限って南川が、あの男のこと、それも房恵があの男に好意を持っているなどと言い出したのか、わけがわからなかった。どうして私が、という反発と、なぜ南川がそんなことをという戸惑いとが交互に心に浮かんでは消えた。

「もういいわ、あの話は。

でも、〈カリグラ・デ・ローマ〉は相変わらずウチの売上げを支えてくれているんでしょう？」

南川は、房恵の言ったことになど耳を貸さない。

「もっとも、あいつに自分のことがわかっているのかどうか。

房恵、そこにお前のこれからの役割があるのかもしれない。

そいつは、お前を幸せにするかどうか、わからない。いや、多分、しない。

だが、房恵、お前も若いだけの女ではない。わかるはずだ。人は、自分の運命を変えることなぞ決してできはしない。お前はあの男に惚れるために生まれてきた。だから、出逢って、好きになった。相手も、よくは知らんが、そう言ってくれているのだろう。めでたしめでたしってところだ。

だがな、そうやって王子様とお姫様は幸せに暮らしました、とはいかんのだ。あの男との間には、そういうことは起きない。男なんてどれも似たり寄ったりだと思うかもしれんが、あの男だけはいかん」

突然、南川は口をつぐんだ。ひと呼吸、ふた呼吸。それから、急に気づきでもしたように、テーブルの上のティーカップをつまみ上げた。

把手（とって）が南川の福耳のようだと、房恵は使うたびに思う。

南川は、紅茶をひとくち口に含むと、意を決したように飲み下した。
「房恵。なんとか思い切ることはできんものか」
そう言ってから、もう一度ティーカップを手にすると、そのまま、
「そんなことを、この、先に消えてゆく俺が言ってみたところで、意味もないな。
そういうことだ。房恵。お前の運命を生きろ。お前は、あの男に出逢って、翻弄される。
だが、それがお前の役回りだとすれば？　それがお前の、生まれる前から定まっていた運命
だとすれば？　どうだ？
その運命ってやつを、正面から引き受けてやるしかない。
それをうまくやり遂げれば、お前は世の中の形をほんの少し変えることができる。お前は、
自分の人生に、手で触れてそれとわかるような本物の感触を持つことができる。こいつは、
誰にでも起きることじゃあない。神様に選ばれた人間の、一種なんというか、特権のような
ものだ。
どうするかな？　お前の決めることだ。誰もお前に代わって決めてやることなぞできん。
お前が、その果実を、苦くとも甘くとも、口のなかで味わうことになる。気をつけろ。甘い
果実だからといって安心してはいかん。後になって腹をくだすこともある」
言い終わると、南川はティーカップをテーブルに戻した。すぐにもう一度つまみ上げると

唇をとがらせ音を立ててすすった。房恵に向きなおると、顔全体で笑顔を作りながら、大きく息を吸い込む。

「今日のアール・グレー、如何でした？」

話題を変えるような房恵の問いに、

「アール・グレー、いや、チャールズ・グレイ伯爵は、八十一歳で死んだ。当時としてはたいへんな長寿だったな」

そう答えると、意を決したように、

「房恵、お前は新しい社長の秘書になる」

と言った。房恵にではなく、自分に言い聞かせるような調子だった。

「え？」

房恵の声に、

「そうするのがお前の運命だ。それが一番いい。いま言ったとおりだ」

とだけいって、房恵の両手をとった。

「いいな」

そう言うと、体全体を前に傾けて房恵の両方の目を覗きこんだ。房恵は、我しらず大きくうなずいていた。

なにもかも彼女の知らないうちに決まったことだった。南川が独りで決めてしまったのだ。

南川は、もうとっくに四十歳を超えていた古堂房恵に、幼い子どもでも相手にしているような調子で話し続けた。視線は房恵を捉えて離さない。

「いいか房恵、あいつがこれからこの会社を背負う。

内外海行とは、あの男だ。

俺は、もう、いない。オーナー会社だと世間はいうが、それも関係ない。上場している会社だ。社長がすべてを指揮する。

だがな、あいつはまだよくわかっていないが、社長ってのは独りきり、なんとも孤独なものだ。誰にも本当のところの相談なんてできん。腹のうちは、どんな奴にも話したりできるもんじゃない」

「そうね。あなたを見ているとわかる」

「あいつはこの俺を頼りにしている。それはそれでいい。

本当は頼りになるものなどなにもない世界に自分がいる。そいつがわからないほどの馬鹿じゃないからな。だがあいつは、そのないものがあるかのように振舞いたいのだ。未練だ。

未練だが、初めはそれでいい。

房恵、だから、あいつの横にいてやれ。

あいつは、たびたび興津の俺のところにやってくるだろう。

大した話なんてあるはずもない。

もともと興津に来たところで、話すことなどなにもありはしないのだ。それでいい。それでも、あの男は俺のところに来て、俺に話をしたいのだ。

俺は喜んで聞くつもりだ。俺が、この凍りつくようなエベレストの天っぺんにあの男を引っ張り上げた。どこにも摑まるもののない暗黒の宇宙空間に放り投げた。だから、あいつは、真冬の夜空のオリオンのように、いつも独りでこん棒を振り上げたまま宙に浮かんでいる。話を聞くのは、罪つくりな老人のせめてもの罪滅ぼしってわけだ」

「え？　オリオンて、オリオン座の？」

南川は房恵の言葉には答えようとせず、大きな息を吐いた。

「人は、社長などするものではない。

しかし、なあ、房恵、会社がある以上、誰かが社長をしなくっちゃいかんのだ。

社長次第で会社は天と地の違いがある。会社のすべてが社長によって良くもなれば悪くもなる。不思議だが、本当だ。自分でやってみないとわからんことだ。

社長は聖職だ。社長になったとたんに、パーソナル・ライフは死ぬ、なくなる。みんなが、いつも社長を見ている。みんなが、自分はなにをしたらいいのか、社長の一挙手一投足に注目しているのだ。社長の息づかいを、部下は息を殺して、目をこらして、うかがっているのだ。

その緊張には、休みが来ることなど、ない」

「でも、社長にしか見えないものが見えるのでしょう。他の誰も手に入れられないものを手にすることができるということではないの」

南川は房恵から視線を外すと、スタンドの灯りの反対側、どっしりとして動かない大理石の土台をぼんやりと眺めていた。

「そんなものは、ありゃしない。報酬なぞ、ない。金なぞ、なんの支えにもならん。たまたまそうなってしまった人間がいて、運命がその勤めを果たすことを求める。それだけだ」

「それに耐えられない人間は？」

「知らないうちにたくさんの人殺しをすることになる。償いなどできない。いやなら、一生懸命、真面目に、使命を果たすしかない。

世の中は、それのできない善良で愚かな人殺しどもに満ちているようだがな。そんな馬鹿者の下についた部下たちは、気の毒としかいいようがない。小関がそうだった。血にまみれた両手に鉄の手錠をかけられてしまった。哀れな奴だ。

俺はもう終わった。一度は小関っていうクズを拾って、バチが当たった。クズが馬鹿なマネをしたので、俺が社長に戻ることになった。ちょっとしたシジフォスの苦しみだ。岩を山の上までかついで上がる。岩はかならず転げ落ちる仕掛けになっている。そこで、また下へ歩いて戻って、転げ落ちた岩をもう一度頂上へかつぎ上げる。その繰り返し。終わりのない日々だ。

ところが、ありがたいことに、神様のおかげであの男が目の前に転がっていた。それで、俺は幸運にもシジフォスの永遠の苦行から免れることに成功したってわけだ」

南川は顔を上げると、間近から房恵を見すえた。

「房恵。だから、お前はあいつの横にいてやれ。

俺の残りはもうほんの僅かだ。お前はまだ四十を超えたばかりだ。あいつはこれから二十年は生きるだろう。あいつがやるべきことを終わったら、そのときお前は、その先でお前のやるべきことがわかる。そうなっている。

いつかやってくる死のとき、その間際に、お前はお前の人生が決して無駄ではなかったという満足感とともに、なにもかもから手を引くことになる。

房恵。お前には子どもがいない。俺のせいだ。済まないと思っている。

しかし、子どもがいてもいなくても、自分がいずれ死ぬことに変わりはない。ケインズじゃないが、人は長期的にはかならず死んでいる。

そのときに、お前は、この世で、もし自分がいなければこの世の形がほんの少し違ったと思いながら死ぬことができる。それはたとえようもないほどの満足感だ。

俺はそのときまでお前と付き合うことができん。残念だがな。寿命だ。天の定めたこと。人の力ではいかんともならん。

あの男にはすっかり話してある。安心していていい」


南川と房恵が帰京してから三カ月後に株主総会があった。南川はそれを済ませるとそそくさと興津に戻ってしまった。あの男が内外海行の社長になった。

古堂房恵は興津には帰らなかった。

あの男は、社長になった日、房恵を新しい自分の部屋に呼んで言った。

「古堂さん、僕はすべてオヤジ、いや、南川丈太郎会長の言うとおりにやる。だけど、オヤジは『もう俺は知らん。勝手にやれ』って繰り返すだけなんだ。あなたはオヤジのやりかたを知っているただ一人の人だ。

だから頼みがある。

いつも僕の横にいて、僕がオヤジと違うことをしていたら、注意してください。僕のために頼んでいるんじゃない、内外海行という会社のためにお願いしているんです。

僕が社長になったのはオヤジがそうしろと言ったからなんだ。

本当は、オヤジがいなくなってしまった会社になんかいたくない。僕にはオヤジのいない世界を生きることになんか興味がないんだ。

あなたは笑うかもしれないけれど、僕は殉死したつもりだった。僕にはオヤジがすべてだ。そして内外海行はオヤジがすべてだ」

「そうだったんですか。それであなたは南川丈太郎が社長を辞めたときに会社を辞めてしまったのね」

「そうだ。組織に入って組織に尽くし、組織に捨てられた。そこらじゅうにいるさ、そんな奴は。だけど、僕という個人は僕しかいない。

オヤジが拾い上げてくれなければ、僕はどうなっていたかわからない。僕はあのとき、オヤジという個人のためだけに生きようと決心した」

「でも、殉死なんておっしゃって、本気で自分で死んでしまうおつもりだったのですか？」

「いや、あのときには会社を辞めたオヤジに殉じて辞職しただけだ。

だけど、もしオヤジが死んだら、そのときには本当に殉死するつもりだ。腹を切ってかどうかはわからないけれどね」

「でも、ご家族が」

「人は独りで生まれて独りで死ぬ。誰も永遠の生命はない。死に時を見つけられるのは、人生の幸運の一つさ」

　あの男の言うことを聞きながら、房恵は、南川が話してくれた言葉を思い出していた。

「あの男は、自分で自分を騙すことができる。嘘を言っているときでも、自分では本当のことを言っているつもりになれるんだ」

（では、この人は、ほんとうは私になにをして欲しいのかしら？）

　わからなかった。

　それよりも、目の前に思いもかけない姿をあらわした、自分の新しい現実らしきもののことが気になった。そういえば南川は、こうも言ってくれていたのだ。

「もっとも、あいつに自分のことがどこまでわかっているかどうか。

　それだ、房恵、そこにお前のこれからの役割があるということだ。

　そいつは、お前を幸せにするかどうか、わからない。いや、多分、しない。

　だが、房恵、お前も若いだけの女ではない。わかるはずだ。人は、自分の運命を変えることなぞ、決してできはしない。

　お前は、あの男に翻弄される。だが、それがお前のこの世での役回りだとすれば？　それがお前の、生まれる前から定まっていた運命だとすれば？　どうだ？　その運命ってやつを、正面から引き受けてみては？」

房恵には、なにがなんだかわからない。

（運命？　私の？）

南川の言ってくれたことだけが頼りだった。

「それをうまくやり遂げれば、お前は世の中の形をほんの少し変えることができる。お前は、自分の人生に、その手で触れてそれとわかるような本物の感触をもつことができる。こいつは、誰にでも起きることじゃあない。神様に選ばれた人間の、一種なんというか、特権のようなものだ」

少しもそんな気はしなかった。

南川が、房恵を東京に置き去りにして興津にまた引っこんでしまった。それが目の前の現実だった。

南川は一年間、独り興津に住んで、独りで死んだ。

南川の死の知らせを聞くと、あの男はすぐに大木弁護士に電話をかけた。まさか殉死の相談をしているのではと房恵がいぶかっている間もなく、あの男は血相を変えて社長室を飛び出していった。ドアに足をぶつける鈍い音が房恵の席にまで響いた。よろけながらも、あの男は後ろを振り返らずにエレベーター・ホールへ走って行った。

二時間ほどして大木弁護士の事務所から会社に帰ってくると、あの男は房恵を自分の部屋に呼んだ。

「オヤジが、俺ではなく会社に殉死しろと言った。だから、僕は死なない。オヤジの言ったとおりにする」

「そう。良かった」

房恵は安心した。大木弁護士のところへ行ったから、まさかのことはないだろうと思ってはいたものの、心配でならなかったのだ。

「それでいいんだよね」

「そう。会社はあなたを必要としている」

「君はずっと僕の横にいてくれるね」

房恵は、南川が自分に言っていたのはこのことだったのだと瞬時に悟った。

「はい」

とだけ答えた。

房恵の答を聞くと、あの男はなにごともなかったように決済と書かれた箱から書類の束を取り上げて読み始めた。房恵は、自分の席に戻ると引き出しから救急用の絆創膏を取り出して包装を外し、もう一度あの男の部屋に入ると黙ったまま机の上に絆創膏を置いて部屋から出て行った。

南川の死は、あの男と房恵の新しい関係の始まりだった。

初めての行為があったのは、門前仲町の一人用の狭いベッドだった。

何人かでの遅い内輪の夕食の後、会社の車を返してしまうと、あの男はタクシーを拾って門前仲町のマンションまで房恵を送ってくれた。いっしょにタクシーから出るあの男に、おやと思ったが、声に出して問いかけることはしなかった。いつものように房恵が玄関のボタンを暗証番号にしたがって押したときも、あの男は後ろに立ったままでいた。エレベーターにもいっしょに乗った。房恵が小さな玄関に入ると、あの男もついて入ってきた。

あの男はドアを後ろ手に閉めると房恵を抱きしめた。房恵は拒まなかった。房恵には、南川がいなくなってしまったことであの男が支えをなくしてしまっているのに、南川のいない房恵にはどうしてやることもできないことが辛かった。もう南川のメッセージを届けようにも、どこにも南川の宣託は存在しないのだ。どれほどあの男が落胆しているか、不安にとりつかれてしまっているか、想像してみる必要などなかった。房恵自身も同じだったのだ。

房恵は両腕を男の背中に回した。あの男の腕のなかで、房恵にはあの男に妻がいることも、娘があることも思い出さなかった。あの男の妻は房恵の同期入社の友人だった。だから二人の結婚式にも房恵は出席していた。だが、房恵の頭には南川とあの男のことしかなかった。目を開けると、あの男の瞳のなかには何もなく、ただ青白い炎が静かに燃えていた。その小さな炎のなかで房恵がすがるように小刻みに震えていた。

房恵は、これは南川の望んだことで、それが今我が身に起きているのだと感じた。南川は房恵に運命を生きろと言った。だから今、その運命にすっかり身を委ねているのだった。

南川は、これからはあの男が会社なのだとも言った。会社に入ってから二十一年間、房恵は会社のことなぞ自分とは関係ないものと思って生きてきた。いつも、いつ辞めてもいいと思っていた。だが、南川の人生は内外海行という会社そのものだった。南川が生きていれば、会社と一体になった目の前の男を全身全霊で支えてやるに違いない。それなら、自分は南川のすることをしたい。南川はもういない。だから房恵だけしか南川に代わることはできない。そう思った。

「どうして私なんかと。

私、もう四十三歳なんですよ」

「僕は五十九歳だ」

「男の五十九歳と女の四十三歳は違います」

「そうだね。

　しかし、五十九歳の男にとっては、二十歳の女も四十三歳の女も同じことだ」

「そういうものかしら？

　でも、私、デブ、いえ、ちょっとデブだし、目も小さくって、鼻もまんまる」

「ぽっちゃりとして、可愛いお目めで、お鼻がちょこんと真ん中についている。おまけに、そのお鼻はすこし上を向いているから、なんともいえない愛嬌がある」

「ありがとう。でも、自分では自分のことを魅力的な女ではないと思っているの」

「それはそれは、おあいにくさま。僕は僕で、君の体つきにも顔つきにも、至極満足しているのですがね」

「でも、それって、あばたも笑くぼ、ってことよね」

　さびし気な声だった。

「すべての笑くぼは、あばただということだ。存在するのは顔をおおっている皮膚のくぼみに過ぎない。それが、人によって笑くぼに見えたり、あばたに見えたり、だな」

「人により、時により？」

「そうかもしれない。それを否定するほど、もう若くもないからね。

　でも、いま僕の目の前にあるものが僕には笑くぼに見える。その笑くぼに僕は吸い込まれてしまう」

「愛は時を忘れさせ、時は愛を忘れさせる」

「よくそんなこと知ってるね。南プロヴァンスのことわざだったっけな。

　でも、時が忘れさせるのは、愛だけじゃない。

　時は、なにもかも忘れさせる。見事なほどに」

「私のことも？」

「それはわからない。しかし、僕が愛したつもりになった女性は君が初めてではない。それなのに、僕はもうたくさんの女性のことを忘れてしまっている。いっしょに過ごした時間は僕の人生の大事な一部のはずなのに、我ながら不思議でならない」

「奥さんのことは忘れていないでしょう？」

「ああ、制度が守っているからね。しかし、制度と法にプロテクトされているからといって、愛情が続くものでもない」

　あの男は、ベッドの中で長くなったまま、天井を見つめていた。

「人間はむつかしい、まことにむつかしい」

「制度的な保護のない私は、いずれ忘れられるほう？　そのうちの一人になってしまうっていうこと？」

「人は、別れ話をしながら愛し合うことはできない。いや、愛している時には別れのときが来るなどと想像もしない。永遠が、今ここに、自分とともにあると信じている」

「そうなのね。

男にとって結婚という制度は、一時的に妻以外の女にのぼせ上がった後、熱が冷めてその女から逃げ出したくなったときに便利に使える口実でもあるということだし」

「君はおそろしいことを言うんだね」

「私がおそろしいのじゃない。人の心というものがおそろしいものなの。安定にひたりつつ波乱を味わいたがる」

小さなマンションだった。間取りでいえば2Kということになるのか。流しと冷蔵庫の場所くらいしかない台所は、キッチンではあってもダイニングとは呼べない。

（ここにいる時は独りだから）

そう思って買った。

六畳の部屋が二つ。片方にベッドと洋服簞笥を置いて、もう片方にテレビと化粧台をすえつけたら、もう一杯だった。住宅ローンの完済が六十歳を過ぎてからだと知って、憂鬱になった。

それでも、自分の家を所有したかった。

房恵は、自分の貰う給料で買うことのできる家を手に入れたかったのだ。贅沢への憧れがないわけではなかったが、自分の家だけは違うという気がしていた。三十五歳を過ぎた女が自分の稼ぎで買える家に住む、と決心していた。

門前仲町という場所も気に入った。このマンションを買うと決心してから、一番に富岡八幡にお参りした。抽選に当たるように心から願ったから、身分不相応な賽銭をはずんだ。そのおかげか、今いる九階の九〇一号室を買うことができた。永代通りに面した部屋は車の往き来する音がうるさかったが、なによりも陽当たりが良かった。

だから、あの男がなんと言っても、決してこのマンションから移ろうとはしなかった。

(ここは私が自分で手に入れると決めたところ。私の八年間が染みついている場所。その記憶は私の体の一部、私の人生の大切な部分)

房恵のマンションへの思いを感じとると、あの男はこう漏らした。

「君らしいな。

どうやら、君は僕のマーサ・ゲルホーンになるのかもしれないね」

そうあの男は言った。

「その人、誰？」

「アーネスト・ヘミングウェイの三番目の奥さんさ。もっとも、彼女は作家と呼ばれることを好んでいたがね。二人いっしょに日中戦争当時、中国へ行って蔣介石夫妻や周恩来に会った。そして四年後に別れた。彼が四番目の奥さんに出逢ったからだ」

第三章　赤く黒く塗られた顔

12

「僕は後悔している、これまでの自分の人生の過ごし方を。もう、残りはあまりないのに、いまさらだけどね」

あの男が古堂房恵のマンションを訪ねるようになってからのこと、あの男が問わず語りに話し始めたことがあった。

小さなマンションの淡い藤色のじゅうたん敷きの六畳の部屋に、ダイニング・テーブル代わりに一人用の赤い座卓が置かれている。その座卓に二人向かいあって座っていた。あの男は、背中をすっかり壁にゆだねて、気持ちよさそうに上半身ごと首を前後に揺らしている。マンションに帰る前、なじみの割烹に寄っての遅い夕食で二人とも少しアルコールが入っていた。

「え？　あなたが？

だって、あなたは内外海行の社長にまでなった人でしょう。誰がどこから見たって成功者っていうことにしかならない。他人からみれば羨ましがられる存在。そんな人が、どうして。後悔だなんて。

誰も信じません」

房恵が清水焼の湯呑みに日本茶をそそぐと、あの男は、待っていたように手にとって、

「アチッ」と小さく叫んだ。音を立ててテーブルに戻す。

「僕は、人生は一度だけ、二度とないだなんて、なんども数え切れないくらい口では言ってきた。でも今になって、この僕が、僕自身の人生の時をまるで邪魔物、ゴミかなにかのように投げ棄ててしまったのだと心から後悔している。

もう手遅れだ。

本当の話だ。

どうしてそんなことをしたのかって不思議そうな顔をしているね。僕って男は、変かな？」

ゆっくりと左手を伸ばし、そろえた指先で房恵の右頰に触れると、ニヤリとした。房恵も微笑みを返す。あの男は、あくまで上機嫌だった。

「すべては、僕の愚かさに尽きる。

子どものころは、早く大人になりたいと、それればかり考えていた。時間が早く経てばいいのにと、それればかり願っていた」

「大人になってからは？」

房恵があの男の目の中を覗きこむ。

「いつ大人になったのかわからないけれど、とにかく豊かになりたかった。つまり、金だ。金が欲しかった」

「お金？　どうして？　なんのため？」

「自分が自由になるには、金が必要だと思っていたのさ。

別に僕の両親がひどく干渉がましかったというわけではない。特に豊かだったわけでもないけれど、それなりのことをしてくれた。ただ、どういうわけか僕が拘束を感じないでいられなかったということさ。

子どもは親に保護されている。それが嫌だったんだろうな」

「そうね。そうかもしれない」

「誰でも同じじゃないのかい？

そのうちに、いろいろなものが買いたくなった。

別に、金があればなんでも買えると思ったわけじゃない。

でも、僕は中学の卒業記念文集に、『金では買うことしかできない』って書いているくらいの人間だからね。子どもながら、たいていのものは金で片づくと感じていたんだろうよ。

だから、その限界も気になっていたってことかな。

実際、金さえあれば手に入れることができるものが身の回りに溢れはじめていたんだな。僕は昭和二十年の生まれだからね。高度成長の始まったころ高校生になったってことだ。昭和三十六年に生まれた君にとっては、石油ショックの後のころのことになるのかな」

「私は一九六一年。あなたは一九四五年」

房恵は目の前のこぶりな備前の湯呑みを見つめると、そっと両手をそえた。

「若かった僕は、いつも、もう少し、もうちょっとと願っていた」

「で？」

房恵が湯呑みを両手でなでながら、たずねた。

「それで、金が貯まったかってか？

どうかな。少し、いや、多少は。一番町にマンションも買った。

とにかく、使う分はそこそこ稼いでいるつもりだ。ありがたいことだ。

だから、目標は達したってことになるのかもしれない。

でも僕は、いつもすぐ前ばかりを見て、小走りだった。いつもうわの空でいたってことかな。ひょっとしたら僕は、僕自身から逃げ出したかったのかもしれない。

面白い仕事、大切な人たち、愉快な時間、さしたる理由もなしに僕を慕ってくれる家族」

「そうね」

小さく答えると、房恵は湯呑みを口元に運んだ。

「なにもかもあった。それなのに僕がいつも不幸だったのは、自分で自分に対して、とても背負いきれないほどの重さを持った課題を課し続けていたからだ。だから、僕っていう奴は、いつも陰鬱な気分に取りつかれていて、機会さえあればどこかへ逃げ出したいっていう気持ちでいっぱいだった。

でも、逃げられない。で、その場限りのやっつけ仕事をするしかなくなる。その手の、姑息な能力には恵まれていたのかな。

そのくせ、これができれば次にはあれをしなくては、と思うのさ。強迫観念（オブセッション）だ。しかも、その『あれ』は、いつも僕の能力を超えるものに決まっていた」

「どうして？　あなたにはこの世に不可能なことなんてないように見える」

「ありがとう。でも、違うんだ。

生まれつき、ってところかな。自分の手元にあるものには興味が湧かなくて、手の中にないものばかりが欲しくなる。

子どものころ、漫画雑誌に出ていた子ども用の、バッテリーで動く自動車が欲しいといって父親にひどく怒られたことがあった。少年サンデー号っていう名前の一人乗りの車だった。ヘルメットをかぶって得意気に運転している少年の写真がでていてね。自分で作る、っていう企画だったんだけど、溶接は難しいのでお父さんに手伝ってもらおう、なんて書いてあったのさ。予算が十万くらいだったかな。僕の父親はただの会社勤めの経理屋だったからね。予算にも溶接にも、二つともびっくりしたんだろうな。

結局、大人になってから車は手に入れたけれど、僕は子どものときに、その車に乗りたかったんだ。もっとも、そんな子ども用の車のことなんか、そのうち忘れてしまったな。

そんな程度のことさ」

「ふーん。溶接のできるお父さんなんて、あんまりいないものね」

「そういうこと。

でも、神様は、いるかどうかわからないけど、僕にいつも親切だった。

大学に入るときも、会社で仕事をしくじったときも、なんとかうまく解決をつけてくれた。

感謝している。いや、感謝し足りない怪しからん奴だと僕のことを怒っているかもしれないな。神様も、さすがに厭になっちゃうんじゃないかって、僕なりに心配したりしたこともあった」

「神様はそんなに短気じゃありません」

「そうか。

とにかく営業第三部長になってしまった。案の定ってとこさ。営三かぁって、あのときは目の前の風景が突然に消えた気がした。つまり、僕なりに、勝手に、会社での人生のコースを夢見ていたわけだ。そいつは、漠然としていたが、少なくとも営業第三部長なんていう墓場ポストで終わりのはずではなかった。でもそうなってしまった」

「私の知らないあなたね。立派なサラリーマンだった人。

　でも、あなたが営三に行かなければ、私はあなたに出逢っていない」

「そういえばそうだ。神様に感謝しなくっちゃいかんのかな。

　あのときには、神様に、『どうしてわたしをお見捨てになったのですか』って訊いてみたかった。でも、そんなことを訊く資格なんて、はなっから僕にはありゃしない。いや、それ以前ですらない」

「それに、訊いてみたって神様は答えてくれない」

「そうだね。

　とにかく、僕は変だね。部長にまでなったのに、なんでそんなに物欲しがってばかりいるのかなんて、ほんの少しも考えやしなかった。

　営三の部長になって、やっぱりな、と思った。今までができすぎだっただけ。これが僕の本当の姿、掛け値のないところだって。

　でも同時に、『畜生、これで終わってたまるか』って心のなかで叫んでいた。どんな勝算が自分のなかにあったわけでもなかったけれど、でも、外側から無理やり人生の形を突きつけられたわけだから、とにかく拒絶することに必死だったってことだ。

だから、墓場漁りを開始した。わけもわからず放り出された場所でうろつきまわったら、そこが棄てられたブランドが埋められている場所だったって一幕だ」

「腐臭ただよう、っていう話ね。目に入るものがどれもこれも、まるで自分の姿に見えたわけ？」

「言ってくれるね。

でもそのとおりだ。

だがね、俺はまだ死んじゃいないぞ、とも思ったね。ここで諦めたら、本当に終わりだとわかっていた。だから、君のいう自分の姿、腐臭ただようブランドたちの姿を眺めなおしてみようと思ったのさ。

僕は、ショックには弱いけれど、その後の逆境にはけっこう強いんだな。すぐに萎れてしまうけど立ち直りは早い、ってとこさ。

よく見てみれば、姿かたちは変わっていても、どのブランドも昔なじみの連中ばかりだ。ブランドなんてたいていは女向けだから、一種、昔付き合っていた女たちに次々と再会したようなものさ。歳をとって、皺が寄り、体はたるみきってはいても、面影はある。目を凝らして見つめてみれば、若かったころの美しい姿が浮かび上がってくる」

一瞬、あの男の言葉が止まった。房恵の表情は穏やかなままで、少しも変わらない。

あの男は口元を緩めると、

「それに、女は若いのがいいってわけじゃない。若くてもいい女はいいし、良くないのは良くない。歳がいっていても、いい女はいい女だ。いや、むしろ若さって表面が削げ落ちて地が出てくるのかな。人は心だからね。外見でも言葉でもない、心だ。

弾む肉体もセクシーだが、長い人生の時が積もった心が、その外側にまとっている体はもっとセクシーだ。人間だからね。

要するに、結局のところ、女は年齢じゃないってことだ。

男もそうかな？」

「どうかしら。女が男になにを求めるか次第じゃないかしら。

だって、女というのは男ではないなにか、でしょう。男は女でないなにかといっても同じことだけど。その違いが互いを引きつける」

「こんな風に？」

あの男が、なにかを摑もうと右手を伸ばした。房恵はさっと立ち上がると、両手を腰に当てて、上からあの男を見下ろしてみせた。

「いえ、こんな風に、よ」

「ほう。そういうのもいいな。男はいつも男でなきゃいけない、ってところがあるからね。

でも、君がそうして僕を上から見下ろしていると、僕は子どもにでも戻ったような気分になってしまう」

そう言いながら、あの男は房恵を見上げていた。そのままの姿勢で手を伸ばす。房恵がその手を摑んでベッドへ誘った。

「君さっき、社長にまでなってどうして後悔だなんて、って言ってたよね。

そうなんだ。

後悔しているって言ってみても、じゃあどうすればよかったのか、自分でもわからない。

勉強する子供から、勉強する学校生徒、仕事するサラリーマン、そして経営する社長、っていう人生だ。いつも鞭打たれ駆られてばかりいる。

でも、そうしている自分の背後になにかがいるんじゃないかって思う。

鷗外が言っている。

『赤く黒く塗られている顔をいつか洗って、一寸舞台から降りて、静かに自分というものを考えて見たい、背後（うしろ）の何物かの面目を覗いてみたいと思い思いしながら、舞台監督の鞭を背中に受けて、役から役を勤め続けている。この役が即ち生だとは考えられない。背後（うしろ）にある或る物が真の生ではあるまいかと思われる』ってね」

「鷗外って、あの有名な？」

「そうだ。陸軍省医務局長、軍医総監、つまり軍医として最高の地位にまで昇った男だ。

いや、そんな役人としての出世だけじゃない。鷗外ってのは文学者としても素晴らしい仕事をした」

「それなのに？　なぜ？」

「その後はこう続くんだ。

『しかし、その或る物は目を醒まそう醒まそうと思いながら、又してはうとうとして眠ってしまう』

森鷗外六十年の人生のうち、四十九歳のときの作品だよ。若かったころのドイツ留学の日々を思い出して、彼はそう書いたんだ。四十五歳で軍医としての頂点に立って、五十四歳までそのポストにいた、その間に書いたわけだ。『妄想』っていう、小説ともエッセイともつかない、短いものだ」

「又しては？　又しても？

鷗外はずっと、うとうとして眠ったままだったの？」

「いや、違う。

彼は、昼間の軍医の生活だけでも大変なのに、睡眠時間を削って、酒も飲まず、夜中に文学者としての仕事をしていた。でも、死ぬ直前の言葉は『馬鹿馬鹿しい』だったという話だ。
つまり、この僕にしたところで、後悔しているとうそぶいてみたところで、ではなにを？という問いへの答があるわけではないんだ。
それを考えないで時間をうかうかと過ごしてしまったことが、最大の後悔かな。
要するに僕も、うとうと組だ」
「ヴェルレーヌみたいね。
『恋も憎みもあらずして
いかなるゆえに　わが心
かくも悩むが知らぬこそ
悩みのうちのなやみなれ』
っていう詩」
「そう、『巷（ちまた）に雨の降るごとく』ってはじまるやつだ」
「私のは、『都に雨の降るごとく』よ」
「ああ、君のは鈴木信太郎の訳だからね。僕のは堀口大學さ。
『ゆえしれぬかなしみぞ

げにこよなくも堪えがたし。

恋もなく恨みもなきに
わが心かくも悲し』

情けないことに、自分の心に涙が降っていることはわかっても、自分がなにを求めて涙しているのかは皆目わからない」

「でも、社長業は毎日のお勤め。それこそ、一日二十四時間勤務。

あなたがいるからたくさんの人が安心して暮らせる。ありがたいと、みんな、いつも思っている。感謝している」

「どうかな。

それほどのことでもないがね。でも、九時から五時ではない。

なんにしたって、僕はとてもオヤジのようにはなれない。

オヤジがどうして僕のようなものを、と不思議な気がする。

どうして僕を？」

あの男が自分自身に問いかけたのか、それとも房恵に問いかけたのか、房恵にはどちらともはっきりしなかった。房恵が黙っていると、

「どうしてオヤジは僕を社長に？

君はいつもオヤジのすぐ横にいたんだ。真実を聞いているのだろう？　オヤジは僕になになをしろと？

僕にそいつを教えてくれないか」

切ない思いが込められたような声だった。

「わからないわ。

本当のことは、私にはわからない。私なんかにわかりっこない。

でも、南川丈太郎っていう老人は、とってもあなたのことが好きだったのね。それだけは間違いない。いつも、『あいつはハイエナだ。大したもんだ。でも、ハイエナじゃあんまりかわいそうだから、フェニックスってきれいな名前にしてやった』と自慢していたもの。

多分、あなたが言っていたとおりだと思う。

要するに、南川はあなたのなかに自分を見ていたのじゃないかしら」

「オヤジが僕のなかに見ていた自分て？」

「それを私に言わせたい？

いいわよ、言ってあげる。

自分で自分を騙すことができるっていう能力。嘘でもなんでも、自分で本当と思ったことしか言っていないと信じられること」

「君にかかると、僕もオヤジも化け物みたいだな」

「私じゃない。南川が言ったのよ。

でもきっと、南川があなたのなかに自分自身を見たっていうのは、そのことなのだと思う。だから、南川はあなたを好きになった。人って、そういうものでしょう？　他人のなかに自分がほの見えると、その他人が好きだって思い始める」

「僕は嘘と本当を区別できない男ってことか。本当にオヤジがそう言ったのか。

君から見ていると、南川も同じで、だからオヤジは僕のことが好きだったのか。

そうか。そうなのか。いや、そうかもしれんな。君の口からそう言われれば、なんだか自分でもそんな気がしてくる」

あの男はそう言って、小さなベッドのなかで、長くなったまま寝返りでもするように姿勢を変えて背中を見せた。

そのまま二、三分黙っていた。頭のなかで反芻しながら考えていたのだろう。今度は勢いよく、

「そうだよ、そうだ。僕ってそうだったんだ。

どうして今まで気づかなかったのか。

さすがオヤジだ、よく見抜いている。

いや、そう言われると、まったくそのとおりだ。オヤジ、なにもかもわかっていたんだ」

あの男は向き直ると左腕を房恵の体にあずけてから、こんなことを言いだした。

「房恵は、生きて動いていた三島由紀夫を知っているかい。テレビかなにかで観たことがあるかな。

彼が四十五歳で腹を切って死ぬ直前に、自分の人生をふりかえって、

『私はこの二十五年間に多くの友を得、多くの友を失った。原因はすべて私のわがままに拠る』

と言っている。

昭和四十五年、一九七〇年のことだ。

「私、知らない。自分で腹を切った変な小説家でしょう。九歳だったんです」

「そうか、房恵は九歳だったのか。リアルタイムでは知らないわけだ。

いや、なに、僕もオヤジに教えてもらったんだがね。でも、自分と似たようなことを考えた奴がいたもんだな、と思ったね。

僕は、会社にはいってから四十年の間に、数え切れないくらいたくさんの友人を得た。ありがたいことだと思っている。日本の内側にも海の向こうにも、そいつらはいる。僕の最大の財産だ。

だが、同じその四十年の間に必要以上にたくさんの数の友を失った。いや、死んでしまったやつらのことじゃない。或る意味、そいつらは僕の心のなかに生きているからな。僕の言うのは、別れちまった奴ら、絶交してしまった連中のことだ。

理由は、と考えてみれば、どうひいき目に見たってすべて僕の我がままってことに尽きる。僕は、どういうわけか、他人にゆったりとした気持ちで接したり、おだやかに付き合うってことができないんだ。一言でいえば、徳がないってことなんだろうと自分でも思う。わかる。わかっちゃいるけど、直らない。もうとっくに諦めている。

僕に言わせれば、どうして隣にいる友だちっていうのといっしょになってはしゃいで心楽しむっていうか、浮かれ騒いで楽しく遊ぶって気持ちにならないのか、我ながら不思議だ。

多分、僕は人生ってものを、この僕自身の人生ってものを愛していないんだ。これほど自分のことは愛しているのに、不思議といえば不思議な話だ。

そういえば、オヤジに、『お前って奴は、まるで風車を相手に喧嘩をしかけたドン・キホーテみたいな男だな』って言われたことがある。しんみりとした口調だった。そのときだったな、オヤジに三島由紀夫の死の直前の文章のことを聞いたのは。オヤジも、僕のことを言っているようで、本当は自分のことを話していたのかもしれん。今になると、そう思う。

そんなこと、なあ、人生を愛しているってことじゃあないよな」

そこまでを独り言のようにつぶやくと、また、今度はもっと短い間だったが沈黙に沈みこんだ。

左腕を房恵から離すと、もぞもぞと体を動かして、独りだけ天井を向いて体を伸ばした。

「どうして僕ってやつはこんななのか。生まれつき、ということになるのか。そう言ってみたところで、いったい僕のなにを説明したことになるのか。

オヤジがいれば、話してみたい。なんて言ってくれるか。なんにも答えずに、ただ微笑んでいるだけかもしれないけどね。

房恵、楽しむっていう字と愉しむっていう字の意味の違い、知っているかい？　他人と楽しみ、独り心愉しむ。それが違いなんだ。

僕は、楽しみは知らない。愉しみなら、まったくないわけじゃあない」

そう言って、誰にともなく笑顔をつくってみせると、大きな息を洩らした。

「君、さっき、他人のなかに自分がほの見えると、その他人が好きになるって話したよね。するると僕は、君のなかに自分を見ているっていうこと？」

「いいえ。あなたは私のなかに南川丈太郎を見ている。だから、私が好きだと錯覚しているだけ」

「悲しい誤解だな。

確かに、君にはオヤジの匂いが染みついている。毒のある言い方だが、奥深いところまで、体中どこもかしこもだ。

君を抱くと、その度にオヤジの匂いがふっと立ちのぼるほどに、そうだ。

でも、だからって、僕が君を好きな理由がそこにあるなんて思ってもいない。

アイス・コーヒーを飲めば、かならず氷に触れないではいない。カラカラと音がする。でも、飲みたいのはコーヒーで氷じゃない」

「氷があるからアイス・コーヒーになるともいえるでしょう？」

「それは比喩の限界だ。別の話だよ。

とにかく、僕と君の関係とオヤジは別個だ」

思いがけないほど強い口調だった。房恵は、それが自分の言ったことが当たっていたからなのだと感じた。あの男は、自分の心を信じている。自分の思いのたけを言うときに、自分が嘘をいっているのかもしれないなどと悩んだりはしない。だから、あの男には不可能なことなぞ何一つないのだ。

房恵にはどんな類の感傷にもひたっている時間などなかった。あの男が、内外海行の社長として、己(おの)が手にすべての権力を握ろうという意志をあらわにして苛烈な活動を始めたのだ。

13

「あなたにこんな話をしなくてはならなくなるとは。

正直言って、想像もできなかった。

いや、この正直言って、ていうのは僕の大嫌いなフレーズだったな。

でも、わかってくれるかな。この僕自身が思ってもみなかったってことだけは確かなんだ」

社長室の一人がけソファにあの男が座っていた。斜交い（はすかい）にすわっている初老の男を前にして、両方の肩をがっくりと落とし、体もうつむき加減になっていた。沈み込んだ声がとぎれがちだった。

あの男の左前に座っているのは、副社長の澤田正俊だった。入社はあの男よりも古い。五人がけソファの向かって左寄りに座り、右肩を背もたれに乗せ、そのまま右腕を背もたれの後ろ側に垂らして半身になり、両脚を大きく組んでいた。鮮やかな緑色の短いソックスの上の端、ゴムの部分がめくれて右脚のすねの素肌が大きく露出していた。なんとも白い。そして、日本人にしても極端に体毛が少ない。女性にしたいような皮膚だった。

コーヒーを二つ、ひっそりと運んできた古堂房恵が、息をつめるようにして部屋から出ていった。ドアがぴたりと閉まるのを音で確認してから、あの男はふたたび重々しく口を開いた。澤田の裸の右すねを見つめたままだった。

「澤田さん、僕はあなたにこいつを言いたくない。これだけは言いたくなかったんだ。しかし、内外海行の社長である僕にはこれをあなたに言う義務がある。副社長であるあなただからこそ、私のこれから言うことを真剣に受け止めてほしい。

会社はあなたの決心を必要としている。

僕個人としては、あなたに会社にいてほしい。僕はあなたが好きなんだ。わかってくれているでしょう。これまで、どれほど二人でいっしょにやってきたか。どの仕事をとってみたって、二人であればこそうまくやりおおせたってことばかりだ。一人だけでなんて、なに一つできやしない。少なくとも僕だけでは、なにもできなかった。

お互いに、よくわかっていることです」

澤田はひとことも口をきかない。無表情なままだった。顔の筋肉に動きというものがなかった。

あの男は、目の動きだけで視線を澤田の右脚から顔に移すと、ゆっくりと続けた。

「だが、今の僕には個人としての裁量は許されない。

内外海行での僕のパーソナル・ライフは死んだ。そう思っている。

僕が個人としてなにを望むかは、まったく重要でない。そのことが会社にとって有益かどうか、そいつだけが基準だ。会社として許されないとすれば、それで終わり。僕個人の好みは、完全に無視される。

あなたのことがその好い例だ。

オヤジはもういない。オヤジがいれば、僕があなたを今のまま会社に置いていても、僕の決断ではない。誰もがそう思ってくれる。だから、許される。

だが、オヤジはいなくなってしまった。私を止められる人間は、もうこの会社のなかにはいない。だから、僕は、個人として振舞うことはできなくなってしまった」

あの男の二つの目がこんどは窓の外に向けられた。暗い空から次々と弾き出されるもののように、雨粒が窓ガラスを激しく打ち続けている。澤田はソファにゆったりと構えたまま微動もしない。

あの男は、窓ガラスに向かって小さな息を鼻から洩らすと、視線を澤田に戻した。

「澤田さん、副社長を辞めてください。この場で辞表を書いてください」

辞表という言葉に、一瞬、澤田が両の眉を寄せた。脚を組みかえると、生なりの肌色をした靴底が大きくあの男の前に突き出される形になった。

澤田は、心もち顎を上げると、低い、落ち着いた声で、

「君にそんなことを言われる筋合いはない」

自分に言い聞かせるように呟いた。

「俺が副社長なのは、君のお蔭じゃない。南川丈太郎が決めたことだ。南川丈太郎は、君にとってオヤジらしいが、俺にとってもオヤジだ。

確かに、南川社長はもういない。君が社長だ。俺も賛成した。もっとも、俺の賛成なんて、なんの意味もないがね。

とにかく、取締役会という場で、俺は君を社長に選任する議案に反対しなかったってことだ。議事録じゃ、賛成したってことになってるだろうな」

ほんのわずかな微笑みをたたえた顔で、澤田はあの男の顔を正面から見すえていた。口も最小限しか開かない。

あの男は、わざとらしく澤田と同じように脚を組んでみせた。お互いの足先が触れ合う寸前で止まっている。

「澤田さん。だから僕はあなたに詫びている。

僕が言っていると思うから、腹が立つ。あなたは僕の先輩だ。しかも僕は一度会社を辞めた男だ。それもなんとも身勝手な理由で、だ。

ところが、その僕がまたぞろ会社に戻ってきた。肩書きは副社長だが、実質は社長として、だった。

オヤジの決めたこととはいえ、さぞ不愉快な思いがしたことでしょうね。

わかる。

僕さえいなければ、と思っているのでしょう。

でも、僕が、この会社の社長になってしまった。もうオヤジはいない」

あの男は、また顔を動かして視線を窓へ移した。窓ガラスの向こう側に付いている無数の雨滴がひっきりなしに先を争って落ちてゆく。なにか考えにふけってでもいるように十秒ほど雨滴が下に勢いよく流れ落ちるのを眺めてから、ふたたび澤田のほうを向いた。

「あなたが自分から辞めないなら、僕は取締役会を招集する。即刻。

あなたを副社長から外して非常勤にする決議をします」

「そんなこと、できない」

「いや、できるね。

僕は、弁護士に確認済みだ。

ウチでは、必要があれば社長はいつでも取締役会を開ける。そう書いてある。あなたも知っているはずだ。どの会社でも同じことが書いてある。

すぐに開催する必要があるかどうかは社長が決める。つまり、この僕だ。ウチでは、他の誰にもできない」

「取締役会では過半数でものごとが決まる。突然この俺をクビにするなんていう議案に誰が賛成するものか」

「やってみるかね？

副社長でなくなるだけじゃない。非常勤になった取締役の報酬も僕に一任てことになる。いずれ退職金も僕に任せられる。もちろん、あなたは次の株主総会では取締役候補のリストに載らない。これも僕が決めることだからね」

「急に、理由もなく非常勤の取締役にしたって、俺の給料を勝手に変えることなんかできない。法的にはそういうことなどできはしない。君の頼んだ弁護士はそう言わなかったかね？」

澤田はうっすらとした微笑を崩さず、体を左に開いてあの男に正面から対すると、半ばあざけるように言った。

「会社の頼んでいる弁護士は、どちらの見かたもあり得る、しかし彼の意見は僕と同じだと言った。もし裁判になれば裁判所が決める、とも付け加えたがね。

どちらでも専門家の法的意見として世間に通用するということだ。

僕は、片方の法的意見を採用する。それが会社の頼んだ弁護士の意見だからね。その意見にしたがって、経理に指示して、あなたの給料を僕の言う金額に下げる。そいつは今よりずっと低い金額だ。極端に低い、と言ってもいい。取締役会に出る以外に仕事のない取締役だからね。

もちろん、あなたには裁判を起こす自由がある。憲法に書いてある。

だが、裁判は結論がすぐにでるわけじゃない。これで仮処分は出ない。

それまで、霞を食うのかな？　社会的な立場はどうだ？

あなたはいいとしても、家族はどうかな？」

「汚い。卑怯な。

理由もなく、そんなことできるものか」

「試してみればすぐにわかることさ」

「理由がない。そんなもの、皆が賛成するわけがない」

「理由なら、ある。法的意見の問題以前に、いくらでも問題になる事実がある。

あなたは会社の車を私用で使った。

ゴルフ場の会員権も、私用で使った」

「馬鹿な。

副社長という立場にある人間にとって、会社の仕事に関係しないことなんて、朝から晩までなにひとつありゃしない」

「世間はどう思うかな。この、コンプライアンスの時代に」

「君も同じじゃないか」

「ものごとは、誰かが問題にしないと問題にはならない。

会社の場合、その誰かとは社長だ。内外海行では、今のところ、この僕だ。僕しかいない」

「自分はいいが、ほかの奴らはダメってことか？　都合のいい話だな」

「いや、そうではない。僕には問題がなく、あなたについて問題があるという報告があったということだ」

「身勝手な」

澤田がソファの背もたれから上半身を起こした。

「それだけじゃない。

あなたのアメリカの友人への贈り物も、目に余る。会社の経費としては、ね」

「なにを言っているんだ。君も同じことをしてきたし、もう長い間やっていてなにも問題なかったじゃないか」

あの男は唇をゆるめて、笑ってみせた。声は出ていない。

「僕はもうしていない。

昔はそうだった。それで、覚えているかな、いっしょに、あの、シアトル・ワシントンの男を口説き落としたときのこと。

若かった。あのころ、僕はあなたの助手だった。

こんな無茶をしていいのか、と思ったね。なにせ、五十万ドルだったかな、あのころのレートで一億円を超えていた記憶だ」

「ああ、バーナードはとんでもなく強欲だったからな」

「奥さんが難病にかかっていた」

あの男の目が、ほんの少しのあいだ、はるか彼方を眺めるようにいっそう細くなって、すぐに目の前の澤田に返ってきた。

「澤田さん、あんなことを今したら、どうなると思う?

ウチには、アメリカ人の株主もたくさんいるんだ。

アメリカに子会社もある。

アメリカ人の株主に、アメリカで訴えられる。アメリカには徹底した証拠開示制度がある。

子会社は日本の親会社にもつながっている。SEC、アメリカの証券取引委員会も関心を持つ。

アメリカ人は、自分の国の会社が外国で違法行為をすることにとっても神経質だ。たとえば、ワイロだ。刑事事件になる。

何十年も続いてきているからって、弁解になんてなりはしないのさ」

突然、あの男が立ち上がった。

澤田の隣に歩み寄ると、寄り添うようにソファに座った。脚をそろえていた。

「澤田さん、わかってください。

取締役会で解任などしたくない。

いや、適時開示をしなくちゃならないとか、登記簿が解任の記載で汚れるなんてことを考えていやがっているんじゃない。

僕は、心底あなたが好きなんだ。尊敬してきたし、今も敬意を抱いている。

それなのに、今の僕は、どうしてもあなたに辞めてくれと言わなくっちゃならない。

わかってください、よほどの理由がなければ、こんなことはしないんです」

「よほどの理由？」

「ええ」

あの男は、体をいっそう澤田に寄せた。ソファの座面に広がった二人の背広のすそが触れ合い、重なっていた。あの男が口を澤田の耳に近づけてささやいた。

「内部から告発があったんです。

あなたの、カリフォルニアのアナベル・リゾートでのゴルフのことです。

あれは、町野先生といっしょだった、と動画までついていた」

「それがどうした？　町野先生をアナベルに招待したのは会社のためだ」

「だから問題なのです。わかってください。時代が変わってしまったのです。

町野先生は、会社にとって大切な方です。宇宙開発分野では、大物ではないが、誰よりも切れ者の政治家と言っていい。

国の予算がからむ。外国政府との交渉が決め手になる。

政治家の力が要る。その言い方が悪ければ、日本のために、官民で協力し合う必要がある。

ウチが、宇宙での通信の世界に切り込むためにどれほどの金をつぎ込んできたか、あなたが一番知っている。この小さな身のたけには不似合いな金額だ」

「ああ、なかなか利益につながらないので、会社には申し訳ないと思っている。

もうすぐ、もうすぐ、だ」

「それは、僕も、いやオヤジが、よくわかっていました。

『澤田の金食い病にも困ったものだ』といつもおっしゃっていた。

でも、うれしそうだった。オヤジの直感でしょうね、あの分野が、いずれ日本で決定的に重要な商権になるってのが。

その町野先生をスキャンダルに巻き込むことはできないでしょう？

あなたなら、わかってくれるはずだ。

ここまで言いたくはなかった。しかし、あなただから言った。わかってくれると思ったから、言った。

他に道はないんです」

「俺が辞めても、事実は残る」

「内部告発は、止まる。止まれば、事実は存在しなくなる」

「便利だな。でも、どうやって？」

「それは企業秘密です。辞任直前の副社長に教えるわけにはいかない。会社のためにも、辞めていくご本人のためにも」

「俺には、やましいことなんかなにひとつない」

「澤田さん、わかっています、わかっています。

でも、澤田さん、このままでは町野先生が二流商社とつるんでいるってことにされる。

問題は、真実ではないんです。どう世間に流布するかです。今の時代、ネットは世間の一部です」

　ここまでしゃべって、あの男は澤田ににじり寄った。体と体がくっつかんばかりになっていた。澤田が組んでいた脚を解いて、両脚をそろえた。

　あの男の右手が澤田の腿に置かれた。

「澤田さん。

　僕の言い方が悪かった。許してください。

　あらためてお願いします。

　澤田さん、会社を助けてください。

　あなたが辞めれば、会社は助かる。あなたが今のままの地位にいると、会社は回復困難な被害を蒙る。もう百億を超える金を投資している。それが消える。それだけじゃない」

「だから、なぜ、俺が辞めたら会社が助かるのか、それを訊いてるんだ。

　不肖、澤田正俊、ただ辞めてください、と言われてわけもわからず辞めるほどの愚か者じゃない」

　あの男は、下を向いた。下を向いたまま、話しはじめた。ほとんど聞き取れないような小さな声だった。今度は両手のこぶしが強く握られていて、左右それぞれの自分の膝のうえに置かれていた。

「澤田さん、あなたの言うとおりだ。僕の言っていることは、しょせん無理な頼みです。

でも、僕はあなたと四十年近くいっしょに、この会社で、この会社のために働いてきました。

僕がどんな男かは、あなたが一番よくご存知だ。

内部告発を止めなければ、会社に取り返しのつかない損害が発生する。

止める方法は、ある。

あなたの首が代価です。

それを僕は、告発した相手に持っていって、渡す。

相手はそれでホコを納める。会社を傷つけるのは、仲間のためにならないとわかっているからです。

僕は、澤田さん、あなたの首は、会社が変わること、変わったことの証拠(あかし)なんです。

私情はありません。いや、私情で言えば、僕はあなたに断固、会社にいてほしい。

しかし、会社は僕ではない。澤田さん、僕もあなたも、この歳まで会社のために生きてきたんじゃないですか」

あの男が口を閉じると、どちらもなにも言い出さなかった。

あの男は、下を向いたまま、身を固くしている。

一分ほどの静寂の後、

「わかった」

澤田だった。

その瞬間、あの男は澤田の両手をとったのだ。

「ありがとうございます」

声が涙にかすんでいた。

第四章　番外プロジェクト

14

「澤田先輩は会社のために、進んで我が身を犠牲にされた」

あの男の声だった。威圧的な、低い声だ。広い会議室と共鳴するのか、部屋じゅうに響きわたる。

目の前に二十人ほどの内外海行の取締役たちが座っていた。ロの字型のテーブルの三辺に、それぞれ六、七人ずつが並んでいる。残る一辺に、あの男が一人だけ、ワイシャツの袖をひじまで捲(まく)りあげ、両腕をがっしりと組みあわせた姿で座っていた。ワイシャツの一番上のボタンがはずされ、ネクタイも大きくゆるめられている。両脚はテーブルの下で左右に広げられ、床全体を押さえつけてでもいるようだった。視線は、真っ正面を睨んで動かない。いつもの常勤取締役会の風景だった。

毎年六月に開かれる株主総会が近づいていた。

常勤取締役会の議事は、一つをのぞいて、予定どおりすべてなんの滞りもなく完了していた。

間近にせまった株主総会で、誰を取締役候補とするのかだけがまだ議論されていなかったのだ。

いや、だれも議論など期待していない。ただ、この常勤取締役会でなら、次にだれが取締役になるのかがあの男の口から明かされると思っているだけなのだ。

常務以上の四人で開かれる経営会議でも、このことについてだけは、あの男はなにも話していなかった。

そのときどきの社長が、だれが次の取締役になるのかを独りで決める。ほかの者には、理由など教えない。いや、理由だとしてなにかしら言うこともあるが、それが本当の理由とはかぎらない。だれにも、隣に座っている男がなぜ取締役になったかなどわかりようがない。

この常勤取締役会で社長が名を明らかにした男が取締役候補と呼ばれる。正式の取締役会、次いで株主総会というセレモニーを通りすぎれば、自動的に取締役と呼ばれるようになる。この場にいるだれもが、そうやって取締役になったのだ。

取締役になれば、正式の取締役会にも常勤取締役会にも出席することになる。待遇も変わる。だが、それ以上のなにかが劇的に起こるわけではない。いや、世間でいえば、東証一部上場の会社の取締役という立派な地位についたことになるから、人生の劇の第一幕が終わって次の幕が上がったといえなくもない。

しかし、最近では多くの上場会社で取締役の数が半分以下になってしまっている。取締役になりそこなったその半分以上は、執行役員といわれるものになっているのだ。格下げなのか、呼び替えなのか、よくわからない。だが、だれも格が上がったなどとは言いはしない。半分足らずの人数になっても、会社にはあいかわらず取締役という肩書きの人間がいる。社長はかならず取締役、なかでも代表取締役だ。だから、やはりなんとなく取締役のほうが執行役員より格が上のようにみえる。

取締役でなんとか部長というのもいる。つまり、まだ従業員を兼務しているということだ。取締役ではなく執行役員だけの肩書きの者でも、常務もいれば専務もいる。会社によっては副社長もいる。その場合は、ただの平取締役よりも社内での格はもちろん上だ。多くの人間には、なんでこんなことになっているのか何がなんだかどうもよくわからない。

副社長だった澤田は、辞表を出してしまってからは取締役会に出席しない。登記のうえでは、取締役という立場はのこっているのだが、誰も澤田の姿が常勤取締役会の場にも正式の取締役会の場にもみえないことなど話題にしない。あの男が澤田の話などすることがないからだ。

澤田がいなくなってからは、あの男の下には常務しかいなくなってしまっている。それも二人だけの常務だ。いや、まだひとり、専務の肩書きをもった男がいることはいるが、この男も役員定年制でこの株主総会を境に会社からいなくなることが決まっていた。

あの男の声がふたたび響いた。

「澤田先輩の偉大な行為を思うたびに、俺は、『シャシンシコ』という言葉を反芻せずにおれない」

たくさんの顔がいっせいにあの男のほうに向いて動いた。問いかけるような視線があの男の顔に集中した。だれもが「えっ？」という表情を無防備に露出している。言葉がよく聞き取れなかったのだ。意味がわからなかったのだ。あの男が澤田について触れたのだから、なにか重要なことにちがいないのだが、誰もわけがわからない。

（シャシンシコ？）

「捨身飼虎、だよ。身を捨てて、虎を飼うと書く。

君ら、そんなことも知らないのか、まったく。

ふだんは、『俺は、東証一部上場の会社の取締役様だ』って、えらそうな顔をして世間を歩いているくせになあ」

あの男が、大きく反動をつけて背中を椅子の背になげだしながら一段と声をはりあげた。

口元に、ほんの少し軽侮の色がただよっているのを隠そうともしない。

「君らも君らの捨身飼虎をするのさ。澤田さんは、そいつをいとも簡単にやってのけた。いや、長いあいだ勤めた会社をやめるのだ、心のなかにはたくさんの複雑な思いがあったことだと思う。俺のようなすれっからしの男でもそう感じずにはいられない。

しかし、澤田さんはそいつを断行した。

今度は君らが捨身飼虎する番だ」

誰も声をださない。一人ひとりの心のなかで、警戒信号が音をたてずに鳴りひびきはじめた。

(虎の餌に？　この我が身を？　会社を辞めろということか？)

「飢えた虎の親子を哀れとおもわれた或る国の王子様が、断崖から我が身を投げて下にいた親子の虎の餌にしたという昔のインドの話だ。だから捨身飼虎という言葉になる。

その王子様っていうのは、お釈迦様の前世の姿だそうだ」

話しながら、居並んだ顔を右から左へ眺め回す。一つひとつの顔ごとに突き刺すような視線を止めてみせ、次の顔に移る。

あの男が口を閉じると、待っていたように、「ほう」というわざとらしい溜め息が何人かの男の口からもれた。

「そういうことだ。

君らは法隆寺に行ったことがないのかね？」

あの男がたたみかける。二十ほどの首がいっせいに左右にふられた。

「ふん」

そう鼻をならすと、あの男は、

「澤田さんがお釈迦さま、俺たちは飢えた虎、ってことだ。それも親子二匹じゃない、二千匹からいる。いや、家族をいれれば六千人、取引先を勘定に入れれば万はくだらない。

澤田さんは、そうした飢えた連中のために我が身を投げ出したんだ。

さて、このなかに、俺も釈迦になるって奴はいないか？」

そう言って、あの男は会議室のなかを、わざとらしく、ゆっくりとした動作でもう一度おおきく見回してみせた。

「いないか。そうか。

そりゃそうだよな。シャカならこんなところにはいない。決まりきった話だ。

この私にしたところで、もちろんシャカじゃない。虎だ。腹をすかした虎だよ。君らを責められるような立場の人間じゃない」

「ほっ」とした空気がながれた。誰もが、知らない間に肩にこもっていた力がぬけおちるのを感じた。あの男も、苦笑いなのか、正面に座ったままニコニコした顔に変わっている。誰もが、あの男の表情を鏡に映しでもしたように顔がゆるむ。

その瞬間、あの男が表情をひきしめてふたたび話しはじめた。みな、慌てて目を大きく開き唇に力を入れる。

「しかし、今は違う。

澤田先輩が、身を投げたのだ。

俺は、澤田先輩のされたことをとても尊いと思う。なんともありがたいと感じる。会社の未来のために我が身を捨てる。誰にでもできることじゃない」

そこで一区切りがあった。

「なあ、みんな、そうじゃないか」

何人かが慌てて頭を上下に動かした。残りは、あいまいに頭を上下ともなく左右ともなく動かすことで、自分の思いを明らかにしないでいた。

あの男の声が続いた。

「時は今、だ。

内外海行は変わる。

そのために君らの力と決断を必要とする。

内外において、ポスト・サワダ・エイジ、つまり、澤田以後の時代がはじまるってことだ。

私は、いのいちばんで澤田先輩に続くつもりだ」

「おおっ」という、どよめきに似た声が会議室にひびいた。

誰もが、あの男の勇退宣言ととったのだ。なかには、心配そうな顔つきをつくって、あの男の顔を覗きこむようにしてみせるものもいる。

だが、あの男は、目の前にいるものたちの反応など気にも留めていない。

「だから、君らは、僕のうしろからついてこい。

内外海行は、今、この瞬間から変わる」

一瞬にして、どよめきがささやきになった。

「静かにしろ、まだ話は終わってない！」

あの男の叱責に、静寂が戻り、すべての顔がふたたびあの男にキリリと向けられた。

「執行役員制を新しく設ける」

自分が執行役員だったことがあることを忘れてでもいるかのようだった。

「同時に、社外の方に取締役になっていただく。コーポレート・ガバナンスという観点から、内外海行を徹底的に変革する。

だから、君らには、これからは取締役ではなく執行役員になってもらう。

つまり、今度の株主総会では取締役の再任はないということだ。

誤解してもらっては困る。

内外海行では、取締役の意味が変わったのだ。

だから、取締役になるのは、私のほかには、この席で末席の横淵君とそのすぐ上の宮森君の二人だけだ。

執行役員のなかから専務と常務を何人か選ぶ。

これまでどおり、昔のままの内外なら今回の株主総会で新しく取締役になるはずの人たちにも、みな執行役員になってもらう。

そういうことだ。

ま、取締役の任期を一年にしておいたから手間がはぶけたってものだ」

そうだった。まだ南川丈太郎が社長だったとき、副社長執行役員だったあの男が、株主総会を機会に当然のように取締役になった。あの株主総会で取締役の任期が二年から一年に変えられていた。南川からはなんの説明もなく、副社長執行役員だったあの男が常勤の取締役会に出てきて、「それが時代の要求です」とだけ言った。南川は、聞こえたのか聞こえなかったのか、目をつぶったままなにも言わなかった。誰もなにも言わなかった。

「みな、執行役員になってもらう」というあの男の言葉に、「ふー」という安心とも恐れのつづきともつかない溜め息が静かに広がった。取締役ではなくなるにせよ、首はつながったのだ。

（助かった、生きてゆける）

声にこそ出さなかったが、どの男の心も安堵の思いにひたされていた。だれもが取締役の任期が一年でしかなくなったあの時から、自分がいつ出て行けと言われるのかいつも気になっていたのだ。

だが、この墓場から戻った目の前の男は自分たちをいったいどこへつれてゆくのか。誰にもわかっていなかった。

本当はそれどころではないこと、自分たちが思いもしなかった場所に知らない間に追いこまれてゆくことに、この哀れな中年の羊たちはまだ気づいていなかったのだ。

古堂房恵の小さなマンションに、あの男がいた。

澤田が辞め、あの常勤取締役会があった後、定時株主総会が開かれ、予定どおり無事に終わった。会場での質問が一つもなかったことで一挙に緊張が解けたのか、その晩あの男は妙に饒舌だった。南川が死んでからまだ一年と少し。信じられないほど何もかもがあの男の色に染まってしまった。

内外海行は、取締役が総勢四人、そのうち代表取締役が一人、あの男だけということになり、申し訳のように社外取締役が一人いる体制になっていた。あの男の高校の同級生だった大木忠という弁護士だった。

「オヤジが、オマエの社長としての最初の大仕事は澤田の首を切ることだ、って教えてくれたのさ。

一つの生き物に、頭が二つはない。

そうおっしゃった」

「でも、内部告発があったんでしょう？」

「どうして、そんなことを知ってる？

ああ、総会の準備で想定問答に出てたからな。もちろん、質問が出ても極力それには触れないって前提での準備だった。

あったさ、内部告発。確かにあった」

「それなのに、どうして内部告発した人は澤田さんが辞めただけで満足して引っ込んだりしたんでしょう？」

「僕が、もうここまででOKだ、ストップしろ、と言ったからさ」

「え、まさか。

内部告発って、そういう意味だったんですか？

じゃあ、澤田さんは、辞めないでもよかった？」

「いや、澤田が辞めなければ内部告発は終わらなかった。

辞めなければ、僕は澤田に言ったとおり取締役会を開いて彼を放り出した。東証の適時開示ってことにもなったろうさ。

そうなれば、新聞や雑誌は飛びつく。

そうなれば、澤田に満足な退職金も払ってやれない」

「でも、澤田さんは、我が身を犠牲にして会社を救ったつもりだったのに。違うんですね」

「違わない、そのとおりだ。

澤田が身を引いたから、僕は会社を僕の思うとおりに動かすことができるようになった。

澤田がいては、幹部の心が僕にまとまらなかった。

組織が求心力を持つための尊い犠牲の羊だったということかな。

羊が一匹消えた。

一匹消えたら、また次の羊を探す。組織というのはすぐに腹を空かすものだからな」

房恵は黙りこくったまま、みじろぎもしない。

「オヤジは任せてくれた。なにもかも。

実は、俺、執行役員の件もオヤジに相談していたんだよ。知っていたろう？

もっとも、オヤジはなんの答もくれなかったがね」

「え？　そんなこと、あったかしら？　執行役員の話？　あなたが執行役員になるってことだけじゃなくって？」

「そうさ。

ま、そんなことどちらでもいいさ。

とにかく、俺はおそろしかったんだ。自分に力があるのが、恐かった。俺が決めるとすべてが動く。人の運命が変わる。

オヤジは俺に相談されて、腹のなかでは笑っていたろうな、『副社長執行役員になった瞬間から、すべてオマエのやりたいとおりだ。そうじゃなかったか』って。

ちがった。上にオヤジがいた。ぜんぜんちがう。

俺は、社長になってからも、オヤジが生きているあいだは、『やりたいことをやりたいようにやればいい、だめなら、オヤジがなんとかしてくれる』。そう思っていた」

「でも、南川丈太郎はもういない」

「そのとおり。

いや、そうでもないかもしれない。

いる。オヤジはいつも、いる。俺の心のなかにな。

俺は、ひとりで社長室にいるとき、『あ、天井のあの隅っこにオヤジがいるな、こっちを見てるな』って感じることがよくあるんだ。

オヤジはいつも俺といっしょにいるってことだ。

女はそうじゃないのか？　女は男が死んでしまうと、まるで忘れてしまうのか？」

房恵は、すぐには答えられなかった。南川とのことは、あの男にとってのような、あっけらかんとした、単純なことではないような気がしたのだ。

(どうなのかしら？

私は、南川を忘れてしまってるのかしら？

そんなこと、ありえない。

この人は、南川がいつも自分のところにいるという。私はそうは思っていない。でも、どこかわからないけれど自分が南川のそばにいると感じてしまう。

どうして？

つまり、私自身が南川だから？

この人は、それを私に言わせたいの？

それとも)

房恵の沈黙などかまいもせず、自分のほうから問いを発したことも忘れてしまったかのように、あの男は右手のこぶしを握りしめると大きく振りあげて、言いはなった。

「さあ、『ナイガイ・バンガイ』プロジェクトのスタートだ」

「え？　なに？　輓回？」

「いや、番外だ。内外ビジネスの番外編ってこと。つまり内外海行の人間の誰にとっても予想外のこと、夢にも思わなかったようなことを、これからこの俺がやってみせるのさ」

房恵は、あらためて目の前にいる、にこにこと微笑をたたえた男の瞳の奥深くに見入った。

（ここに私の運命が宿っている）

あの男が両手で体ごとひきよせても、房恵はあの男の瞳の奥底から目をはなさないでいた。

15

「社長は、いったいなにを考えておられるのか？」

言いながら、片岡克平は右手を手羽先の串にのばした。短く刈り込んだ髪の下に、鼻のあたりがまわりに比べて一段低くなった、凹型（おうがた）の顔がついている。

「さあな。俺たちなんかにゃわからないような、なんか凄いことが腹の中にあるっていうことなんじゃないか」

焼鳥屋のカウンターに、どちらも五十を超えたとおぼしき男が二人すわっていた。片岡の問いに答えながら、満田壮太郎が、大きな動作でビールのグラスを飲みほすと小さなため息をついた。七三にきっちりと分けられた頭が、卵をふくらませたような肉付きのよい顔といっしょになって如何にも一流商社のエリート然とした雰囲気をただよわせている。カウンターのほかには四人がけのテーブルが二つあるだけの小さな焼鳥屋だった。

ゆったりとした椅子の並びから、安さが取り柄の店ではないことがわかる。カウンターの中で串を焼いている老人も、クリーニングから返ってきたばかりという真っ白な上下に糊のきいたつばのない帽子をかぶっている。

満田が、

「内外・番外、ってことだからな。思いもしなかったような、訳のわからんことが起きるのさ」

そう屈託のない声を出すと、今度は片岡が、手羽先を串から器用に外して皿に盛りながら、

「そうかなあ。俺には、社長のお気持ちがさっぱりわからないんだ」

自分に言い聞かせでもするようにつぶやくと、

「とつぜん捨身飼虎しろ、なんて言われてもなあ。いったい全体なにをお考えなのか」

片岡は、三角に折られたペーパー・ナプキンをていねいに両手で広げて指先についた脂(あぶら)をこするようにしてふき取ると二つにたたみ直した。

満田が、

「俺は、社長が行けというところならどこへでも飛び込んでいく。サラリーマンだからな」

というと、片岡も慌てて、

「いや、それは同じさ。俺も社長のおっしゃるままさ。

今までだって、いつもそうだったさ。

俺は釧路にも行ったしバンクーバーにも行った。ナイロビじゃ道に迷ったこともある」

と付け足した。

「そこで、どうだった？　結局のところ、楽しかったってことじゃないのか？

なにせ、そいつの積み重ねしか俺たちの人生はないんだからな」

「ああ、そういうことだ。

確かにそうなんだが、でも、なんだか今回は違うんだ」

「なに言っているんだ、片岡」

「でも、満田、おまえだってそう感じたんじゃないか。あの常勤取締役会からして、なんか
変じゃなかったか？」

「なにが？」

「ウチは、前はあんなじゃなかった」

「前？」

「ああ、南川社長がいらしたころは、ああじゃなかった」

「片岡、おまえなに言っているんだ。もう南川さんはいないんだよ。昔も昔、大昔のことにすぎん」

「ああ、わかってるさ、わかってるさ。

だから、言うんだよ。

つまり、俺たちの会社、どうなっちゃうのかって不安なんだ。

おれとおまえが同期で会社に入ったのが三十年前だ。南川さんはまだ常務にもなっておられなかった」

そう言って口をつぐむと、片岡は手酌で熱燗の日本酒をぐい呑みにおずおずと注いだ。

「おいおまえ、なんとかならないのか、そのチマチマした酒の注ぎ方」

七三分けの満田がからかうように声を上げた。

片岡は気にもとめないで、自分の話を続けた。

「だけどみんな知ってたろう、いずれ南川丈太郎が社長になるんだって。

おまえもよくわかってたんじゃないのか？

つまり、ウチのトップは閨閥で決まるってこと」

「南川さんは、閨閥でなったってわけでもないだろう？」

「でも、南川さんは奥様の株の力で社長になったんだって、みんな言ってたじゃないか」

「いや、そうじゃない。

それだけのことだったら、他にいくらでも候補はいたさ。

南川さんは、なんていうか、決断力が違った」

「ああ、それに、厳しいところだけじゃなくて、えもいわれないような温かいところが魅力だった。

女性にもとってもやさしい方だったしなあ」

そう言って、片岡が空になったぐい呑みを手の中でもてあそぶ。濃い茶の地肌に渋みのかかった灰緑色が流れている。備前だった。

「ばか、ウチでそいつはタブーだぞ」

満田が、大げさにぐい呑みごと片岡の手をカウンターに押し付けた。顔が笑っていた。

「それに、社長なんてなってしまえば、なんでなったかなんか関係なくなる。誰のおかげ、なんてことにいつまでも捉われている愚か者は別だがな。なれば、自ずと力が付いてくる。女房のカラミでなろうが前の社長のヒキでなろうが、社長は社長だ。権力を摑んじまえば、誰にも倒せるもんじゃない。それに、もう南川さんもいなくなっちまったからな。恐いもんなんて何もありゃしない」

片岡克平と満田壮太郎は、内外海行の同期入社組だった。会社の寮でも同じ部屋だった。新入社員ならまだ二人部屋があたりまえの時代だったのだ。

片岡が満田の結婚披露宴の司会をしたのが先で、まもなく満田が片岡の披露宴の司会をした。大学に入るのに一年浪人している片岡が一歳年上だから、満田は司会のときにその話に触れて、だから片岡には入社以来頭が上がらないと、社内で見知った新婦の前でおどけてみせた。片岡の前には満田がその女性と付き合っていたのだ。片岡は今でもそのことを知らない。

満田は営業、片岡は総務と、部署は交わることがなかったが、同じように組織の階段を上ってきた。そろって取締役になったときには、同期二人が同時に取締役になるなんて内外海行の長い歴史でも珍しいことだといわれたものだった。

二人を取締役にしたのは、社長の南川丈太郎だった。

その二人が、今では執行役員で部長という肩書きになっている。

「不思議な人だったな、南川社長って方は」

片岡がぐい呑みに、また同じように少しずつ酒を注ぎ足した。

「ああ。だが、今の社長ほどじゃない。

片岡、何度もいうが、もう南川さんはこの世にいないんだ。いるのはあの人だけ。内外の社長はあの人だってことさ」

「わかってるさ」

「ところがその社長は得体がしれない男だ。俺たちなんかにはわからん人なのだ。だから、俺は黙ってついてゆく」

満田は、カウンター越しにビールの追加を頼みながら、自分の口から出た言葉に自分で大きくうなずいた。

数日後のこと。

あの男の部屋に片岡がいた。大きな机の向こうで、背もたれをいっぱいに倒した椅子に、あの男が窓を向いて座っていた。急に呼ばれたのだ。片岡は、なにごとならんといった表情であの男の横顔を見つめていた。

片岡がふっとあの男の視線の先にある窓に目をやると、あの男がそのまま窓に向かって話しはじめた。

「なあ、片岡、あの満田って奴、どう思う？」

「はっ？」

片岡には、他に答えようがない。

「いい奴だよな。そう思わんか?」

「はあ」

片岡が、間の抜けた返事をすると、あの男が椅子をぐるっと九十度まわして、正面を向いた。

「おまえ、満田、知ってるだろう? 同期じゃないか。

俺の質問に答えろ。イエスかノーか。アイ・ドント・ノウはあり得ん」

「はい、とてもいい奴です」

勢い込んで言葉を返した。

「それに、できる奴だ。そうじゃないか?」

「はい、実にできる男です」

今度は間髪をいれなかった。

あの男は、机の内側に靴先をあてると、大きく弾みをつけてもう一度、椅子をまわした。

体ごと窓を向いた形に戻った。

そのままの位置から、

「なあ、あいつにマリン・サービスを任せてみようかと思うんだが、どうだ、なにか問題があるか?」

「は。

　とおっしゃいますと満田を異動させると？」

「ああ、そうしようと思ってる。一応おまえは総務の元締めだからな。関連会社もおまえの管轄だ。マリンについて、なにか満田じゃ困ることがあるかって念のために訊いているんだ」

「いえ、特には」

　片岡にはわけがわからなかった。これまでそんなことで相談されたことなどなかったのだ。今回に限って、それもよりにもよって親友の満田の件で。

「わかった。どうせそんなことだろうとは思ったがな」

　あの男は、頭を背もたれにあずけた。出て行けという合図だった。片岡は一礼すると、机を離れた。

　ドアに向かって歩く片岡の背中を、あの男の声が追いかけた。

「マリン、ちょっと面白い仕掛けを考えているんだ。下にいっぱい関係会社をつくって束ねさせる。剛腕じゃないと逆に自分の腕をもぎ取られちまいかねん」

　片岡は、その場で立ち止まると「はっ」とだけ答えた。振り向くと、あの男は頭を背もたれにもたせかけたままだった。その場で後ろ姿に向かって軽く一礼すると、黙ってドアに向かった。ドアを開けると向こう側に古堂房恵が立っていた。

片岡は少し胸が痛かった。内外マリン・サービスという会社は、内外海行の子会社ではあっても、船での運送手配や損害保険の代理といった裏方で受身の仕事ばかりだったし、商売の規模も小さなものにすぎない。内外本体の営業の先頭に立って、海外のブランドと切った張ったの大立ち回りを演じたり、国内のデパートやスーパー、それに卸し、小売りと丁々発止でやりあってきた満田のような男にはどう考えても役不足でしかない。

(満田の奴、どんなドジを踏んだっていうのか?)

総務畑の長い片岡には、なにかの失敗に対する懲罰人事としか思えなかったのだ。

だが、あの男の心のなかには、片岡などには想像もできないような、まったく別の思いがあった。

その日のうちに、満田があの男の前に立っていた。

「満田、こいつは特命だ。

おまえにできるのかできんのか、俺は知らん。

だが、おまえにやらせる。片岡がおまえの腕っぷしは保証してくれたからな」

「いえ、腕っぷしなどと。片岡の奴、とんでもないことをお耳に」

「片岡なんかどうでもいい。俺が決めたことだ。

おまえにやらせると、できそうにもないことでも平気でやってのけそうな気がするからな。部長レベルの人間に、新しい人生を用意してやりたい。ただ定年になって辞めるっていうんじゃあ、生きてきた甲斐がないだろう。

変えてやりたいんだ、連中の未来を。

ブランドを付けてやって、一人ひとり独立させる。それぞれが、長い間ブランドをいじって生きてきた連中だ。自分が付き合ってきたブランドの強み、弱みなんぞ知り尽くしているだろうよ。ブランドだけじゃない。そいつの生息する世界、つまり日本ってマーケットの難しさ、勘どころも自家薬籠中のものってとこだろうじゃないか。

ブランドを、担当している奴にわけてやって、社長にしてやる。しがないサラリーマンを一国一城の主に昇格させてやるってことだ。

金はウチでつける。ブランドもつける。ウチとの関係も切らない。使いたい部下がウチにいる奴は、その部下を使い続けてもらっていい。会社同士の対等なサービス契約ってことにでもするさ。

一種の連邦経営ってとこだ。ま、地方自治の時代ってことだな。連邦政府の特命担当大臣がおまえだ。難しいことは大木弁護士に相談しろ。自分でも知らなかったおまえの潜在能力を引き出してくれる」

あの男は、机の前に立ったままの満田を見つめていた。微笑が顔に浮かんでいた。

「満田、こいつは、昔からの俺の見果てぬ夢なんだ。

自立、独立ってものが人に自らへの誇りを与える。そいつが人にとっての人生の意味を決定的にする。

自尊心があって初めて人間は人間と呼ぶことができるものになる。

一身独立して、一国独立す、だな。

福澤諭吉が『学問のすゝめ』のなかで言っていることだ。

おまえ、古代ギリシアの重装歩兵市民団のこと、知ってるか？　ポリスの自由市民たちの力の源泉がそいつだったんだよ。

毛利元就の傘連判はどうだ？　お互いが対等なんだ、だから、傘のように、どこにも上下がないように丸く輪になって署名が並ぶ」

「え？」

満田には、あの男がなにを言っているのかまるでわからなかった。しかし、あの男の言葉の結果が行き着くところはすぐにピンと来た。人減らしだった。いろいろなわけのわからないことを言ってみせてはいても、要は中年社員の人員削減なのだ。なんとも巧みなやり方だ。そう思った。

誰もが、自分が担当しているブランドはかわいい。子どものようなものだ。出来が悪ければ悪いで、ますます情が移る。ビジネスとしては一刻も早く切るのがいいとわかっていても、人の情はそれとは別のところにあるものだ。それで失敗する。

「自分で扱っているブランドは可愛い。だが、そいつは腐れ縁と同じで、どうにも別れられないってことでもある」

そう教えてくれた先輩がいた。木下といったか。会社を裏切って、あげく自滅した。今ではだれもその男のことなどおぼえてもいない。

そうした思いで人生の大半を生きてきた人間に、そのブランドを大事に抱えて会社の外で生きていける道をつけてやると言っているのだ。

冗談ではない。たまたま担当しているブランドを持って独立したところで、片道の燃料を積んだだけで出撃した戦艦大和と少しも変わらない。大和には三千人の乗組員がいて、ほとんどが大和と運命を共にした。

(だが、なにより、この俺はどうなるっていうのか?)

満田の脳裏に〈Mitsuda & Co.Ltd.〉という新しい会社の名が金文字で浮かんだ。魅力的な光景だった。

(この男は悪魔だ。人間の一番弱いところに、親切ごかしにつけこみやがる)

そう思った。

ふと、「悪魔に毛を一本渡すと、霊魂まで持って往かずに置かないと云う、西洋の諺がある」という小説の一節が頭をよぎった。

あの男は、満田の心の中で起きていることなど気にもとめない。

「満田、俺はけっこうこのアイデアに賭けている。

悪口を言いたい奴は、体のいい首切りだなんて非難するだろうさ。わかっている。

悪魔の仕業だっていうやからだって、いくらもいることだろうよ。

だがな、俺はそんなことは気にしない。

俺は本気だからな。

ブランドを愛してきた奴に、そのブランドと心中する気でとことん働かせてやりたい。

いいか、満田、おまえはそんなことはとっくにわかってます、って言うんだろうが、違う。

おまえにはなにもわかってない。

ブランドっていうのは、無から有を生じるものだ。早い話が、一万のものが二万になる。

利益は三倍になる。

どうしてだ？

人が、世の中にブランドを送り出す奴が、そのブランドを自分のように、いや自分以上に愛しているからだ。手でなでて、体ごと抱きしめて、口づけしてやり、添い寝をしてやる。

いや、それだけじゃダメだ。

客がそれを受け入れてくれなくっちゃブランドになんてなりはしない。

じゃあ、どうして顧客はブランドを受け入れるんだ？

心だ。頭なんかじゃない、ハート、心なんだよ。魂といってもいい。

ブランドてのは、人の心のなかに住みついている不思議な生き物なんだ。

だから、興味のない他人には同じようにみえるハンドバッグでも、私はあのブランドが好き、だからあそこのじゃないとダメって話になる。

おまえ、女と似ているとでも言いたげだな」

「いえ、滅相もないことです」

「違うぞ。ブランドはビジネスだ、女とは違う。女に惚れてみたって金は生まれてこない。

ブランドは、いくらでも金を貢いでくれる。

だから、ブランドってのは株と似ていると俺は思っている。

株の値決めとおんなじだ。

株の売買は、美人投票の結果を占っているんだっていう話、知ってるだろう。ケインズが言ったことだ。自分が誰を美人と思うかじゃない、他の奴らがどの女を美人と思うか当てるって話なんだ。

それだけのことだが、そいつが難しい」

あの男は満面の笑みだった。満田は顔を背けたかった。

（で、ブランドを持って独立して、うまくいかなかったら？

会社は知りません、てことだろう。どう転んだって、新会社とやらができた時点でハナっから本社の頭数はキッチリ減っている、ってわけだ。

それだけじゃない。なかに運のいい奴がいて、持って出たブランドが世の中でたまさか流行ったりすれば、そいつも多少は儲かるだろうが、ウチはもっと儲かるって寸法だ。

なにせ、このたびは自分の会社だ。身も心もすり減らして、なにもかも犠牲にして一生懸命働く。ラスト・チャンスだ。虎の子の貯金だってハタく。

よくできたアイデアだよ、まったく）

満田は、自分の顔の筋肉が引きつりそうになるのを懸命にこらえた。

（俺は、そういう絵をそれらしく描いてバカな中年男たちを誘惑する役って筋書きか。

俺の描くのは騙し絵だ。甘い香りと美しい瑠璃色の絵の後ろ側には、地獄の血の池が掘ってある。

ナイガイ・バンガイってか。確かに、番外だ。とんだ番外だ）

16

門前仲町にある富岡八幡宮は江戸時代の匂いがする。

大きな鳥居をくぐると、すぐ左に大きな男が颯爽と立っている。伊能忠敬である。商人として五十歳までの間にひとかどの成功をおさめた男が、五十五歳になってから数えで七十四歳で死ぬまでの間、全国を測量してまわった。二百年前、忠敬は日本中を自分の足で踏破したのだ。この金属の顔と体は、そんな人生を送った男の気迫と気概にあふれていて、見る者を圧倒せずにはおかない。伊能忠敬は、かつて確かに存在し、生きたのだ。

古堂房恵のマンションは、この富岡八幡宮のごく近くにある。風呂場の窓からは伊能忠敬の後ろ姿を見おろすことができた。

その小さなマンションの中に、今日もあの男の姿があった。

狭いリビングの壁に背中をつけて、脚の短いテーブルと自分の体との間の狭い空間であの男がしきりに濃い灰色の革手袋をいじっていた。赤いテーブルの上には緑色のプラスティックでできた古い針箱が置かれている。

「器用なのねぇ」

房恵が感嘆の声をあげた。

あの男は、左の手袋の手を差し入れる部分あたりを針と糸で繕っているのだ。

「ああ、僕の祖母はいつも針と糸をもって裁縫していた。幼かった僕はいつも祖母の横にくっついていたんだよ。針の穴が見えない祖母のためによく糸を通してやったものさ。子ども心に、どうしてこんな簡単なことができないのかって、とても不思議な気がした。

だから、小学校のとき、家庭科の成績はいつも5だった。刺繍なんてとても上手だったんだよ。

学生時代には友だちのズボンの裾あげまでしてやった。知ってるだろう、纏（まつ）り絎（ぐけ）っていうの」

「えっ？　ああ、まつり縫いのことね。そんなことまでしてらしたの。

すごーい。

そういえば、ワイシャツのボタンなんてお茶の子さいさいって感じですものね」

「ああ、イタリア製の洋服はボタンの付け方が粗雑だからね。日本人の手じゃないと駄目なんだな」

「そうね」

「荷風が言っている。

ふだんから、着るものと食べるもので女の世話にならないようにしておけ。そうすれば女の色香に迷っても深みにはまらないで済むって」

「でも、革の手袋まで。いったいどうしたの？」

「ごらんのとおりさ。手を入れるところ、その手の平側が、下から二センチのところで横にざっくりと裂けてしまっている。幅五センチの裂傷ってとこか」

手を休めて、針と糸をつけたままの手袋をテーブル越しに房恵のほうへ差し出した。

「ひどい破れようね。どうしたの？」

「どうもこうもないさ。僕が力任せに引っ張ったら、情けないくらい簡単に革の部分が横真一文字に破れてしまった」

「どうしてそんなことしたの？」

「僕が僕だからさ。なにかに腹が立ったんじゃないかな。かならずしも手袋の具合が悪かったっていうのじゃない。

いや、全面的に僕のせいだな。手袋には気の毒な話だ。変なオーナーを持ったたってことだ」

あの男が笑いながら説明した。

「もう駄目なんじゃないの？」

「そうだね。

でも、こいつが不憫でね。とても棄てる気になれない。

『こがねのぼたん、惜し』さ、なにせ『身に添ふ扣鈕（ぼたん）』だからね」

「カフスボタンの話？」

「森鷗外の『うた日記』だ。

初めて読んだとき、鷗外ってのは変なことを言う男だなと思った。日露戦争のときの話だからね。たくさんの兵士が死んだと歌っているかと思えば、落っことしたカフスボタンが惜しいだなんて」

「そうね。たくさんの男が死んで、たくさんの女が残された」

「それにしても、カフスボタンの話だって、よく知っているな。鷗外のこと好きかい」

「ええ。『舞姫』。かわいそうなエリス。小説にまで書かれてしまって」

「そうだね。エリスの本当の名はエリーゼ・ヴィーゲルトというんだよ。鷗外は、日本で結婚するっていう彼との約束どおり、はるばるドイツから鷗外だけを頼りに日本へやってきた恋人を追い返してしまったんだ。たった一カ月で、だ。

エリーゼは、ブレーマーハーフェンという港で、独り、船に乗った。デンマークとの国境が近い北ドイツの港町だ。見知らぬ地の果てで待っている男に再び会って、男とともに日本という国で暮らし、子どもを育てるために、だ。お腹には子どもがいた。いや、誰もそんなこと言ってない、僕の直感だがね。

はるばるアフリカ大陸の先端、喜望峰を回って、インド洋を越え、マラッカ海峡を回って、香港に寄って、やっと横浜に着いた。その間、夏の盛りの赤道を越えること二回、合計五十日の船の上の暮らしがあった。間もなく独りが三人になる。彼女にとって、不安でいっぱいな、でも心躍る独り旅だったことだろう。日本の東京というところで、ベルリンでいっしょに暮らした男とその男との間の子どもと三人で住むのだからね。いや、四人にも五人にもなる夢があった。

でも、ひと月だけ日本にいて、また独りでドイツに帰った。百三十年も昔の話だ」

「かわいそうなエリーゼ」

「ドイツにいて二人で見ていた夢の続きは、日本にはなかったということなんだろうな。

もっとも、そいつは彼の視点からの話で、エリーゼっていう年若いドイツ女性の立場からは、不条理なことが起きたとしかいいようがない。あれほど優しかったリンタロー、鷗外の本名は森林太郎というんだ、そのいとしい男が、その男の祖国に帰ったとたんに別の男の顔をしていた。

森家はどうなるのかって母親に泣かれたっていうことらしい。人の世の定め、柵(しがらみ)っていうことなのかな」

「定め？　柵？　なんだか都合のいい話ね。言葉って便利」

「房恵の言うとおりだな。そのとおり。結局は彼が決めたことだ。

鷗外はなんということをしてしまったのだろう」

「でも鷗外が、いや林太郎という人が苦しまなかったはずはないと思う」

「確かにそうだね。房恵の言うとおりだ」

「だからカフスボタンが取り返しがつかないと歌ったのね」

「そうだと思う。

『こがね髪　ゆらぎし少女』と歌っているのはエリーゼのことに違いないからね」

「二人で買物したのかしら」

「そうかもしれない。

　僕はこの手袋を、自分が墓場に放り込まれる前に買っていたんだ。まだ、まさか自分が営業第三部送りになるなんて思ってもいなかったころだ。上機嫌で、銀座の並木通りと花椿通りの角にある行きつけの小さな店で買った。ほら、いっしょに行ったことあるだろう、銀座オサダっていう。鷗外がカフスボタンを買ったのと同じ、

『べるりんの　都大路の

ぱつさあじゆ　ガス燈あをき
店にて買ひぬ』

ってわけだ。

僕はミラノに行くとき、この手袋をしていた。あのブランドオーナーの女性、クラウディアの前でゆっくりと片方ずつ優雅に外してみせたよ。まるで古いフランス映画のワンシーンのように、ね」

「あら、いやだ。ガス燈？　電燈じゃなくって？」

「いや、ガスだろう、一八八〇年代のベルリンだもの」

「そうね、そうかもしれないわね」

房恵は正解に固執しなかった。テーブルにそっと両肘を突き、両手の上にアゴを乗せてあの男の手もとを見守っている。あの男の指先が針を操って、裂け目の両側から糸を繰り出しては、縫い合わせてゆく。まるで外科手術で大きな傷口を、切子(せっし)と持針器を使って縫い合わせてでもいるかのようだった。

「いやあ、君の裁縫箱のなかに灰色の糸があったおかげだよ。そうでなきゃ、鷗外のカフスボタンじゃないが『かたはとなりぬ』ってことでお払い箱になるところだった。

君がいたから、こいつの相棒も一人切りにならずにすんだ。僕もこのペアと末永く付き合うことができるってものだ。

僕にしたところで、オヤジが墓場から拾い上げてくれなけりゃ、あそこで終わってた。

つまり、この手袋の片っぽは僕自身ってわけさ」

あの男の言葉に、房恵がふと思いだしものでもしたように、白地に南蛮人が青く描かれた小さな清水焼の急須を引き寄せた。左手を右手に添えて傾けると、緑茶を湯呑みに注ぐ。湯呑みでは、同じ色の小さな南蛮の男が、マントをひるがえして踊っていた。あの男の好きな、ギリギリまで湯の温度をさまして淹れた玉露だった。ほんの少し時間が前でも後でも、味が違って別のものになるのだ。

手を伸ばして一口すると、手袋と針を持ったままあの男が独り言のように話しはじめた。

「房恵。僕は本気なんだ。

どうしてあいつらは、今度のことを、人減らしに過ぎないとか、僕が首切りの代わりに考えついただけのことだなんて思うのかな。

社長は真剣に従業員の人生を思ってはいけないとでもいうのかい？　社長の考えることなんて、どうせなにもかも会社のためで社員のためでなんかありっこないってか？

社長は、会社の利益のためだけの、血の通わないマシーンだと？

馬鹿な。

会社ってのは、社員には敵でしかないのか？

冗談じゃない。違うだろう。そんなんじゃ、人と生まれて働いてる甲斐がないってものじゃないか。生きてる意味がないってことになるんじゃないか」

「生きてる意味ねえ。みんな働いているだけで精一杯だから、そんなことまで考えないんじゃないかしら」

「僕の考えたことは、いたって単純だ。

あいつらを会社にいつまでも置いておくことはできん。そんなことになったら、下の連中がかわいそうだ。腐っちまう。体だけじゃない、心がだ、魂がだ。この僕、墓場から帰ってきて、あげくフェニックスだなんていわれる男が言うんだ、こんなに確かなことはありゃしない。自分が若かったときを思い出せば、誰だってわかる。やりたいこと、試してみたいことが山のようにある。ところが、ほんの少しでも体を動かすと、『こらっ、なにをやってるんだ。そんなこと、この会社じゃ許されてない』ってことになる。

しかし、若いってことは、先が長いってことだ。それが愉しみでも退屈でも、とにかく、若いってことは未来を生きるべく運命付けられているってことだ。人生の時が待っている。誰にとっても未来は未知だ。だったら、愉しみにして生きていったほうがいいってものじゃないか。

だから、そいつを用意してやるのも社長の甲斐性だ。

未来は若者に属する」

「そうね、確かにそう。

今の若い人はかわいそう」

房恵が、両方の手の平に包み込んでいた自分の湯呑みをていねいにテーブルに戻しながら答えた。

「かわいそう？　僕はそうとばかりは思わんがね。

僕も若かったからな。

だが、昔は、って話は僕はしない。

そういうのは僕の流儀じゃない。

大事なのは、いつも未来だ」

あなたはいつもそう言う。

「大事なのは、これから先のこと、ね。

南川も、よく、そう言っていた」

房恵は、湯呑みからあがる湯気を軽く唇を尖らせて吹きはらうと、湯呑みの底に目を落とした。

「既往は還らず」

湯呑みの底に向けて、房恵がつぶやいた。

「難しい言葉を使うね。

でもそのとおり。時は過ぎて、戻らない。

だから既往は咎めず、ってことになる。孔子さまのおっしゃった言葉だ」

「デキチャッタら仕方がない。結婚すればいいじゃないか、ってこと？」

「おやおや、今の時代を生きる日本人、古堂房恵さんにかかると、孔子もデキチャッタ婚の擁護論者ってことにされちゃうのか。まいったね」

あの男は、微笑みながら、右手の針を置くと房恵の指先に触れた。

「でも、そうだ。君の言うとおりだ。時計の針ってやつは、先にしか進まないからね。といって、もう先がなくなったあいつらにできることは、三十年かけて学んだことの延長でしかない。野球をやってきた奴が急にフィギュアスケートができるようになるもんじゃない。氷の上で不恰好に転んで骨でも折るのがオチだ。

だがな、あいつらにとって会社を辞めるってことは、野球をやる場所から追い出されちまうってことだ。もう、草野球もできはしないんだ。

でも、あいつらのほとんどは、実は三十年の間に一度も、一点差で負けてる九回の裏にバッターボックスに立ったなんてことはありゃしない。満塁で、しかもツーストライク・スリーボール、って場面でピッチャーの顔をにらみつける、そんな場面のヒーローになったことなんかないんだ。不完全燃焼のままってことだ。これで俺は終わるのか、助けてくれって、声をあげずに、でも力のかぎりそう叫んでいる。僕には、その声が聞こえる。

この僕、死体の間に置かれて、もうすぐ自分もその仲間に入るものと誰もが思い、自分でも思った。この僕には、そうしたあいつらの気持ちがわかるんだ。僕と同じだからね」

「あなたと同じ？　会社の人たちはあなたと同じじゃない。あなたは特別」

「房恵、僕は、あいつらに野球を続けさせてやりたいんだ。延長戦を戦わせてやりたい。どいつもこいつも、仕事をしたいんだ。仕事のなかに生きている自分を見つけたいのさ。仕事をして、自分の人生には意味があるって思いたいんだ。それを叶えてやるのが上司ってものだ。組織ってのはそのためにある」

「もっと働かせるの？　それがあなたの新しい考え？」

「ああ、そうだ。人は働ける間は働くことが一番幸せだ。だから、会社の外に自分の会社を持たしてやる。

そうすりゃ、三十年間、サラリーマンしかしてこなかった奴にも多少は世の中ってものが見えてくるだろうさ。人生ってものがわかる。金が湧いてくるもんじゃないって、骨身にしみる。従業員のためには、自分は一文もとらなくっても、ポケットの金をはたいてでも、給料を払ってやらなきゃいけないときがあるんだってこともな。

それが本物の人生だ。

そんな一切が身体に沁みてこそ、心にへばりついてこその人生だ。なあ、房恵、君はそう思わないか？」

つい先ほどまで、テーブルの上にはたくさんの食器が並んでいた。和食の器は、西洋のそろいの食器と異なって、それぞれに形も色も、表面の質感も違う。あの男には言っていないが、南川が買ってくれた高価な京焼の向付けも交じっていた。ひと目見て、ピンクのクレマチスの花が気に入って、おもわず「素適」と言ってしまったのだ。南川は、うれしそうに財布を取り出した。五つで一そろいだった。

房恵は、これを取り出すたびに、南川といっしょに行った京都の焼き物の店での時間が思い浮かぶ。初めていっしょに旅行したとき、京都駅のすぐ西にあるリーガロイヤルホテルに泊まった。まだ京都グランドホテルという名だったころのことだ。

「あいつにはなにもわかっていない」

突然、あの男がテーブルを叩いた。軽くしたつもりが大きな音をたてて、房恵を驚かす。

「いやだ、どうしたの？　びっくりするじゃない」

房恵の、咎めるような言葉には、初めから許しているような優しさがあった。

「いや、済まない、済まない」

あの男が、慌ててティッシュペーパーを二枚引き出して、テーブルの上にこぼれたお茶をふき取る。

(これだ)

そう房恵は思う。この一瞬こそが私の人生のすべて、と。

(秋風一夜百千年。

秋風の一夜が、百年にも千年にも思われるのは、なぜ?

その一夜を誰と過ごすかによる。一休は盲目の女性とともにいた。だから、その一夜を百千年と表現した。

しかし、時はかならず過ぎ、目の前の男も骨になる。男は去り、自分は残る。

ああ、時間よ止まれ)

「あいつって誰のこと? なにもわかってない、って怒ってたけど」

「内外マリンの社長さんさ、満田壮太郎だ。

満田の奴め、『社長、しかし、片岡みたいのはどうなるんですか』ときた。ブランド・ビジネスをしてなかった奴は対象外のプロジェクトか、って訊くんだ。

『それに、営業やってきたっていったって、全然できない、箸にも棒にもかからないのにまでブランドを預けてやるから仕事しろっていう話じゃないですよね。そんなの、穴の開いたバケツに水を注ぐようなものです。このプロジェクト、そういう、ハナっから駄目な奴は抜きで進めていいんですよね』とも言いくさった」

どうするの？」

「『俺はオマエの家庭教師じゃないんだ。わからないことがあったら大木弁護士に訊きにいけ』って、放り出した。

あの満田って奴はどうしようもない男だ。

あら捜しの好きな小役人は要らん。もうちっとマシかと思っていたんだが」

「大木先生？

大木先生は、ウチの社外取締役。もう会社の一部。でも、社外。それにあの方は弁護士。不思議な存在ね。

で、満田さんは大木先生のところへ行ったの？」

「知らん、知るもんか」

あの男は湯呑みをつかむと、底に残った少量の茶を音をたててすすった。房恵は、微笑みながらあの男の瞳を見つめている。

「相談しろ、なんて言われても大木弁護士に相談してみたって、すべて社長に筒抜け、って満田さん思うんじゃないかしら」

「君もそう思うか？」

湯呑みをテーブルに戻しながら、あの男が答えた。

「僕はそう思わない。大木は弁護士だ。社外取締役かもしれんが、先ず弁護士だ。あいつは、満田からなにを聞いても、僕にはどうしても必要なことしか言わないだろうよ。弁護士だと思って相談しにきた人間の立場を忘れたりはしない。満田にも、いずれそういうことがわかってくる」

17

「満田、ちょっと話がある。そっちに行っていいか？」

総務部長の片岡からの電話だった。片岡は関連事業部長も兼任している。

満田は内外海行の子会社である内外マリンの社長になったばかりだった。

入社以来三十年間、会社で立場が上下になったことは一度もなかった。しかし、子会社の社長になった満田にとって、今の片岡は上司ということになる。用事があれば呼びつけられて当然な関係だった。

　もっとも、満田の仕事は社長のお声がかりで始まった〈内外・番外プロジェクト〉の推進で、いわば社長であるあの男の直接の指揮のもとにあった。その意味では、上下の関係のない部門にいる仲のよい同期生、という関係は変わっていないとも言えた。

　とにかく、向こうから来たいと言うのだ、拒む理由はさらさらなかった。

　数分して部屋に入ってくると片岡は、

「やあ、落ちついたようだな」

　穏やかな声をかけてきた。この男はいつもこうなのだ。

「見てのとおりだ。ここは狭くってどうにもならん。この仕事じゃ一人ひとりと面接して、そいつの人生の秘密を話してもらわなくっちゃ話が始まらない。だから、どうしたって天井まで仕切った、独立した部屋が一つ要るんだ。関連事業部長の執行役員さん、なんとかしてくれよ」

　満田は、窓際の自分の席にすわったまま、低いパーティションで区切られた小さな区画を顎でしゃくって示すと、わざとらしく苛立った声をあげてみせた。

　確かに、満田の机と向かい合うように、窓に向かって五、六人が仕事をしているほかには、申し訳のように安物のドアがついた応接スペースらしき区画が一つあるきりの空間だった。

言われた片岡は、後ろを振り向くとそのドアのあたりに目をやってから、

「いや、ここは天領だからな。社長直轄地ってことになる。総務部や関連事業部なんかの立ち入りが許される場所じゃない」

冷静な声だった。

（ああ、こいつ、俺に気をつかってるな。俺が、形の上では総務部長で関連事業部長の執行役員の下に付いてるってことを、なんとか誤魔化してやろうってわけだ。こいつらしい）

満田は微笑んだ。片岡もつられて微笑む。

「どうしたんだい、わざわざ執行役員殿が一子会社のむさくるしいところへお出ましになるなんて」

片岡の表情が曇った。言葉が返ってこない。

「ちょっと、出られるか？」

それだけ言うのがやっとのようだった。

二人で並んでエレベーターに乗りながら、満田は思い返していた。

（こいつといっしょに時間中に会社から消えるってのも、ずいぶん久しぶりだな。

こうやっていると、昔と少しも変わらない）

左側に何食わぬ顔をして立っている片岡にそっと視線をめぐらせる。

すっかり薄く細くなってしまった髪の毛ごしに、頭皮が透けて見えた。一七四センチはある満田からは、一六五センチほどの片岡はいつも見下ろすかたちになるのだ。

（こいつもご多分にもれず、苦労を重ねてきたってわけか）

歩いて五分ほどのところにあるシティー・ホテルの明るいコーヒー・ショップに入った。

椅子に座ったとたん、片岡が切り出した。

「あの番外プロジェクトなんだけどな、俺、やってみたいんだ」

「だって、お前、あれはブランド商売をずっとやってきた奴が対象だぜ」

そう答えると、満田は片岡の顔を覗きこんだ。

「わかってる。わかってるさ。

だから、こうやってお前に訊きにきてるんじゃないか。

発表された要項からは、俺も資格があるように読める」

片岡の視線が満田の視線とからみあう。片岡の目は真剣そのものだった。

「いったい、お前、どうしたっていうんだ？」

片岡は、丸い華奢なガラス・テーブルの上に置かれた白いコーヒーカップを左手で引き寄

せると、右手を砂糖の入った茶色の細長い紙袋に伸ばしながら、

「人生をやり直してみたい」

ぽつりと、しかし断固とした調子で言った。

「えっ？」

「俺は、自分の人生を生きたっていう実感を持って死にたい。

もう時間がない」

「なんだって？」

満田の目の前にいるのは、東証一部のアパレル商社の管理部門に三十年近く勤めてきた男だった。取締役を外されて執行役員ということになってしまってはいるが、世間の誰もが羨む人生を歩いてきて、ひとかどの今がある、といっていい。どうやら社長には重宝されているようだったから、あるいはもう少しすれば常務にもなろうという位置につけている。それがどうして？

「片岡、いったいどうしたっていうんだ？」

満田は、あらためて口に出してたずねた。

ちょうどそのとき、満田の頼んだ紅茶を若い女性が持ってきた。

満田が、

「ダージリンのセカンド・フラッシュ、七分きっかりだね」

　と女性に声をかける。

「ええ、四二〇秒ジャストです」

　と女性が微笑みながら答える。黄色っぽく染めた髪が肩でゆれた。

　目の前で一口含んで見せると、

「いや、この味は四二三秒だな」

　満田がおどけてみせた。

　そのやり取りを黙って聞いていた片岡は、女性が退がるのを待ちきれないように、

「だから言ったろう。俺は、自分にとって意味のある人生を送りたい。それから死にたい」

　急きこんだ調子だった。

「そりゃそうだろうけど、だからってなにも」

「なにも、総務部長兼関連事業部長の執行役員ポストを棒に振ることはないってか」

　片岡が天井を見上げでもするように頭をあげて、視線を宙にただよわせながらつぶやいた。

　満田には、なんと答えてやればいいのかわからない。

　片岡は、確かに言ったとおりのことを本気で思っているようだった。だから、先ほどからのやり取りになっているのだ。

しかし、満田自身、本当に片岡がそう思っているのかどうか、どこか摑みきれないような気もした。

「だって、お前、奥さんのこともあるだろう？」

口をついた言葉は、満田の心とは別の、どこかから拾ってきたような台詞だった。

「ああ」

片岡の返事は、場違いなほどそっ気なかった。

「あの女は、このこととは関係ない」

と言ってから、

「人間、朝には紅顔の美少年でも夕方には白骨になる」

そう付け加えた。

自分に言い聞かせるような調子だった。

「だけど、お前、ブランド売ってまわったことなんかないじゃないか」

「ああ、ない。

だけど、俺、若いころから法務の真似ごとみたいなことさせられて、それなりに現場の経験を積んできているからな。

一緒にやってくれるのは、もう見つかっている。ほら、香川っていう若いのが営業二部にいるだろう。あれが手伝いたいって言ってくれてるんだ。今度の〈内外・番外プロジェクト〉にゃあ、会社の人間を会社同士の対等なサービス契約ってので使えるような仕組みがあるそうじゃないか。あいつとはそれで行きたい。俺の会社に在籍出向してもらうってわけだ。それなら俺が失敗して破産しても、あいつは会社に戻れる。

実は、俺、できそうな気がしているんだ。

それも、今までの連中とは全然違ったやり方で」

「法務上がりのお前が、か」

満田は絶句した。

「法務のご経験じゃあな」

急に目の前の片岡が、入社したてのころの姿に入れ替わって見えてくる。

満田は、突然、胸の上部あたりに激しい嫉妬がこみあげてくるのを感じた。

二十五年前、片岡に恋愛相談を受けたときのことを思い出したのだ。

あの時も、片岡は、「ちょっと出られるか?」といって満田を仕事場から引っ張り出すと、矢野慶子の話を始めたのだった。その女性が、今は片岡慶子という名前になっている。

矢野慶子の名が片岡の口から出たとき、満田は「まいったな」と思った。満田がやっとの思いで別れたばかりの女性だったからだ。

向こうからアプローチされた、と理解していた。少なくとも満田から声をかけたのではなかった。

すーっとした切れ長の目が特徴だった。可愛い顔と言っていい。仕草もいかにも大学を出たばかりといった感じの初々しい女性だったから、なんどか二人きりで会った。会うことが重なれば、男と女が会っているのだ、それなりに関係が進む。

(これ以上深みにはまるとヤバイ)

満田は、まだ誰とも結婚なぞしたくなかったのだ。矢野慶子は、結婚というものを望んでいた。そう口にもした。子どもが好き、となんども言ってみせた。

それで、他の女性とも付き合っている様子を、わざと相手に感づかせるように仕向けた。すぐに終わった。

片岡は、矢野慶子に惚れられてね、と嬉しそうだった。自分も惚れ込んだと言った。相思相愛、めでたしめでたしだった。

「彼女のこと、どう思う?」

そうたずねられて、満田は狼狽(ろうばい)した。なんと答えたのだったか。

結婚の披露宴のとき、満田と目が合った矢野慶子は、(私、とっても幸せよ)という顔をしてみせた。満田も、(おめでとう。俺じゃなくって良かったね)と心からの祝福を返した。

一瞬の、声のない二人きりの寸劇だった。

隣に、少しアルコールの入ったせいもあって緩みっぱなしの片岡の顔があった。その目が矢野慶子の目をとらえるたびに、大きく唇の端を左右に引っ張って喜びの表情をつくってみせる。

（やられたか）

そのときにも嫉妬があった。

だが、今度のは違う。もうお互い五十二歳なのだ。片岡には片岡の、満田には満田の職歴があって人生の時が経ち、それぞれの今がある。

「俺としちゃ、お前、正気か？　って訊いてやるべきなんだろうな。ついでに、家族はどうするつもりだ？　って付け加えてやるか」

満田がおどけた調子でこう言うと、片岡は、

「正気だ。

家族の心配までしてくれて、済まん。友だちってのはなんとも有難いものだな。

でも、心配いらん。

子どもは二人とも大学を出ている。上の姉ちゃんは銀行、下の妹はメーカーだ。いずれ、どっかで勝手に亭主を見つけるだろうさ。見つけんでもいい。自分で決めることだ。

家のローンもほとんど返し終わっている。退職金が出れば、充分だ」

と、泰然として答えた。

「だから、俺は自由だ」

「しかし、奥さんはなんて言ってるんだ、慶子さんは？」

満田がそう問うと、片岡が顔をしかめた。

「女はダメだな。

絶対反対だそうだ。

せっかく今の地位まで昇って来たのに、いったいなぜ、って、しまいには大泣きさ」

「そりゃそうだろう」

そう言ってから、満田は、

「とにかく、お前にゃ経験がないからな。難しいと思ってくれ。

それに、奥さんのこと、マリンの社長って立場からも、そいつは条件てわけじゃないけど、
決定的だな。

男ってのは、家庭がしっかりしてなくっちゃ仕事なんかできんからな」

そう言い切った。

言って、満田は自分を笑っていた。

（男の仕事には安定した家庭が要る？　じゃあ、お前はなんだ？）

満田の妻はブティックをやっている。三つ年上で、結婚したときにはもう小さな店を私鉄の沿線の駅前に持っていた。父親が金主だった。農家をしていたら知らない間に金持ちになっていた幸運な男だった。

駅前のその店に、あのころ満田が扱っていたブランドを置いてくれたことから、問屋が紹介してくれたのだ。共稼ぎとはいっても、満田の収入を当てにされたことはなかった。子どもはいなかったし、妻の仕事は形は株式会社といっても実態は個人事業だから、深夜遅くなることも当たり前だった。満田が仕事以外でなにをしているのか、妻の側に関心はあったとしても自分の仕事の忙しさにまぎれてしまっていた。だから別れないで続いてきたと言ってもいい。そうした境遇を、満田は仕事にも遊びにも大いに活用してきた。遊びは同性の友人に限られなかった。

（その俺が、男は家庭がないと、と言うか）

翌日、満田はあの男の部屋にいた。

「満田、片岡の話聞いたぞ。

いい話じゃないか。内外で三十年、執行役員までやった男が志願して外へでて、己の人生を極める。

総務のトップだったってのも、いい。

あいつがそんな野心を持っていたなんて想像もしなかったが、考えてみりゃ、なんの不思議もない。みんな生きてるんだからな。

生きてるってことは、死にかけてるってことだ。

このまま死んでたまるか、って気持ちは、世界中で俺にしかわからんとは言わんが、この俺が一番よくわかるつもりだ」

「しかし、社長。片岡には経験ってものが」

「俺も墓場に放り込まれた時には、まだ死んだ経験はなかったな」

「総務のトップが急にいなくなると会社も困るでしょうし」

「困らんな。総務部長の替えなんて、ごまんといる」

「なんと申しましても、奥さんが絶対反対でして」

「そこだ。

俺が奥さんとやらに会って話してみたいんだ。昔、俺の下にいたことがあるから、俺もよくというほどじゃないが、知ってる女性だ。

そうだったろう、片岡は社内結婚したんだ」

思いもかけない事態だった。

「しかし社長、片岡の女房はただの専業主婦ですが」

「この世に、ただの専業主婦なんていう女性は一人だっていない。それぞれが独自の女性で専業主婦さ。よくそんな程度の頭でブランドを売ってたな、お前って奴は」

満田は背中に冷や汗が流れるのを感じた。どうやら社長は本気なのだ。

（しかし、社長は離婚経験者ですから、ああいった専業主婦の女から見ますと、どうか）

と、唇の先まで出かけたのを、慌てて飲み込んだ。

あの男の部屋を出るときには、満田が片岡の妻をあの男に引き合わせる話が決まっていた。

18

「お久しぶりでございます」

片岡慶子は椅子から立ち上がると、上半身をふわりと優雅に折り曲げて丁寧なあいさつをした。青みがかった薄い緑色の、透きとおるような生地でできた丈の長いジャケットが、ボタンがないせいでゆらゆらと揺れる。

一六〇センチ足らずで年齢相応に肉が付いている。白い、細長い顔に一重まぶたで切れ長の目。その上に、鮮やかに細い眉が引かれていた。豊麗線は未だ目につくほどではない。

「やあ、矢野君」

あの男が右手をあげて、あいさつを返した。

「君、ちっとも変わらないな。昔のまんま、だな。婦人服二課のマドンナ、ヤノケイコ、だ」

「いやですわ、係長さん、あらごめんなさい、社長さん。おばさんをからかったりして」

「いや、からかっちゃいないさ。僕は正直だからね。何でも見たとおりを口に出す。

それにしても、おばさんだなんて、どうして女性は自分のことをそんな風に言わずにおれないのかな」

「でも、係長、あらごめんなさい、社長さん。私、もう五十になりました」

「ふーん、そうか。

えーと、僕は……あれ、いくつだったかな、忘れちゃったぞ。

それにしても、女性ってのは、若くて美しかったときの自分以外は自分のような気がしないってことなのかな。それで、自分のことおばさん、て」

あの男の視線が、片岡慶子の顔から離れない。いつもあの男はそうなのだ。日本人は、あの男のように相手の顔をまじまじと見つめたりはしない。だが、あの男は気にも留めない。

もちろん、相手次第、場所次第ということではある。

福田屋という料亭は、紀尾井町の弁慶橋と上智大学の間にある。いかにも格式が高いといった和風のしつらえなのだが、そこに一室だけ、隣の畳の部屋のための待合室のようになった古い造りの洋式の部屋がある。

あの男が、片岡の妻との話の場に選んだのが、その部屋だった。お女将に特別に頼み込んで、昼ご飯どきの過ぎた、一種昼下がりといったころあいの時刻をあの男は指定したのだ。二十人ほどが入る部屋に三つほど低いテーブルが並んでいて、それぞれに二つずつ大きな椅子が置かれている。

部屋に入って右手が外に向かって開けていて、時代がかった、小さく区分けされたガラス窓に、さざ波のような表面をした板ガラスがはまっている。その向こう側には、刈り込まれた低い植え込みがのぞいていた。

あの男は、片岡慶子が立ったままでいるテーブルの向かいの椅子に腰をおろすと、微笑を浮かべて見せた。

「ここはオヤジの贔屓の店でね。

何度もお供をして来たものだ。イタリアやフランスのブランドのオーナーやデザイナーを連れて来ると、誰もが賛嘆の声を上げずにはいない。

で、僕がその贔屓を引き継いだってわけだ」

と、なにかの解説でもするような調子で話し始めた。

(他にも、南川丈太郎氏からはいろいろなものを引き継いでいらっしゃるのでしょう?)

片岡慶子の心に、皮肉なコメントが浮かんだ。片岡慶子は古堂房恵と同期入社なのだ。もちろん、そんなことはオクビにも出さない。

「今日は、わざわざ来てくれてありがとう。

わかり難くはなかったかな。ニューオータニから直ぐなんだけど、一方通行の出口になっているからね。タクシーの運転手さんも迷う。赤坂見附から来て紀尾井通りを登ってくると一度新宿通りまで出て大回りしなくっちゃいけない。紀尾井坂から目と鼻の先なんだけど、右折ができないんだ。

でも、大回りして聖イグナチオ教会の角を左に入ると、急に上智大学とお堀の間の道、といっても素敵な緑の間道ってでもいうのか、そいつに出る。その、堤防に包み込まれたような隠れ道を通り抜けるのがなんとも魅力的なんだな。春、桜の季節ときたらまるで花のトンネルだ。

でも、僕は花の消えた後、緑の葉が繁りはじめる直前のほうが好きなんだけどね」

目の前に緑茶が置かれると、あの男は、運んできた女性に小さな声で愛想をささやきながら薩摩焼の湯飲みに手を伸ばした。音を立てずに一口すする。目は片岡慶子をとらえたままだ。

「それに、このお店は、道路から入り口までのアプローチが長い、長い。

オヤジが、横浜の桟橋のようだといって、そこを気に入っていてね。いつも外人相手に自慢していた。

他人の持ち物を自慢するってのも変な話だがね。

でも、そういう人だった。

そういえば、教会の先にある四谷見附橋、あの鉄の橋のたもとを歩いている三島由紀夫の写真が好きだって、ここに来るたびに言っていた。大蔵官僚だったころの、若くて、始めたばかりの作家業と役人の二重生活に少し疲れた顔の三島由紀夫が、風呂敷包みをかかえて歩いている。

オヤジは昭和五年生まれだからね、三島由紀夫の同時代人だったんだなあ」

大きく息を吐くと、背もたれに体を預けた。

片岡慶子の番だった。

「はい。とってもすばらしいところです。

でも、私、スマホ持ってます。ホテル・ニューオータニから歩いてきましたし、少しも迷いませんでした。

その代わり、上智大学沿いの素適な散歩道、っていうのを見逃してしまったみたいです。帰りに歩いてみます。

私なんか、こうしてお招きいただきでもしなければ一生足を踏み入れることなんかない場所なんですよね。

ありがとうございます」

そう言って、もう一度、優艶なとでも言いたくなるようなゆったりとした動きで、座ったまま上半身を折った。

あの男は、慶子の体から視線を離さない。

「早速だけど、今日来ていただいたのはご亭主の話をあなたとしたかったからなんだ。

片岡君は、有能な執行役員総務部長だ。間違いない。

良い男と結婚した。

しかし、ご亭主は自分でブランド・ビジネスをやってみたいと言っている。

なに、会社を離れて独立します、って話じゃない。

会社がサポートする。全面的に。

なんでもご亭主は、助手になる男までもう見つけているってことらしいじゃないか。ところが、肝心の奥様が猛反対だっていうことで計画が進まない、と報告を受けた。『せっかく今の地位まで昇って来たのに、って大泣き』って話が、僕のところまで伝わってきたんだよ。

満田だ。君も知っているだろう。ご主人の無二の親友だ。

まあ、ご亭主も東証一部上場の会社で執行役員までなったんだからね、女房たる君の気持ちもわからんじゃないが。

でも、ひとつ聞いてくれないかな。

ご亭主がやろうっていう事業は、もともと僕が考えついたんだ。

〈内外・番外〉っていう、新しいプロジェクトだ。

なんで、こんな変な、語呂合わせみたいなことを僕が考えついたのか、っていうのを君に聞いてほしいんだ。

もちろん、それでも君が反対なら、それはご夫婦の問題だ。二人で決めていただくしかない。僕なんかの出る幕じゃない。わかりきった話だ」

あの男は、話している間も、片岡慶子の瞳のなかをのぞき込んでもいるように、視線を動かさないでいた。

片岡慶子は、両手の指先で湯呑みに触れると、口元に運んだ。

あの男の視線を外すように、窓の外の植え込みに目をやる。

「あの人、早くしないと死んでしまう。もう、時間がないんだ、の一点張りなんです。

そんなこと、これまでになかったんです。

いったい、どうしてしまったのか。

私には、なにがなんだかわからないんです。

まだ五十二なんですよ。

それに、健康そのもの。会社の人間ドックでも、体は四十代前半だってお墨付きをいただいているくらいなんです」

慶子がそう言った瞬間、あの男の視線が下に落ちた。慶子の下半身はテーブルに隠れている。しかし、慶子はあの男の目の動きに気づくと、一瞬、言いよどんだ。

椅子の上で軽く腰を動かして座りなおすと、慶子は続けた。

「そんなことって、ありますか。

私は二十七年間、あの人の妻だったんです。

それなのに、私にはなにも言わないでいて、そんな大それたことを考えていたなんて」

慶子の声はほんの少し震えていた。

「でも、あの人、いつもそうだった。

私が赤ん坊の未来を考えているすぐ隣で、会社の就業規則をどう変えるのがいいかってばかり考えているような人」

あの男は、慶子から視線を外すと顔を軽く上に向けた。

「僕は、最近、自分が営業第三部への異動を申し渡されたときのことを思い出すことがある。墓場だ。

あそこは内外海行の墓場だって、みんながそう言っていたの、君も知っているだろう？」

慶子が子どものように素直にうなずいた。

「ところがだ。

あの墓場に放り込まれたとき、あの刹那、そいつこそが人生で最高の刻だったんだと、今になってしみじみと思うんだよ。

あんなに目の前がすっかり閉ざされてしまった感覚があって、足元の感覚が消えてしまって、自分が体ごと地上から放り出されてしまったような気がしたのに。

なにものかを呪わずにはいられないような気持ちだったのに、だ。

人は、変化に生きる動物なんだな。

動きがないと、生きていることがわからない。速度ってのは、いくら速くたってちっとも感じない。人は加速度しか感じることができない。新幹線だって、急ブレーキでもかからなければ地面にいるのと同じだ。

　それとも君は、人は安全だと安心できることが一番。それで生きて、死ぬことができれば、それが最高の人生だと思うかね」

「最高？　最高の人生？

　そんなもの、私なんかにはわかりません。

　これまで、私は、平穏に生きてくることができて、とても感謝しています。会社のお蔭、あの人のお蔭です。

　私は、もうしばらくの間ただおだやかに生きて、安らかに死にたいんです。

　そんなに長くなくてもいいです。

　子どもたち二人と、できれば孫たちに囲まれて、おばあちゃん！　って一番小さな孫娘に手をとってもらいながら、息を引き取りたい」

「ああ、君たちには二人のお子さんがあったんだっけ」

　それだけ言うと、あの男は目の前に置かれた空也の最中を手に取った。

「これは実に旨い。最高の最中だ。この世ではこれ以上の最中は食べられない。

　僕はこれを口に入れ、歯で噛んで味わう度に、とても不思議だと思う。同じ最中なのに、他の最中とは味が違う。

皮種っていう、あの薄い皮の焼き加減と餡の甘さと粘りの具合、それらの絶妙な組み合わせ、とでも言えばいいのか。

どこの最中も、きっとそれぞれの職人が一度限りの人生を賭けて一生懸命作っているのだろうけど、でも、やっぱり違う。圧倒的に、違う。別のものと言ってもいいくらいだ」

「空也、私も大好きです。でも、私なんかにはあまり手に入りません」

片岡慶子も口に入れた。皮種の砕ける小さな音がして、顔がほころぶ。あの男の顔にも喜びが浮かび上がる。

「君は、人と生まれて、暑くも寒くもなく、空腹でもなければ、それで満点の人生だと？」

「いいえ、そんな贅沢は申しません。

ただ、畳の上で死ねれば、それでいい。今の時代ですから、畳じゃなくって自宅のベッドかもしれないけれど、でも私は、自分の家で死にたい」

「幼い孫娘に手を握ってもらって」

「はい。

私が八歳のとき、祖母が亡くなりました。私がちょっと力をいれただけで砕けてしまいそうなくらい細くなってしまった腕とその先の手の指を握ってあげたら、祖母は涙を流していました。

『生きていて良かった、ありがとう、慶子』

そう言ってから、祖母は微笑んで、息を引き取りました。病院でした」

「幸せな一生？」

「どうでしょうか。

私のように平穏無事な人生を送ってきた人間には、祖母の人生は想像することもできません。

私の祖母は、六十七年前、満州から引き上げてきた、いえ、やっとの思いで逃げてきたのです。二人の幼い子、男の子と女の子がいました。女の子が私の母です。でも、その二人の父親、私の祖父は妻のそばにはいませんでした。

祖母は夫が満州映画協会で働いていたんです。ですから満州、今の東北部で暮らしていました。新京、今の長春です。内地と違ってスチーム暖房の完備した社宅。そこで二人の子どもが生まれました。豊かで、幸せな毎日。

でも、夫が終戦の直前に召集されてしまいました。スポーツ万能の青年だったとはいっても、もう三十代半ばを過ぎていたのに。

祖母が満州を離れたときには、祖父はきっとシベリアのどこかの収容所にいたのでしょうが、どこにいるのかも、生きているのかもわからない状態でした。仕方がなかった、そういう時代があったのよ、そう祖母は言っていました。

祖母はいつも言っていました。戦争だけは、もうどんなことがあってもいやだ、って。

私もそう思います。あれほど愛し合っていた二人が、無理やり引き裂かれて、あげくの果て、愛する男がどこにいるのか、生きているのか、死んでしまったのかもわからないままだなんて。

でも、むりやり引き裂かれたと申しましたが、祖父は、自分の意志で、歩いて兵営に行ったのです。

召集されたからです。行かないわけにはいかなかった。

妻と幼い子ども二人を、どうなってしまうかわからない満州において軍隊に行かなくてはならなかった祖父。兵営に向かって一歩いっぽ近づきながら、どんな思いを心のなかに抱いていたか。

祖母に比べれば、昭和三十六年に生まれた私なんて、まるで太平楽です」

ふと、慶子は言葉をとめて、窓の外の植え込みに目をやった。あの男は慶子の顔から視線を動かさない。

「でも、私は生きていることに意味があるなんて思ったことがありません。自殺なんて大それたことができないから、生まれてしまったから仕方なしに生きているというだけ。

だから、少しでも、そのときそのときを楽しく過ごしたいんです。自分も周りの人も、ほんの少しの数の人でもいい、自分の隣、その隣くらいにいる、見えたり、話したりできる人たち。そういう人たちを私のささやかな力で楽しくしてあげたい。

私なんかには、なにも大したことはできないに決まっていますけれど。でもできることをします。

祖父が思っていたことは、きっと私が生まれる、あの幼い子どもにもいずれ子どもが生まれる。その孫が悲しい思いをしないで暮らせる世の中になったらどんなにいいだろう、って、そんなことだったのじゃないかと思います。そう思うと、私は平穏に生きて静かに死んで、あの世で祖父に、あなたの孫はこんなふうに生きました、大したこともありませんでしたが、お蔭さまで幸せに死んでここに来ましたよ、って報告したいんです。

そして、あなたが私の母親を生み、私の母親が私を生み、私が私の娘を生み、私の娘が私の孫を生みました。その孫は、また子どもを生みます。あなたがいなければ、そのつながりは途中で切れてしまった。でも、あなたがいたから、私がこちら側に来ても、ほら、あなたのひ孫がああやって元気に跳びはねています。あの子にもまた子どもができます。あなたがいてくれたから、いつまでも、いつまでも続きます。

ありがとうと口にして、お礼の気持ちを祖父に伝えたい」

「ふーん、そうか、知らなかった。

でも、君のおばあさんを満州の曠野に放り出したのも国だ。君のおじいさんをシベリアで死ぬ運命に定めたのも国だ。君がそこから逃げて暮らそうとしても、国は君を追いかけてくる。そんなことを考えることはないのかい？」

「えっ？」

妙な展開になってしまった。あの男もそんなことが話したかったのではなかった。

「私は祖母の話を聞きながら、いつも思ってました。もし、この国がまた戦争に巻き込まれることになったら、自分の夫を蔵に隠してでも戦場には行かせやしない、って」

「君のおじいさんは、自分の意志で兵営に行ったと言ったね。もちろん、徴兵を拒否すればどんな目に遭うか、家族も巻き込むことになることだろう。だから事実上強制されていた。

そうかもしれない。いや、そうだ、そのとおりだ。

でも、僕なら思う。

それだけではないかもしれない、って。

人には、アンネ・フランクのように、逃げて、隠れて暮らすことしかできない場合もあるだろう。

しかし、自分の国が戦争をしているとき、祖国が自分を求めているとき、それに参加しないで自分だけ生きることは、ふつうの人間にはむつかしいことなのではないか。独りだけ逃げ出すなんてことはできない、そんなことをしたら自分で自分が許せなくなってしまう。人というのは、そう感じずにはおれない生き物じゃないだろうか。

生命尊重のみで魂は死んでもよいとは、人間っていうのは考えることができないのではなかろうか。

もちろん、戦場に行くのは渋々に違いない。

でも、逃げ出した男は、その後の人生を自らへの誇りを抱いて生きてゆくことができるだろうか？

誰かが戦わなくては、家族を守ることはできない。

その誰かが自分の番になったら、それは自分以外の人間に任せて、自分はそこから逃げる。そんなことは、家族を愛している男のすることではない、そう君のおじいさんは思ったのかもしれない。

男とは、そう生きるべく運命づけられた性なのだという覚悟が、君のおじいさんにはあったのかもしれない。

君の話を聞いて、僕はそんな気がした。

君のおじいさんを、そんな風に僕の勝手な思いで解釈してしまうのは、まことに僭越だと思うけれど。

いや、やっぱり僕の言っていることは変かな。

申し訳ない、許してください」

慶子は下を向いて、黙ったままだった。

意を決したように、顔を上げる。

「私は、年齢を重ねることに意味のある人生を送りたかった。だから、あの人を選んだのです」

「その男が、突然、とんでもない熱病にかかってしまったってわけだ」

「ええ」

「で、その病原菌はこの私ってことか」

「いえ、そんなことは」

「でも、少なくともペトリ皿だな。つまりこの僕は、細菌培養のための寒天培地の入ったシャーレくらいではある」

「えっ？」

無防備な表情だった。短い時間のうちに、慶子はこの表情を何度見せたことか。

あの男は、慶子にむかって語りかけた。

「自分のなかに挑戦する力が残っていると感じられる間、もう長くないその間に、生きている証しを自分の手に握り締めたい。

そいつは僕にはよくわかる。

君のご亭主も、そんな欲望に火がついたのだろうよ。

だから、今日という日しかないと焦る。明日は、目に入らない。男はいつも渇いている」

「でも、明日という日はかならず来ます。

それなのに」

「それだから、さ。

明日が来るままにしておけないのだろう。いても立ってもいられない。

来るに決まりきっているような、でき合いの明日など拒絶して、まったく別の、思わず目を閉じないではいられないようなギラギラした明日、そいつを自分の力で引き寄せたい。

来なければ、運命の女神の後ろ髪を鷲摑みにしてでも、って気になる。

そういうことじゃないか」

「わかりません、なにをおっしゃっているのか」

「男には、走り出したら止まらないのがいる。

そんな男の良き妻にできることは、隣を走りながら、『あなたはできる、大丈夫、きっとできる』とささやき続けてやることだけだっていうことだ。

君は片岡を見くびっていた。でも、あいつのなかにはとんでもない怪物が隠れていたのさ。それが片岡という男だった、と言ってもいい。

そうと知っていたら結婚なんかしなかったのに、って顔に描いてあるぜ。

でも、無駄だな。もうしちまっていて取り返しがつかない。

いや、取り返しはつくのかもしれない。君が自分の人生をゼロからやり直す気にさえなれば。君のご亭主が決心したように」

慶子は目を瞑っていた。なにもかもを拒否するように堅く目蓋を閉じて、いやいやをするように顔を左右に振った。

「矢野慶子君、君はもし自分が今、矢野慶子だったらどうする？

目を瞑って、見えるものを見ないことにするかい？

あのとき、矢野慶子は片岡慶子になる決心をした。

そのときに勘定に入れたもの、それが外れたからって、満州の曠野に投げ出されたわけじゃない」

あの男は慶子の顔を見つめ続けていた。

閉じた両方の目から涙がこぼれ始めていた。それでも慶子は目を開けない。

涙が鼻からもあふれそうになったとき、慶子は立ち上がった。

「失礼します」

と言って扉に向かう慶子に、あの男が声をかけた。

「トイレは出て左にあるよ」

門前仲町にあの男はいた。

「という次第さ。

君と矢野慶子、いや片岡夫人は同期だったたっけな。いや、そのことは話題にはならなかったけどね」

「そう。慶子は同期。

会社に入ったときから、自分が会社に入ったのは堅実な男を見つけて結婚するためだって隠さなかった。

みんな、馬鹿みたいだと思ってた。楽しいことがいっぱいあるのに、始まったばかりなのに、もう結婚だなんて」

房恵は大きく息をついた。

「最初に満田さんに目をつけて、逃げられたの。で、すぐに隣にいた片岡さん。ゴールインしたときには、みんなで冷やかしたのよ、『どっちの男が会社で出世するのかしら。慶子の成績表は、これから毎日会社じゅうに張り出されるっていうことだから、慶子も先が大変よね、って』

そしたら、慶子、『見ててちょうだい』って、こうよ」

「いや、矢野君は、いやミセス片岡はよくやったよ。

満田に比べて片岡には会社で出世する芽が小さかった。両方とも見ていたから、僕にはわかる。

でも、片岡は、総務とか管理とかばかりやらされたのに、ちっとも腐らなかった。

いいか、商社ってのは売ってなんぼの世界なんだ。金を会社に運んでくる奴が文句なしに偉い。

だが、実は、管理する奴、それも一定規模以上になると、金の計算だけじゃない、人間を差配できる能力、つまりバック・オフィスをマネージする能力のある人間が必要になる。誰もが、会社の外に落ちている金を拾い集めて回るのに忙しい。気の利いた奴は内向きの辛気臭いことはやらない。

それを片岡はやり続けた。

どうしてかわかるか？

女房が隣にいて、いつも励ましてくれたからさ。

『あなたは世界一の男』だってね。イギリスの宰相だったディズレーリの女房のように、そう心から信じて、そう声に出して、繰り返した。そこまでしてもらえれば、たいていの男ならなんとかなるものだ」

「でも、薬が効きすぎた？」

「君もひどいな。

ま、そういうことかもしれん。

でも、僕は違う気がする。

片岡は、ブランドをいじりたかったんだ、長い間、な。

仕事は与えられたことを一生懸命にこなす。女房の励ましのお蔭もあって、そこそこに成果も上がる。会社なんて、上司にほめられりゃこんな楽しいところはない。

でも、心のなかに眠っていたものがあった。

ほら、以前、鷗外のこと話したろう。

『赤く黒く塗られている顔をいつか洗って、ちょっと舞台から降りて、静かに自分というものを考えて見たい、背後の何物かの面目を覗いてみたい』って。

それだな。

片岡はそいつを覗いた。そしたら、自分には残された時間がないことに衝撃を受けた。

まるで番外のシナリオだったんだな、あいつには」

「じゃあ、慶子はどうなるの？」

「今度は、〝Kataoka & Co. Ltd.〟の社長を毎朝、毎晩、励ます。そうして、王子様とお姫様は幸せに暮らしましたとさ、めでたし、めでたし、ってわけだ」

「あなたの筋書きどおり？」

「いや、違う。

ものごとが、僕の筋書きどおりに旨くいった試しなんて、ありゃしない。

実のところ、僕は二人をうらやましいとすら思い始めている。

いいかい、房恵。

片岡慶子が今回、大声で泣きながら反対したのは、片岡慶子が、今この瞬間、夫にそれほどに執着しているからじゃないのか？

僕は、そういう片岡に嫉妬を感じるね。

内外の社長で、〈内外・番外プロジェクト〉を始めたこの僕にして、だ」

そう言って、あの男は房恵に微笑みかけた。房恵は、機械仕掛けの人形のように微笑みを返す。

（あなた。

今は私ひとりの目の前にいる、でも本当は大きな組織のトップにいる人。

南川丈太郎の秘蔵っ子。南川丈太郎の元秘書を愛人兼秘書にしている男。

妻と一人の娘がいて、でも、愛人のところでたいていの夜を過ごしている男。

あなたは誰なの？

私はなに？　あなたのなかで、私はどこにいるの？

あなたはどこへ行くの？

私はどこへ行くの？）

だが、房恵の口からはどれひとつ声になって出てきはしなかった。

代わりに、

「どう？　紅茶にする？

新しく、スリランカのウバの美味しそうなのがあったから買ってみたの。ミントの香りが隠れているっていう触れこみ。

ゴールデン・リング、金環、できるかしら」

そう言って、赤い小さな座卓にそっと細い白い手をつくと、房恵は快活に立ち上がってキッチンへ颯爽と歩いていった。

第五章　男は渇いている

19

「社長、大変です。片岡の奴、女房と別れてしまいました」

満田だった。あの男の部屋に駆け込むと、机の前で直立したまま報告した。

「ふーん、いったいどうしたっていうんだ」

「あの女房ですよ。『あなたがそんな危ないことをするんなら、私の財産を分けてからにしてくれ』って言ったそうですよ。

それで片岡の奴、『ああ、何もかも持って行け』だなんて言っちまって。社長が女房にお会いになった、その晩のことだそうです」

「おやおや、それはまた思い切ったことを」

「そんなところのある女でしたがね、昔から。

外見はごらんのとおり大人しげなんですが、どうしてどうして。

芯が強いっていや聞こえはいいけれど、ほんのつまらないことでも納得がいかないとテコでも動かないってとこがありましてね。私も困らされたものです」

満田は、しまったと思った。片岡克平の妻は昔のガールフレンドでしたなどと、なにも社長に告白することはなかったのだ。

「へえ、そうかい。

君、他人の女房のことにしちゃよくわかっているな。妙に実感がこもってるじゃないか」

あの男が微笑みながら問いかけた。

「いえ、その。

そうだって片岡がいつもこぼしていたので」

「おやおや。

君の口ぶりだと、自分の過去の体験、それも痛切な体験を、未だに褪せない記憶にもとづいて話していますっていうようだったがな。

ま、そんなことはどうでもいいさ。

それより、片岡だ。

離婚しちまったってわけか。ずいぶん過激な話だな」

そう言いながら、椅子の座面の左下にあるフックに左手を伸ばして、背もたれを後ろに倒した。

「いや、勘違いするな。過激だというのは片岡克平のことだぞ。

近ごろじゃあ、亭主のやることが気に入らないからって離婚するってのは、一定の金のある、中年以上の女性の間では珍しくもないさ。限られた、豊かな人たちにしか縁のないことではあっても、もう女性は我慢しない。

中には亭主の定年を待っている、っていうのもいるっていうじゃないか。

人は仕方がないから我慢ができるんだ。

片岡だって、独立すりゃそれなりのまとまった退職金が入るわけだしな。財産分与という名目で亭主から取り上げれば、税金もかからん。年金だって分割だ」

満田は、それは違うんじゃないかと思った。片岡慶子にとっても片岡にとっても、離婚というのはそんなに簡単なことではありえないはずだ。それを、目の前の男は金の高で測ってみせる。税金がなどと言う。

（そんなことってあるものか！）

だが、満田の口からはなにも出てこない。

「満田、俺が感心するのは、片岡のほうだよ。

そこまでしてよくな、と、この俺でも思う。

いやいや、あいつ、そんな男には見えなかったがな」

満田が、あの男の机の向かい側の端に両手をそろえて置くと、伸び上がるように身を乗り出した。

「そうなんです。それも、手の内の知れた、勝手知ったる世界に行くっていうのならともかく。

あいつにゃブランド・ビジネスなんて、なんにもわかっちゃいないんです。片岡には、逆立ちしたってできはしないことなんですからね」

「そいつはわからんさ」

目の前に置かれた満田の両手の指先の伸びかけた爪を一瞥すると、あの男は椅子から立ち上がった。

「満田、そいつばかりはわからんぞ。

わかっているのは、人間、歳をとったら慣れた道を歩いてはいかんということだけだ。散歩の効用もそこに尽きる。いつも同じ道を歩いていちゃ、散歩にならん。それじゃただの運動だ。心は解き放たれない。

人間、経験を積むってことは、ものごとに慣れるってことだ。目を瞑っていても、いつもの手順でやるのならいともたやすくできてしまう。そいつが危険なんだ。

それが、人間の未来を閉ざす、腐らせる」

そう言いながら、こんどは満田の顔を覗きこんだ。

「たとえば、この顔だ。これがその慣れたことの連続でふやけきってしまったって顔のいい例じゃないのか」

満田は、立ったまま苦笑いするしかなかった。

「ほら、そこで笑いを浮かべてみせる。満田、おまえも日本人だなあ。とんでもありません、ってぐらい叫んだらどうなんだ。どうして、せめて心外だってふりをしてみせないんだ。お前の立場からは、それもあり、じゃないのか。矢野慶子との昔話といい、片岡の今度の話といい」

あの男は、そこで言葉を止めた。

「満田、おまえ、まさか」

「はっ？」

「片岡の女房が独り身に戻るのが嬉しい、ってわけじゃあるまいな」

「そんなこと、とんでもない」

満田は強い調子で否定した。

「いいさ、いいさ。ちょっとからかっただけだ。お前と話していると、誰でもそんなことを言いたくなってくる」

満田は、目をぱちくりさせた。言葉は出てこない。

今朝、片岡が満田の部屋に飛び込んできて事情を説明したとき、満田の頭のなかに最初に浮かんだのが、それだった。片岡と矢野慶子の結婚披露宴の光景が脳裏に戻ってきたのだ。あの時、片岡は顔のゆるんだような笑みを浮かべっぱなしだった。隣の矢野慶子の目は、満田を捉えると、確かに特別のメッセージを込めた視線を送り返してきた。

「ミツダ・ソータロー、あなたはお馬鹿さん。私を取り逃がしてしまって。後悔するわよ、いいえ、私があなたに後悔させずにおかないから」

そう言っていた。

もう三十年近く前のことなのに、鮮明な印象が刻まれている。

あの男が、椅子に体を戻した。

「まあいいさ、満田。

やらしてやれよ、片岡に。

そんなにやりたいだなんて、それだけでも今の時代、貴重だ。

そうじゃないか、五十を過ぎた男のうち何人が片岡みたいになれるっていうんだ。

他人には熱に浮かされたように見えるかもしれんが、なんでもいい、そうなってしまえるってことがすごいことなんだ。

実際、俺はうらやましいよ、あいつの酔狂が。

これまでの人生を全部賭けて大博打か。

賭場に差し出した金は、女房に取られた財産分与ってわけだ。あいつのことだ、全財産差し出してしまったんじゃないか。

お前も友だちなら、そんなことこそ心配してやるべきだったんじゃないのか」

そう言って、もう一度椅子の背もたれを後ろに倒した。

「『大ばくち 身ぐるみ脱いで すってんてん』てことにならなきゃいいがな」

満田が、怪訝な顔をしてみせる。

「なんですか、社長、それは」

「知らんか。時代だな。

俺は戦争の終わる数時間前に生まれた。だから、これでもれっきとした戦中派だ。

お前ら二人は、七年後か八年後か。アプレ・ゲールだな。といっても、何のことだかわかるまいが。

この辞世を詠んだ男は、俺が生まれた五日後に青酸カリを飲んだ。

そういえば、片岡の奥方のお祖母さんて方のご亭主、つまりお祖父さんは満映に勤めていらしたということだったたっけな」

「はい、満州映画で経理に」

「ほう、よく知っているな。誰に聞いたのかな」

満田は急に下を向いた。黙って答えない。

「お前って奴は、なんともわかりやすい男だな。

その満映の理事長ってのが、甘粕正彦という名だ。辞世の句の主さ。五十四歳だった」

「えっ、甘粕って、あの大杉栄を虐殺した」

「ああ、そのくらいは知っているか。

そうか、そこのところはお前らの時代の社会科の教科書も教えてくれたってことか。

大杉栄は英雄だものな、連中にとっては。

そう、その甘粕だ。

だが、お前らは、満州映画協会があったればこそ、戦後の東映があるってことは知るまいな。

阪急の小林一三が東宝、東急の五島慶太が東映だ。

戦後直ぐ、満映のエッセンスが東映に集まった。その東映を育てたのが、五島の右腕で数字に明るい大川博。後の東映の社長だ。

ま、お前なぞはなにも知らんでもいいが」

「はあ。しかし、社長。つまり片岡は、身ぐるみ剝いで、すってんてんになっても、何か世に残すとおっしゃるので？」

満田の言葉に、あの男は吹きだした。

「剝いで、じゃない。脱いで、だ。なに言ってるんだ、お前。剝いでじゃ、追い剝ぎじゃないか」

上機嫌に声をたてて笑ってみせる。

「甘粕は、背負いきれないほどの過去を持った男だ。大杉のことなど、ほんの一部だろうよ。その男が、我と我が命の限りを自分から満州に賭けた。崖っぷちだとわかっていて、いや、わかっているからこそ敢えて身を乗り出す。そこから、大きく虚空に向かってジャンプする。吉と出るか、凶と出るか。どっちにしても、爪先に力を込めちまえば、もう取り返しなんてつかない。体は宙に浮いている。

そこが大事なのに、お前ときたら」

最後は、満田に向かって微笑んでいた。

「社長。片岡の奴、身ぐるみ脱いじまって、すってんてんになるんでしょうか」

「バカ言うな。あいつがすってんてんにならんようにしてやるのが、お前の役目じゃないか。こいつは〈内外・番外〉だってこと、忘れるな。内外海行って会社がいつも後ろにいるんだ。それが俺の夢なんだ。

しっかりしてくれよ、内外マリン・サービスの社長さん」

結局、部長クラスの半数以上が独立した。

「片岡さんも出た」

これが決め手だった。

満田が候補の部長に水を向けるときには、必ずそのせりふが満田の口から出た。出れば、言われるほうでは、「私もそうしたいのです」と言うことになる。

その種のミーティングのために、満田の部署にはパーティションが天井まで届く小さな部屋が新設された。部下たちは、ご丁寧に天井を突き抜けてビルの軀体にまでパーティションが届いているんだと噂しあった。ウチの社長はよほど大きな声を出すつもりらしい、なにせあれほどの防音装置が要るんだからな、とささやきあった。

独立を希望した者が次々と部屋に呼び込まれる。一対一のミーティングだ。希望を出していない者には決して声をかけない。あの男に言われたとおり、満田は大木弁護士に事前に相談したのだ。どうやれば良いのか、どうやってはいけないのか。すべて大木弁護士が教えてくれた。

プロジェクトの説明会は何回も開催された。まずその場で、毎回、実例として片岡のことが満田の口にのぼる。片岡と満田が入社以来の親友だということは、部長レベルの人間なら誰もが知っている。ブランド・ビジネスの最前線にいたことのない男、会社で出世の階段をひた走りに走ってきた管理畑の執行役員が、ゼロから新しい人生に挑戦したんだと、あの男が満田に憑依(のりうつり)でもしたように満田の口調は熱を帯びている。

回を重ねるごとに、とにかく満田の話を聞いてみようかという希望者が増えていった。

満田は、新しい希望者に個別に会う前に、いつもあの男に手短に報告する。忙しいあの男が、満田のその報告にだけは時間を割くのだ。

満田は、自分の部屋で候補者と会うと、冒頭に宣言することにしていた。

「君のことは、もう社長のお耳に達している。

俺が、君のために社長にお時間をいただいて、今日、君とミーティングすることを報告させていただいたんだ。とても喜んでいらした」

部長にまでなった男たちは、それだけで、思わず椅子に座っていた姿勢を改める。いつも、こうした言葉が交わされるときにはそうしてきたのだ。だから、会社という組織のなかで今の地位まで来ることができた男たちなのだ。

小さな部屋でのやり取りは、「わかりました」では決して終わらなかった。

満田が、「いやいやじゃないな。自分のほうからやりたいんだな」と確認する。黙っていたり、返事の声が小さいと、すかさず満田は、「嫌々独立しますっていうんじゃないな。自分のほうからやりたいんだな」ともう一度確認する。誰もが、今度は「はい、やりたいんです」と答えずにはおれない。すると、満田が、「そうだろう」と追い討ちをかける。

決心した人数が部長クラスの半分に達したとき、満田は片岡を夕食に誘った。いつもの赤坂の坂の中途にある焼鳥屋だった。片岡が会社を離れて、もう三カ月が経っていた。

「もう、ここは俺には贅沢だな」

遅れてきた片岡が、椅子に座っておしぼりを使いながら、独り言のように言った。

「どうしてだ？」

「はっはっ」

軽く笑うと、片岡は、

「丸裸のアントレプレナーには、無駄に使う金など一円もないってことさ」

上下の唇に力を入れると、小さく口を開いてつぶやいた。しみじみと自分に言い聞かせるような調子だった。

(後悔しているのか?)

満田の胸が痛んだ。

「だから、今日はお前のおごりだ」

打ってかわった、片岡の元気一杯の声だった。

満田は、自分の心配が外れていたらしいことに安心して、仕事の具合をたずねた。

「ああ、順調だ。ゼロからの出発だもの、なんでも順調さ」

「あの、営業二部の香川っていう青年、どうだい?」

香川翔太は、片岡が指名して内外海行の営業二部から片岡の新しい会社に出向していた。

「うれしそうにやってるよ。

どうしてなのかな。大きな組織っていうのは人を駄目にする。人の魂を鈍くて干からびたものにしてしまうようだ。

ウチは二人だからな。

『片岡さん、楽しいですね』っていうのが、香川君が一日の始まりに二人ミーティングでいつも口にする台詞だ。ちっぽけな会社の朝の儀式なんだ。

そいつを聞くと、俺も、『ああ、俺たちが日本人の心の形を決めているんだ。人の心っていうのは、ファッションを通じて、服の形になって、初めて外から見えるものになるんだからな』って、答えることにしている。

俺は本気だよ、満田。お前にわかってもらえるかどうか、わからんが」

満田は話題を変えることにした。これが聞きたくって「おごるよ」と言ってまで片岡を誘ったのだ。

まず、

「お前、今、どこに住んでるんだ？　もう、あの鶴川の家は出ちまったんだろう？」

とたずねた。

「ああ。あそこは彼女の家だ。そこで、今でも俺の二人の子どもと暮らしている。もちろん、彼女は母親だ。

俺は、学生用のマンションに投資していたのがあったから、そいつを確保して、そこに一人で住んでいる。幸いっていうのかどうか、空いていたんだ」

「え、なんだって」

満田が次の言葉を言い出す前に、片岡は、

「狭いから、なんとも快適至極だ。

まったく、投資用なんていって自分で住むつもりなんてこれっぽっちもなかったから、買う前にはろくに見もしなかったんだ。いやいや、最近の一人用マンションてのはよくできているな。風呂もトイレも冷蔵庫も、なにもかもが小さく使いやすくできていて、まるで幕の内弁当だよ。いや、いま風に言うとコンビニ弁当、ってとこか」

「ま、どうせ今のお前には家にいる時間なんてあまりないだろうしな。寝るだけのことなら広くても狭くても同じじか」

「とんでもない。この狭隘（きょうあい）なる猫の額空間こそ我が前線基地であり、弊社の戦略本部さ。パソコン一台に、商売のデータもすっぽり収まっている。なにもかも、だ。パソコンも、内外にいたときにはそれなりに使いこなしているつもりだったのが、やっぱり下の連中に頼っていたんだな。

一から自分でやってみると、エーッ、こんなことまでできるのか、っていう感じでな。ネットの検索も半端じゃない。

机兼テーブルの横には小さなベッドがある。

狭いから楽だ。体をちょっとずらしてそこに潜りこめば、横になってｉＰａｄだ。昔の映画をずいぶん観たぜ。

本が読みたくなれば、青空文庫で、無料（ただ）の読書三昧。万巻の書が小さな魔法の板切れのなかで俺を待っている。

朝飯だって二九〇円で和洋どちらもござい、だ。

まったく、俺はこれまでなにをしていたのかと思うよ」

饒舌だった。

満田には不思議な光景だった。ひょっとして、片岡が独立に失敗したとき、破産の憂き目をみてしまったときのために離婚したのかもしれない、夫婦二人の財産を債権者から守るための偽装離婚かもしれない、と疑っていたのだが、どうも違うらしい。

「で、奥さん、どうしてる？」

「え？」

満田の問いは、どうやら片岡には意外なようだった。

「奥さん、鶴川にいて幸せなのか」

「知らん」

「だって、気にならないのか？」

「ならないと言えば嘘になる。しかし、だからってどうしようもない。第一、俺は自分のことで忙しい」

「ふーん、そんなものか」

「ああ、そんなものだ」

片岡がそう答えるのを聞くと、満田は、右手のタバコの火を灰皿に叩きつけるようにしてもみ消した。その手でビールのグラスを掴むと口にあて、頭全体を後ろに傾けて一気に飲み干した。

20

千代田区一番町にあるマンションの最上階、ペントハウスをあの男は所有している。東を向いて床まで大きく開いた窓の外に皇居の緑が広がっていて、その向こう側には、はるかに丸の内の高層ビル群を望むことができる。東京ではこれ以上の場所はない。

その広々としたリビング・ダイニングで、あの男の朝ごはんが終わったばかりのところだった。

「慶子、ご亭主と別れてしまったみたいね」

テーブル越しに、あの男の妻が話しかけた。

「いつも、あんなにご亭主の自慢ばかりしていたのに。いったいどうしたのかしら。あなた、ご存知なんでしょう？」

あの男は、ここで妻と一人娘と暮らしている。出張でもしなければ、毎晩ここで眠るのだ。だが、出張は数多い。どれも自分で決める出張だ。

娘は、入ったばかりの大学へ朝早くから出ていってしまっていた。

目の前の妻は、アメリカン・ショートヘアの親子を二匹、膝に抱えていた。猫好きで、猫の写真がそこらじゅうに飾られている。自分の朝食は、娘と二人、とっくに済ませていた。

あの男が朝食を自宅でとることは平日には何度もない。それでも自宅で食べるときには、決まってフレッシュ・オレンジジュースに始まって、トーストと卵二つのハムエッグになる。妻の買ってきたヨーグルトがそえられて、季節の果物が並ぶ。今日は佐藤錦という名のリクランボだった。

「知らんね。

いや、片岡の奴が夫婦別れしたって話は聞いたさ。満田が部屋に飛びこんできて報告してくれたからな」

「慶子はあなたに言われたことがとってもショックだったみたいよ」

「おやおや、片岡の夫婦別れまで僕のせいになってしまうのか。別れるとなっても、女房ってやつは亭主大事で赤の他人が憎いってわけか。健気な女心だな」

あの男は、軽く鼻をならすと、手元の紅茶の飲みさしに手を伸ばした。紅茶は冷めてからが美味しいといつも言っている。朝は、イングリッシュ・ブレックファストを飲むことに決めている。ミルクも砂糖も入れない。

「あなた、慶子になんて言ったの？」

「なにも言わん。ただ、男っていうのはいつも渇いているもんだって、教えてやった。あんまり身勝手なんでな」

「そう、慶子、身勝手だったの」

「ああ、彼女からみれば亭主は彼女の人生のジグソーパズルのワン・ピースってことになる。ごちゃごちゃしてても、最後にはピッタリとはまるべきところにはまる。

そうかもしれん、彼女にしてみればな。それはそれで、わからんじゃない。

だがな、残念ながら亭主は女房とは別の生き物だ」

「そうね。

身勝手な、別の種類の動物。

よおく知っている」

「おい、僕は動物だなんて言わんぞ」

「でも、そういうことでしょ」

「ま、そういうことかな」

あの男は、テーブル越しに妻の手をとると、自分の手を重ねて、微笑みながら軽く叩いた。出かけるしるしだった。

「でも、慶子、けっこう楽しそうなのよ」

妻も椅子から立ち上がった。

「そりゃ、いいことだ。

なんにしても、誰であっても、心愉しいのは、いい」

あの男は、立ったまま、クリーニングから返ってきたワイシャツの透明な袋を両手で引きちぎった。

「誰もが、そこそこ豊かに暮らす。そいつはこの世の理想だ。その理想が、日本の一部では実現している。

だから、亭主がいなくなっても、別段困りはしない女もいる。

どっちにしたって、遅かれ早かれ亭主は先に死ぬものだ」

「またそんなこと。

慶子が言っていたわ、『美津江。あなたのご亭主も渇いているってことよ』って」

ネクタイを結ぶために顎を上に向けたまま、あの男は、

「僕は渇いている。いつも渇いている。

二十年前から、君が知っているとおりだよ。少しも変わらない。

今日も、その渇きを満たしに、外へ出かける。

あのタンタロスのように」

「タンタロス？

タンタロスって、あの水を飲もうとすると水が消えてしまう、かわいそうな人？

でも、みんなはあなたが支えてくれているから、安心して暮らしていける」

「おやおや、そうだったのか。

ありがとう。うれしいね」

あの男は、その朝も上機嫌で一番町のマンションをあとにした。

車は、内外海行とは反対の方向へ向かっていた。その日は、朝から、外での約束が入っていて直行することになっていたのだ。

取締役会だった。もちろん、自分の会社、内外海行の取締役会ではない。株式会社アストロ・データという、コンピュータ関係の会社だ。取引先だから、というわけではなかった。その創業者で社長の矢口紘太郎が友人で、個人的な関係から監査役を頼まれたのだ。

定例の取締役会は、第二火曜日の午前十時からと決まっていた。

アストロ・データ社には、あの男の他にも社外の監査役が二人いた。

「いやあ、小野さん、ますますお元気そうですね」

「多田さん、この間西部食品の三隅さんにお会いしましたら、多田さんの話が出ましてね」

といった挨拶を交わすと、出された緑茶に口をつける。

この取締役会が始まるまでの短い時間がこれほど楽しい会話の時間になるとは、監査役に就任する前には想像もできないことだった。

小野清は陸運の会社の会長をしていた。社長をしていたときには、業界の暴れん坊で通っていた男だ。あの男と小野は同じ歳だった。小さな体がエネルギーのかたまりのようだった。いつもワイシャツにネクタイなしの姿だった。

多田洋之助は不動産会社の相談役で、社長をしていたのはもうだいぶ以前のことになっていたが、業界のまとめ役として存在感は相変わらずだった。七十歳を遥かに超えていて、三人の中では一番の年長になる。背が高く細い体にいつも上品な背広とネクタイを着こなしていた。

そうした三人が、それぞれの間には直接何の関係もなかったのが、ただアストロ・データ社の社長である矢口とのそれぞれの個人的な関係で別々に口説かれて社外監査役になり、その結果、定期的にこの場に揃って座っているのだ。

「内外さんの、〈内外・番外プロジェクト〉、話題になってますね」

小野があの男の顔を覗きこむようにして、たずねた。

「そうそう。あれはなかなか面白い話だ」

多田が身を乗り出す。

三人のだれもが会社の経営に長い間たずさわってきたのだ。経営する者、その中でもトップを務めた経験があって初めてわかる思いが、三人の間に共有されている。その感覚が、自ずと互いの垣根を低くする。しかも、いっしょになって一つの会社、アストロ・データを守り立てる使命を共に負っているのだ。

「いやあ、恐れ入ります。

なんだか、妙な具合になってしまって。もともと、そんな世間の話題になるような、大げさなことなんかじゃないんですよ。

ただ、なんとか部下に人生の最後の花を咲かせてやりたくって、と申し上げたら少し変ですかね」

あの男は、控えめな態度ながらも率直に自分の思いを言葉にした。

多田がすぐに反応した。

「うらやましい。私もそいつが気になって気になって。

部下は、いわば戦友だ。大切にしてやりたい。

でも、私のしたことは、結局のところ子会社の役職をつくってそこに置いてやるくらいでした。

それも、時代の波で、今の社長には迷惑の種になってしまっているようですし」

小野が引き継いだ。

「でも、私たちっていうのは、そういうことを考えてばかりいるんですよね。

なのに、だれも理解しない。

社長なんて損な役回りです」

「まあ、こうやってお話しすると皆さんはわかってくださる。それだけでもありがたいし、うれしいことですよ」

「そろそろ時間ですので、取締役会のほうへ」

常勤監査役の男が声をかけたところで会話は途切れ、三人はそろって立ち上がった。

21

満田の携帯が鳴った。

片岡だった。

「ちょっと話、できるか」

「おう、カタオカ・コーポレーションの社長殿か。

がっぽり儲けているか？

今どこにいるんだい」

「いつものホテルのコーヒーショップだ。すぐ来てくれ、待ってる」

どうしたのか、片岡は声をひそませるようにしてささやきかけた。

ホテルには人影がまばらで、昼下がりのコーヒーショップでは、床まで届く大きなガラス越しに太陽の光がさんさんと差し込んでいた。馴染みのウエートレスが満田の姿に気づいて微笑む。満田は軽く会釈を返しながら、目で片岡を探した。隅っこに小さく座っていた。

満田が近づくと、

「すまん」

片岡は半ば腰をあげて、頭を下げた。これまでの長い付き合いで、こんな動作をしたことなど一度もなかった。

「どうしたんだ、オマエ」

そう言うと、満田は注文をとりに来た若いウエートレスを振り返って微笑みかける。

「あ、髪型変えたんだね。前の長いのも良かったけれど、今度の短いのもとっても素適だ」

と言ってから、

「失礼。おじさんがこんなこと言っちゃって。

えーと、ダージリンのセカンド・フラッシュ、今日は七分と一〇秒で頼むよ」

と注文した。

ウエートレスは、「わかりました」

とほんの少し首をかしげて一瞬だけ笑顔をつくった。すぐに仕事の顔に戻ると、

「四三〇秒、ですね」

と復唱してからスキップするような足取りで離れていった。

「いいねえ、若いってのは」

満田が言い終わる間もなく、片岡が口を開いた。喉の奥から絞りだすような声で、

「やられた。俺が馬鹿だからだ。

社長に申し訳ない」

そう言って、頭をがっくりと垂れた。左右の手の指がそれぞれの膝頭を握りしめている。

「え？」

満田が上半身を傾けて、小さな丸いガラス・テーブル越しに片岡の顔を覗きこむ。

「どうしたって？」

「香川の奴、とんでもないことをしていたんだ。

みんな俺のせいだ。俺が悪い。

社長に申し訳ない」

「なにがあったっていうんだ？」

満田が苛立った声をあげた。

「わかるように言ってくれ。

香川ってのは、オマエの会社の使いっぱしりだろうが。

それがどうしたって？」

「俺は知らなかったんだ。つい最近まで気づかないでいた。

初めから、そうだったんだ。あいつ、そのつもりで俺のところに入りこんできたんだ。

まったく、そんなこともわからないで、いったい俺は何十年もなにをしてきたっていうのか。

社長になんてお詫びしたらいいのか。いや、お詫びして済む話じゃない。すべて俺の責任だ」

「香川翔太ならウチからそちらに出している人間だ。そいつが悪事を働いたっていうことなら、こっちにも責任があるかもしれん。俺だって無事じゃ済まん。

話してみろ」

香川翔太は二十二歳で内外海行に入社し七年が経っていた男だった。その間、営業一筋で現場に張りついていた。片岡が、〈内外・番外プロジェクト〉に応募して独立し、自分の会社、カタオカ&コー・リミテッドを始めたとき、そこに加わった。みずから望んで、その一員に、と名乗り出てくれたのだ。

片岡にしてみれば、もちろん大歓迎だった。片岡にもっとも足りないところを補ってくれると思ったのだ。満田には自信満々に言ってはみたものの、自分に販売現場の体験が欠けていることはとても気になっていた。香川なら頼りになると信じた。それに、生まれつきの才能とでもいうのか天性なのか、とにかく業界に知り合いの多い男だった。貴重な人脈だった。

一七八センチと長身で、痩せていて、少しウエーブのかかった長い髪と青白い肌を自慢にしていた。

「日焼けって野蛮でカッコ悪いじゃないですか」

と言いながら、いつも糖分のない、純粋で透明な、緑色のビンに入っているフランス産のペリエを飲んでいた。眉が細くすっと伸びている下にやさしいつくりの目鼻がついていて、いかにも坊ちゃん育ちの性格の良さを感じさせた。内外海行の社内でも、独身の香川は、たくさんの若い女性の憧れの的のようなところがあった。

片岡と香川は二人で相談して、内外から「カンタリス」というブランドを持たしてもらうことにした。香川が担当しているブランドの中では比較的地味なほうだったが、そのほうが育て甲斐があります、という若い香川の意見に、片岡は頼もしいものすら感じたのだ。

「ところで、カンタリスってなんていう意味なんだい？」

片岡の質問に、香川はニヤリとして答えた。

「ボルジア家の秘薬の名前ですよ。少量なら催婬剤、大量なら毒薬、っていうしろものです。真っ白い粉末で、ほんのりと甘くて口にやさしい味がするんです。

でも、油断して一度にたくさん口にしてしまうと、一巻の終わりっていうことに」

「ああ、あのルネッサンス時代のチェーザレ・ボルジアの。

それにしても君、まるでその秘薬とやらを常用しているみたいな口調だね」

そう答えながら、片岡が、

「ま、実はブランドはなんでもいいんだ。いや、誤解しないでくれ、売れそうなのが良いに決まっている。でもね、僕は、ブランドっていうのを自分で育てたいと思っているんだよ。

それも、できればイタリアかスペインのブランドで、さしてさえないな、みたいなの。それを僕らが扱っているうちに、すぐにでなくてもいい、そのうちに、知らない間に人々がとりこになってる、っていうような。そういうのを僕なりに工夫してみたいんだ」

と続けると、香川は、

「そりゃ、社長が墓場から生き返ったときの話そのままじゃないですか。

知ってますよ、あの内外のフェニックス、不死鳥伝説。

南川丈太郎社長時代に、いまの社長が一度死んで、営三に運ばれて棺おけに寝かされて蓋までされていたのに、ガバって生き返ったっていういきさつ。僕らの憧れですもの。

えーっ、ていうことは、片岡さんて、すっごい野心家なんですね。

そうか、社長のやったことをもう一度繰り返してやろうっていうのか」

そこまでを満田に話したところで、片岡はコーヒーカップを取り上げて、薬でも飲むような手つきで口元に運んだ。

カップの中になにも残っていないと気づくと、照れ笑いを浮かべてカップを皿に戻し、唇をすぼめてみせた。

「それで、俺は香川と意気投合したってわけだ。

それからすぐだったな、香川が売掛の買取りの話を持ってきたのは」

片岡は自分のはまり込んでしまった落とし穴について満田に語り始めた。

片岡の話はこうだった。

香川の知り合いの商社の人間が、小売店への売掛を一千万円ばかり持っている。いや、三カ月もすれば現金になるのだが、すぐに現金にしたいのだという。九五％でいいとまで言っている。

それを買い取ってやれば、三カ月後には一千万がまるまる入ってきて、五〇万の儲けになるという話だった。

いったいどんな小売店かと問うと、心配はない、小売店が払わなくってもいいんです、その知り合いが、かならず次の買い手を探してくれる約束になっていますからと、香川はことなげに言った。

警戒した。むしろ、そんな話を真面目に取り上げている香川のことを心配したと言ったほうが当たっていたかもしれない。

しかし、片岡のその気持ちは、相手の勤めている商社の名前を聞いて、たちどころに消えてしまった。安心したのだ。内外の三倍はある、東証一部でも老舗で知られた会社の子会社だった。

それがどうして街キンに頼るような真似を？　と一応はたずねてみたが、それはそれ、どこにもその時々でそれなりの事情があるもんでしょう、それに、こうしたことはこの業界では案外よくあることなんですと香川に言われて、片岡は妙に納得してしまったのだ。金だった。損益計算書のボトムライン、利益が計上できるという思いがすべてを押しのけた。内外に金を出させた。片岡の言うことに誰も疑問を呈さなかった。

三カ月後、触れ込みどおりキチンと一千万が入って来た。九五〇万円が一千万円に化りたのだ。たった五〇万だったが、生まれたばかりの会社にしては出来過ぎなほどだった。片岡は、ふと倍々ゲームを想像したりもした。

「初めのやつは、ただの入り口だった。気がついたら、グルグル回っていたのさ、取引が。それも桁が一つ上がっていた。一年も経たないうちのことだ。

最後の話がババだった。

もともとそういう仕組みで、商社の奴らも香川もその一味だったらしい」

片岡は顔を伏せた。

「で、そのカンタリスってのはどうなったんだ?」

満田の言葉に、片岡が顔をバネ仕掛けのように上げた。

「あ、そっちか。

日本の若手デザイナーのテイストがとてもいいんだ。御沢健五っていってな。ミラノのほうも喜んでくれてる」

　そう言って、ため息をつきながらまた視線を落とした。

「でも、こんなんじゃ、もうどうにもならない。俺の店は終わりだ。俺も終わりだ。いや、俺のことなんかどうでもいい。社長に申し訳ない」

　満田は、驚いた。こうした馬鹿な事件を起こすとすれば、片岡ではなく自分のほうだった。焦げつきができて、眠れない夜を幾晩か過ごす。遂に思いあまって片岡のところへ相談に行く。すると片岡が、軽蔑しきったような台詞を口にしながらも、友達甲斐で、慣れた手つきでなんとか処理してくれる。満田にとって片岡はいつもそういう友人だった。

「おい、大木先生のところへ行こう。

社長からも困ったら大木弁護士に相談しろって、この〈内外・番外〉では初めっから言われている」

　満田は、片岡をなんとか助けてやりたかった。しかし、満田には知恵も金もなかった。途方にくれるしかない。

　大木弁護士ならなんとかしてくれる、そんな気がしたのだ。社長に直接言うよりも気が重くならないで済むという思いもあった。

　片岡は気乗りがしない様子だった。

「弁護士さんか。

そんなことより、俺はどうやって社長にお詫びしたらいいんだ。

そうだ、弁護士さんなんかに言う前に、とにかく社長にお詫びしなくっちゃ。

いや、お詫びなんて、どうやってみたって駄目だ。

ああ、どうにもならない」

以前の片岡ではなかった。

「内外本社の問題でもあるんだ」と言うと、片岡はしぶしぶうなずいた。満田は片岡を引きずるようにして、大木弁護士のところへ連れて行った。

二日後、満田はあの男の部屋にいた。

「満田、ごくろうだったな。

片岡には辛い経験だったろうが、なに、良い薬だよ。

大木の奴、

『ボルジアの秘薬じゃないが、ま、催婬剤で気持ち良くなったと思ったら、あっという間に体中に毒が回ったってわけだ』

そう言って笑っていた」

あの男は、妙に上機嫌だった。

「片岡の奴、大博打でスッテンテンになりました、とでもいって泣き声をあげるつもりか？　俺には未だなにも言ってこんが」

満田はなんと返せばいいのかわからなかった。仕方がないので、

「はっ、あいつは私が止めております。二言目には『社長に申し訳ない。お詫びしたいが、今の自分にはそれも叶わない』なんて、まるでうわごとのようでして。あんな男ではなかったんですが、とてもまともにご報告ができるような状態ではありません。

それで私が代わりまして」

と答えた。

「それが一番の薬さ。この瞬間をとことん味わうのが、最良の薬だ。人は火傷でしか学ばない。他人事ならうまく処理できる。それが自分のこととなると、もういけない。そんなものなんだな、人間てのは。

だから、俺も場合によっては弁護士に頼る。

大木だってわかるものか。涼しい顔をして弁護士をやっているが、自分の揉め事になったら地に足が着かないってことになるんじゃないか」

「まさか、大木先生ほどの方が」

「片岡執行役員ほどの方は、そうだったぞ」

そう言うと、あの男は顔から微笑を消した。

「満田、片岡にもう一度チャンスをやれ。金はマリン社で面倒見てやれ。

それから、香川って男はクビにしろ。

それにしても大した金を貢いだものだな。一億、全部ウチの会社の金だ。

若い奴だし、なんとか助けてやりたいが、許される一線を踏み外したな。動機に救いがない。

限界を超えているってことだ。そう大木も言っていた」

あの男はそこで言葉を切ると、満田に向かって意味ありげに微笑みかけた。

「金の使い道ってのが、俺にはどうにもわからん。

女に貢いだ、ブランドものの洋服を次々に買ってやった、宝石をせがまれたっていうのならわかる。いや、いかんことだが、あり得ることだ。

ところが、相手は男だっていうじゃないか。それも何人も。

男同士っていうのは、そんなに素晴らしいのかね。

俺にはわからん世界だが」

またしても、満田には返す言葉が見つからなかった。

「はっ、私もそちらのほうは」

それだけ言ってから、あの男に言われたことのうちで大事なほうに答えていないことに気づいた。

「片岡には、しっかりと火傷を負ってもらいます。本人のためですから」

「ああ。

片岡みたいに、人のあら捜しばかりで出世して自分の手で金を稼いだことのない奴は、こういうことを必要以上に大げさに取る。

金はなくなったのなら稼げばいい。取ったり取られたり。そうだろ。ビジネスは所詮そういうものでしかないってことが、あいつにはわかってない。

大事なのは、会社ってのは、一定の文化というか、カルチャーを持った人間の集まった組織だってことだ。今風に言えば環境ってことか。それぞれの色がある、ってことだ。真っ白で入ってきた人間が、それに染まる、染められる。染まりきれない奴は、大した仕事ができないで終わる。生まれたときからこの色だったって信じきれる奴は、楽しいサラリーマン人生だったってことになる。

内側にいる人間にとっては、なんともありがたいところだな。一種、母親の胎内だ。もちろん、時と場合によることだが。だからそんな組織じゃダメってことでもある」

あの男は一息おくと、窓の外に目をやった。それから、満田に視線を戻し、

「会社の人間が会社の金をドブに捨てたら、どうなるか。

捨てたのが誰か、そいつがふだんなにをしていたか、なんで捨てたのか。それによる。会社は、会社という組織にとって大事な人間を簡単には見捨てない。そいつをあの連中みなにわからせろ。会社の財産は、働く者の意欲と忠誠心だ。人の心と涙だ。片岡一人のための授業料じゃない。

〈内外・番外プロジェクト〉全体のための投資だ。会社が〈番外プロジェクト〉を学ぶために払うコストだ。

なあ、満田。片岡がこの次なにをしてみせるか、そいつが楽しみじゃないか。

今回のことの一連のなりゆきの一切が、横で見ている独立した元部長さんたちにどう映るか、その結果、なにがそいつらの一つひとつの心のなかで燃え出すか。

え、考えただけですごい話じゃないか。一億なんて、安いもんだ」

そこまで言い終わると、あの男は大きく息を吸った。首を左にひねり、ガラス窓越しに、目の下の広い道路に流れる車の群れを眺めている。

三十秒ほどの静寂のあと、あの男が満田に向き直った。

「満田よ。

片岡を先頭に、次々と蟻の行列が続くように内外を辞めて独立した連中のことを、いつもいつも考えていろ。連中は、今度のことでオマエがどうするか、必死の形相で見ているぞ。オマエの人生の時の時だ。器量が試される。つまり、オマエがなにものだったかの人生の総決算になる。

なんにしても人ってのは独りじゃ生きていけない。だから、会社がある、会社が要る。個人など存在しない。組織だけが存在する。

ただし、だ」

そこであの男はひと呼吸おいた。

「一度きり、だぞ。次は、ない。

誰がしでかしても、次はそいつに始末してもらう。どんな形にしても、な」

満田が頭を左右に振りながらあの男の部屋から出てきたのを、古堂房恵は見逃さなかった。左右の眉を強く引き寄せて、その間に深い皺が二重に刻まれていた。

古堂房恵の姿に気づくと、反射的に満田は眉の緊張をほどいて微笑んでみせようとした。しかし、すれ違ったときには眉間の皺が残っていて、ちぐはぐな表情のままだった。

22

「満田さん、すごい顔して私の前を通りすぎていったわ。なんだかかわいそうみたい」

房恵が、フレッシュハーブ・ティーをカップに注ぎながら、あの男に聞かせるともなく、つぶやいた。あの男のほうにそっと押しやったジノリのカップには、紫色のプルーンが一つ、サクランボのように双子の形につながって描かれている。

夜の門前仲町には、もう秋の気配が満ちていた。開け放った窓からは、遠くから、近くから、虫の音がしのびこんでくる。房恵は、首まであるオレンジがかったレンガ色の薄手のセーターを着ていた。あの男は、ざっくりとした編み目の、生成りのコーマ綿のカーディガンをはおっている。どちらも、夏の終わりに二人で銀座に出かけたおりに、お気に入りの銀座オサダで買ったものだ。暑い暑い夏の夕刻だった。あの時には、「こんなもの買っても着る時なんて永遠に来ないかもね」と言葉を交わし合った。

「房恵、あのシュークリームの美味しい店、また二人で行ってみたいなあ。

なんていったっけ、あそこ、名前。確かフランスのお酒の名前だったじゃないか。なんか、シャンパンか何かからとったような。シャンパンじゃなくてブランデーだっけか？」

あの男は、房恵の言ったことにはなにひとつ注意を払っていない。

そのくせ、房恵の顔に店の名前が書かれてでもいるかのように、顔を見つめたまましゃべりつづける。

「ほら、とっても大きなイチゴを使った、一種デフォルメしたみたいなシュークリームを出す店だよ。

うん、えーと、ほら、ナポレオンじゃなくって、ほら。

クルボアジェ？　いや、そいつはむかし広尾にあった店の名前だ」

房恵は、こっそりと小さなため息をもらすと、微笑みを浮かべてから、

「ドン・ペリニヨンて言いたいんでしょ、シャンパンの。

でも、シュークリームじゃなくってショートケーキ」

と答える。

「シュークリームとはなにか。その時、その場で、僕が勝手に定義するのさ。

今の僕にとっては、シュークリームという言葉はショートケーキをも含んだ意味だってこと。

だって、現に君、僕の言った意味がわかったじゃないか」

あの男は、頭ごなしにそう言ってから、

「とにかく、そのドンペリ。そうだ、ブランデーじゃなくってシャンパンだったんだ、やっぱりな。

あそこの生クリームが食べたい。

ふっくらと、どうやってつくるのか、最も適当な量の空気と生クリームを絶妙に混ぜ合わせてある。イチゴといっしょに生クリームを口に入れると、イチゴのほんの少し酸っぱい味と生クリームの柔らかくてふんわりとした甘さが口のなかで交じり合って、数秒間の天国状態が脳全体に溢れ、沁みわたる。

で、もう一口、もう一口、ってわけだ」

唇を突き出すようにして、その時を思い出しながら房恵に話しかける。

房恵は、シュークリームとショートケーキの違いには少しもこだわらない。

「さあ、どうかしら。

神野先生がなんておっしゃるか」

神野というのは、あの男が定期的に通っている医師の名だ。

「ふふん、僕は、自分が食べたければなんでも食べるのさ」

「でも、食べれば食べただけ身に付くことになります。

『血圧が問題です』って、いつも神野先生がおっしゃってます。

諸悪の根源は、体重なんです」

「わかっているさ、わかってる。

でも、僕はドン・ペリニヨンのシュークリームが食べたい」

「はいはい、では今度の土曜日に」

「初めっからそう素直に、やさしく言ってくれりゃいいのに。

あの店行ったら、一番奥の席が空いてるといいね。

そんなこと言ってても、この僕は、土曜日になったらもうすっかり忘れてしまってるかもしれない。

なにしろ、店の名前も、ショートケーキとシュークリームの違いもわからないんだから。

君、ちゃんとおぼえていてね」

「わかりましたよ。土曜日にドン・ペリニヨンへ行って、シュークリーム、じゃなかった、ショートケーキを食べるんですね」

「ああ、ショートケーキさ。忘れちゃいやだぜ」

「だいじょうぶです」

「きっとだよ」

こうした、折々の古堂房恵との芝居じみたやり取りは、あの男の秘かな愉しみの一つだった。

「つまるところ、そいつは僕の人生の大切な一部だ。

人は人との関係で生きる。もし生きている瞬間があるとすれば、そこにある。そこにしかない。

こうした時間が流れて、僕はいずれ消える。

僕が消えても、君は残る。残った君は、ときどき僕のことを思い出してくれる。だから、君が生きているかぎり、僕も生きている。

でも、君が消えれば、君の心のなかの僕も消える。つまり、僕はこの世から完全に消滅する」

「あなたが内外海行を発展させるために注ぎ込んだ日々は、人々の記憶から消えない。

そうやってあなたがつくりあげた内外海行っていう会社は、決してなくならない。会社は永遠の存在、ゴーイング・コンサーンだから、そもそも人間とは違うんだって、いつもおっしゃっていること」

「そう。

でも、内外は僕が創ったわけではない。

僕はオヤジから、柄にもなくトーチを無理やり渡されて、なにがなんだかわからずに走りだした。まるでオリンピックの聖火リレーに迷いこんだ具合さ。なんとか火が消えないように、雨の日も風の日も、必死だった。火の粉がかかってきて、そりゃえらい目に遭ったりして大変。でも滑稽なほど真面目に、一生懸命に」

「自分でもかわいそうなくらい、ね？」

「ま、そうでもないがね。もともと、僕の人生にゃ、オヤジに言われた松明運びの仕事のほかに、やることなんてありゃしない」

「お気の毒なのは、満田さん」

「いや、あいつは幸運だよ。あいつは今、あいつの人生の時の時を生きている。この間のあいつのせりふ、聞かせたかったよ」

「時の時？」

「ああ、性行為の時のなかでも最高の時、みたいな時のことだ。君にはわかるはずだ」

あの男は両手を伸ばして、小さな赤いテーブルからカップを皿ごと取り上げて、口元に運んだ。

「ああ、レモングラス」

一口すすってカップを皿に戻すと、皿ごと左の手の平で支えている。

「ハーブ・ティーは、フレッシュでなきゃハーブ・ティーじゃないな、まったく。なんて素適な香りなんだ。この、ポットからはみだしているレモングラスの緑を見ると、二十年前のロサンゼルスを思い出す。ガラス張りの外観のホテルで、ルームサービスを頼んだんだ」

そう言いながら、あの男は、手の平に皿を残したまま、カップの取っ手に右手の人差し指をとおすと親指と中指ではさんで唇に寄せた。

「満田は、ブランド子会社の社長連中を集めて、こう言ってくれたそうだ。

『会社は、なにかをやって失敗してしまった皆さんを、なにもやらずに居食いをしていただけの皆さんの何倍も評価します。

転がっていなければ、石には苔が生えてくる。いつも回転していること、これがなによりも大事です。

石が転がってなにかに衝突してしまっても大丈夫。会社はいつも皆さんの隣に立っています。お手伝いしようと待ち構えています。

安心して、いつまでも、どこまでも、駆け抜けてください』

満田の奴、千両役者だな」

「そう。満田さんがねえ」

「〈内外・番外〉で一番張り切っているのは、あいつかもしれん。

人は、おのれの居るべき場所に居ると信じきれるのが最大の幸福だ。

たとえそれが墓場でも、な」

あの男の顔に、いかにもうれしそうな微笑が浮かんでいた。視線は窓のずっと外、はるか遠くの暗いところに注がれている。

「なあ、房恵。

会社ってのは、そんなものじゃないのか。そうでなくっちゃ、いけないんじゃないのか」

「え？　なに？」

房恵は、自分には意味がわからない時には、少しもそのことを隠そうとしない。

「誰もが、会社のために働いて、それで給料をもらう。

たまたま入った会社にすぎない。そのとおり。

だが、そこでは一人ひとり、期待されている役がある。その役をキチンと務めると給料をくれる。

これってすごいことだと思わないか。

世の中全体がそいつの価値を認めてるってことなんだよ。なぜなら、会社は世の中の一部だから。

大事なのは、房恵、金のやり取りがあるってことだ。命の次に大事な金を会社は渡す。社員はもらう。

そこには等価のやり取りしかない。あり得ない。貸しも借りもない。恩恵も施しもない。

だから、会社で働いている人間は、自分は世の中と対等だと信じることができる。広い世間に、自分の脚で立っている。自分の力だけを頼りに、と思うことができるんだ」

「みんな、月給が安過ぎるっていつも文句ばっかり言ってるわよ」

「でも、他に行く奴はほとんどいない」

あの男が勝ち誇ったように言った。

「そう。他へ行きたくっても、行くところなんかありゃしないもの」

「そうか。本当にそうか」

あの男の声が熱を帯びていた。

「僕は違うと思う。

みんな、本当は自分の会社が好きなんだ。

だって、そこは自分の価値がお金という形になって目に見える場所なんだから。自分が広い世の中と対等に張り合ってるって実感させてくれるところなんだから」

「でも、大部分の人は、それがわかっていない」

「そうか？

もしそうなら、そいつは社長のせいだ。

社長が、会社ってものの意味をわかっていないからだ。

会社は、人が働くためにある。利益を株主に配当するためなんかにあるんじゃない。働いた人間に、約束したとおりに金を払うために存在している。その他は、株主を含めて、付録さ」

「怪気炎ね」

「ああ、そうだ。見ず知らずの、明日は株主かどうかもわからない、株価が上がればさっさと売っぱらっちまうような連中なんかに、誰がおのれの人生を賭けるものか」

「それはそうだけど。でも、あなたの言っていることは、今の時代にはユニークね」

房恵は、あらためて目の前の男の顔をしみじみと眺めた。四角く張った顎と細く糸を引いたような眼、あの日のあの顔だった。

あの男は房恵の視線にはかまわず、続けた。

「僕の考えは、僕が自分の体験とこの頭で行き着いたものだ。お手軽な貸衣装なんかじゃない。

漱石が言っている。私の考えは、今の人とは違ったところがあるかも知れません。でも、どう間違っても、私自身のもので、間に合わせに借りた損料着ではありません、てね。『こころ』の先生の言葉だ。

いいか、会社は働く人間が人生の喜びを感じるためにあるんだ。

働いて、それ相応の給料をもらう。そのたびに、ああ自分は世の中と対峙しているな、誰にも借りがないな、けっこう大したもんだな、って信じることができる。その瞬間に、人は自分への強い尊敬心を感じるんだ。自尊心てやつだ。自立している自分への自尊心。

その自尊心からしか、人生の生き甲斐ってものは湧きあがってこない。人の世に生まれてきた喜びってものは出てこない」

房恵が、

「女性は違うと思うけど」

と言葉をはさむと、あの男は一瞬黙り込んだ。

「そうだな。そうだ。

女性か。女性は子どもを生むっていう、僕にはわからない世界がもう一つあるからなあ」

「私にもわからない世界」

房恵が付け足すように小声で言った。

あの男は、房恵の声をさえぎって、きっぱりと言った。

「僕の言っていることは、世の中の多くの働く男女にとって、意味のあることだと思う。意味のあることにする責任が、組織というものにはある。多くの人の上に立っている人間は、そのために生きている。

　僕の言っていることは働く人間の話だ。働くには体が弱い人、高齢の人なんかには確かにあてはまらない」

「そう。あなたは人々のためにいっぱい貢献している。

　これからだってそうでしょ、あなたがいなければ、内外海行の業績はどうなるかわからない。もし業績が落ちれば、人を減らすっていうことにもなりかねない。

　本当は、今でもしがみついているだけの人もいる。

　あなたが内外を支えているから、内外の社員の職場は守られている。いえ、これから先、もっともっと仲間が増えるかもしれない」

「そいつはどうかな。

　でも、内外海行って会社では、それぞれが持ち場を大事にしているってことだけは確かだと思っているよ」

「いいえ、私は知っているの。南川が教えてくれたの。

『社長次第で会社は天と地の違いがある。会社のすべてが社長によって良くもなれば悪くもなる』。南川はそう言っていたわ。

だから南川はあなたを社長に選んだのね」

あの男の顔に、照れるような笑いが浮かんだ。

「買いかぶりだな。

僕のしたことは、なんどもいうけれど、オヤジが僕に無理やり握らせたタイマツを持って、闇のなかを突っ走っただけ。無我夢中で五里霧中だ。なーんにもわかっちゃいないのさ。

オヤジだよ、すべてオヤジ」

房恵が大きくうなずく。

「でも、そのタイマツ、トーチは、本物の聖火リレーのトーチだったのよ。

南川は、私にこうも言ったわ。

『馬鹿な社長は、知らないうちにたくさんの人殺しをすることになる』

だから、あなたしかいなかった。

あなたの前の社長、小関さん、知らないうちにどれだけの人を殺してしまったことか。

南川丈太郎という男が、そのためにどれほどひどく傷つき、後悔し、身も世もない思いをしたことか。

南川は私にはなにも言わなかった。でも、私はわかっていた。ずっといっしょに興津にいたのだもの」

「そうだったな。

君は興津にオヤジといた。

僕はそのことに嫉妬する。ずっと嫉妬している。いやになるほどに嫉妬している」

第六章　あの男の正体（ハラワタ）

23

「私、奈良へ帰ろうかと思っているの」

あの男が、門前仲町の小さなマンションに出入りするようになって、もう八年の年月が経っていた。東京の乾いた寒さが、また巡ってきている。五十九歳だったあの男は六十七歳に、四十三歳だった古堂房恵は五十一歳になっていた。

一人用の狭いベッドでの行為が終わると、当然のようにあの男が先にシャワーを浴びる。浴び終わると、いつもの儀式が始まる。

まず、厚手の白いバスローブで、裸の全身を濡れたまますっぽりと包みこむ。バラの香りが漂う。入れ替わりに、房恵が浴室に飛び込む。扉を閉めていても、勢いのよい水音は外へもれださずにはいない。あの男のほうはといえば、両手でバスローブのひもを器用に結びながら、台所へ大またで歩いて行く。

冷蔵庫を開けて左の扉裏に入っているペットボトルを取り出すのだ。ゲロルシュタイナーという名のドイツの天然炭酸水が、決まった場所に置かれている。ペットボトルを左手に握って後ろを振り向くと、右手を思い切り上に伸ばして棚から大ぶりのグラスを取り出す。蓋をひねりとって、勢いよく注ぐと泡が溢れるようにはじけるが、すぐにおさまってしまう。

「人生かくの如し」

毎度、あの男はそうつぶやく。

グラスをつかんで戻ると、小さな赤いテーブルの前にどっかりと座りこんで、一口する。すぐに房恵が狭い浴室から出てくる。出てくれば、「あー、さっぱりした」と言って、ぴったりと隣にくっついて座わる。「いい？」と一声かけて、グラスに残った炭酸水を口にふくむ。

だが、この夜は、ほんの少し違った。房恵は大きなブルーのバスタオルを使いながら、なんでもないことでも話すような調子で、立ったまま、あの男の後ろから声をかけたのだ。

「父がもう独りでは暮らせそうにないみたい。

だって、もう八十七歳ですものね。今まで放り出していて、私、悪い娘」

「え、君にはお兄さんがいたんじゃなかったっけ。確か、奈良に住んでいたろう」

「ええ。でも、もういないの。兄は死んでしまったから」

あの男がグラスを房恵に差し出す。

「そうだった、そうだった。

君のお兄さんは、気の毒なことだったね。まだお若かったのに。

おいくつだったっけ？」

立ったままグラスの炭酸水を口いっぱいにふくんだ房恵が、飲み込む動作に一瞬の時間をとられる。

「四十八よ。馬鹿な男」

思い出しものでもするように、言葉がとぎれた。微笑みを取り戻して、グラスをあの男に返す。

「自殺は決して馬鹿なことじゃない。君のお兄さんは、彼の人生を生き、自分で終わりの時期を選択し、準備したということだ。

二千年前、ローマにいた哲学者のキケロは言っている。『哲学者の生涯は、全て死への準備に過ぎない』って。

お兄さんの一生は、それなりの完結した人生ということじゃないのかな。僕はそう思うよ。むしろ、立派かもしれない」

「ありがとう。でも、妹には馬鹿な兄でしかないわ。

妻と子どもがあって、立派な仕事があって、それなのに妻以外の女と心中してしまうなんて」

房恵がバスタオルを体にきつく巻きつけると上端を胸に挟みこみ、あの男の左横に座った。

「とにかく、私、奈良に帰らなくっちゃいけない。

誰もいないんですもの」

「お父さんは、施設に入ったほうが幸せではないのかい？」

「それができない人だから、今までも独りでなにもかもしていたのよ。

そういう人」

「でも、自分の体が動かなくなったのだから、そういう贅沢とはおさらばするしかないって
ことじゃないのかい？」

「え、ゼイタク？

八十七歳の男が、独りで煮炊きをし、洗濯も掃除もこなすことが贅沢なの？」

「ああ、そのとおり。その年齢でそんな生活ができるなんて、神に選ばれた人間だというな
によりの証拠さ。

でも、それもここまでだったということだ」

「そんなふうに考えたこと、なかった。あなた、変わっているわね」

「そうかい」

あの男が、房恵に向かって微笑んでみせる。房恵もつりこまれたように微笑み返した。

「施設とは、だいぶ前に契約して、毎月のお金も払ってあるの。でも、父は頑固に独りがい

いって」

「そうだった。そうしたんだった。

でも、独りで生きていたい、っていう君のお父さんの気持ち、わかるなあ」

「母が生きていれば、なにもかも違ったんだけど」

房恵は、こう言いながらその場で立ち上がった。

「お茶でも飲みます？　なにがいい？」

「紅茶。リーフルダージリンハウスで買ってきてくれたアールグレー・クラシック。温かい、手の平からも体の内側からも、生きている喜びがしみじみと伝わってくるような」

「ふふっ」

今度は声に出して笑うと、房恵はおそろいのバスローブ姿で台所へ向かった。

台所から、少し大きな声で、

「だから、ここも手放してしまおうかと思っているのよ」

と、リビングにいるあの男に向かって話しかけた。

「えっ、どうして」

あの男は、とまどったように答えると黙り込んでしまった。

房恵が春慶塗りの盆に、ティーポットとカップ二つを載せて戻ってくる。水色のウェッジウッドだった。赤い小さなテーブルの上に盆ごとゆっくりと置くと、今度はあの男の向かいに座った。ポットの横にピンクのタイマーが添えてあって、デジタルの文字が六分三十七秒を指している。残り時間だ。

「どうして、行ってしまうの？」

あの男が、タイマーの数字を見つめながらたずねた。

「父親孝行の真似ごとがしてみたい。いつ死んでしまうかわからないし、もう最後のチャンスでしょう。だから」

「だからって」

あの男の両手は、テーブルを押さえたまま動かない。目は間断ない数字の動きを見つめている。

房恵が、タイマーをつまむと盆の上で置きなおした。残り時間は五分を切っていた。

「あなたと会えなくなってしまうのは悲しい。でも、私、時間がないの」

「そうか。そうだね」

「この間、あなた、『嫉妬している、いやになるほどに嫉妬している』って言ったでしょう。私、考えたの、どうして私は嫉妬していないのかしら、って」

話しながらまたタイマーに触って、してはならないことでもしてしまったように、慌てて元の位置に戻した。

「私、あなたが南川と私のこと嫉妬しているなんて、考えたこともなかった。だってそうでしょう、あの人がいたから私たち、今、こうしているんですもの。

でも、あなたは『僕はそのことに嫉妬する』って」

「そうだ。ここでこうしていても、オヤジが天井の隅から僕たち二人を眺めているのがわかる。オヤジは、いつもニコニコして、僕らを見ているんだ。シャワーを浴びる前の二人のときだってそうだ。僕には、オヤジの視線が君を刺し貫いていたのが見えていた」

「いやだ、変なこと言わないで」

「変じゃないさ。オヤジはいつも僕らといっしょにいる。僕らはオヤジから離れるなんてことはできっこない。そういう運命だと思っている」

タイマーがけたたましく鳴った。

あの男の太い指先がタイマーの隅にある真四角のボタンを押して音を止める。房恵がカップを引き寄せると、ポットを取り上げてゆっくりと注ぎ始めた。紅茶がカップに注がれてゆく音が、静かな夜の空間に遠慮がちに響いた。

「変」

「変じゃないさ。今言ったじゃないか」

「ううん、そのことじゃないの。

どうして私はあなたに嫉妬していないのか、って思ったの。

変よね、私って。

あなたにも、あなたの奥さんにも嫉妬していない。

あなたは、こうしていても、あと数時間もしないうちに奥さんの待っている一番町のマンションに帰ってしまう。私は、ここに独りだけになる。いつもそう」

「オヤジのときもそうだった。表参道のマンションから元麻布の森の中に戻って、毎晩オヤジはそこで眠っていた。君は、ここで眠っていた。独りきり。

でも、興津ではそうではなかった。君はいつもオヤジの横にいた。

その三年間のことを思うと、僕は堪らなくなる。狂ってしまいそうなほど、嫉妬している」

そう言いながら、あの男は天井の隅にまた目をやった。重ねた両手の平の上で、注がれた紅茶が紅く揺れながらふんわりと湯気をあげていた。

「君は、本当は嫉妬しているんだ。嫉妬していないと思っているだけ」

口を開こうとする房恵を押しとどめて、あの男は続けた。

「それとも、僕が嫉妬深いだけで、人はそれぞれに違うのだろうか？　人は誰でも嫉妬に悶えて苦しむものではないのだろうか。

僕はこれまでの人生、なにもかもに嫉妬して、嫉妬の塊になって亡霊のように生きてきた気がする。

今また、僕の手の中から宝物がこぼれおちようとしている。かけがえのない、大切な、掌中の珠なのに。

大事に大事にしてきたのに」

房恵は、黙ってあの男の言うことを聞いていた。目の前、テーブルの上にカップを置き、ときどきカップを手に取ると口元に運ぶ。唇を尖らせて、軽く息を吹いて湯気を払うと少しだけ飲み込む。その動作を繰り返しながら、目はあの男の瞳の奥を探るように覗き込んでいた。

「君は奈良に行くという。お父さんの面倒をみるからだという。

僕には、反対することができない。僕にそんな資格があるはずもない」

「わかっているわ、あなたが反対しないこと」

「いつから考え始めたの？」

「最近のこと。

休みをとって奈良へ戻ったでしょう。おぼえていないかもしれないけれど」

「おぼえているさ！」

　思いがけないほどの大声だった。

「ありがとう。

　あのとき、父親をあらためて施設に連れて行ってみたの。でも、駄目だった。なじまないのね、たくさんの人といっしょにいることができないの。

　そのくせ、言うのよ、『おまえ、自分の人生を大事にしなくっちゃいけないよ』なんて。じゃあ、動くこともままならない父親をどうしろっていうの」

「だから、君のお兄さんは馬鹿じゃない」

「えっ、そういう意味だったの」

「そうではない。そうではないが、君の父親の話は、僕にとって他人ごとではないからね。

　僕もいずれそうなる」

「あなたには奥さんがいるでしょう。若い奥さん」

「ああ、君と同じ年齢のね」

「美津江は幸せ。素晴らしいご亭主も子どももいて」

「それに、門前仲町ではなくて一番町に自宅がある。広いペントハウスだ」

「そうね。でも、私はこの家がとっても気に入っている」

「誰も同じだ。人生は取り替えのきくジグソー・パズルじゃない。門前仲町よりも一番町のほうがマンションの値段が高いからって、朝、門前仲町の自宅を出て、夜には一番町の新しい自宅に帰るなんてことはできない。

もっと言おうか」

「聞きたくない。でも、話して」

「会社は株価が一番大事なんて言っている連中の腹の中にあることとさ。我と我が能力を誇示している人たちのことだ。

いいかい、朝、格付けがＢＢ（ダブルビー）でしかない門前仲町の妻とキッスして出かけた男は、一日必死に働いて自分のマーケット・プライスを上げなきゃいかんのだ。

もし、成功すれば、意気揚々として、夜になると、門前仲町の女房なんかよりずっと世間の評価の高い女性、たとえばもっと美人の女性かな、そうしたＡＡ（ダブルエー）格付けクラスの女性の待っている一番町の新居に帰ることができるっていうことだ。どちらも、その日の男の働き次第で決まる。下手をすれば、独りでカプセル・ホテルで膝小僧をかかえて眠ることになるかもしれんがね。

新しい自宅とそこで待つトロフィー・ワイフ。目に見える成功の対価だ」

「トロフィー・ワイフ？」

「ああ。人生の勝利者が、若くて美しい妻を誇示するのさ」

「勝利者は若くない男？」

「ああ。苦労の果て、さ」

「かわいそう」

「夕方にその一日の決算を締めるまで、その日に帰る家も、そこで待っている妻も決まらないってことでもある。この世では、原因より先に結果は出ないものだからな」

「変な話」

「そうさ。そんなことが人間にとって望ましいことだって思うかい？

その発想でいけば、できりゃ、子どもも偏差値の高い学校に通っているAAA(トリプルエー)格付けのに入れ替わっていれば、もっと理想的だってことになる。

そんなことは、人にはあり得ない、人の生きる道ではない」

「私、似た人なら一人知っているけど」

「もし僕のことなら、違う」

「そう？」

「そうさ。

君は僕を知らない。

僕は、好きでこうしているわけではない。

いや、反対だ。

好きだから、こうしているんだ。特定の女性を好きになってしまったから、こうする他なくなってしまった」

「自分のせいではない。目の前に現れた女のせいだ、っていうこと？」

「少なくとも、僕の場合はそうだ。その女が僕の心をつかんだ。

女にも迷惑な話だが、心をつかまれてしまった僕にも迷惑な話さ。でも、自分ではどうにもならない。人は自分の人生を自分で決めることはできない。

キューピッドの矢は、奴が勝手に狙いを定める。的のほうでは何もわからない。ただボーッとしていると、突然、胸にちくりと痛みが走るだけだ」

「キューピッドはどちらの胸を射たの？」

「僕さ。だから、僕は敢えて自分からそいつを選びとってやるのさ。自分の運命を、この手に握りしめたいからね。

なぜなら、それが僕の人生の中身であることを、この僕自身が望むからだ。与えられるのではない、それがどんなものであっても、我と我が手で掴むんだ。

なぜって、そうやって掴みとったものこそが僕の正体(ハラワタ)だからだ。

もっとも、もし正体(ハラワタ)ってものがあるとすればの話だがね」

「ふーん。

私がいなくなっても、あなたは少しも変わらない生活を送るっていうことみたいね。

それが、ちょっとだけ、くやしい。

これ、嫉妬かしら？」

24

社長室に朝の光が、低く、長く、差し込んでいた。

「おはようございます」

「おはよう」

いつもの朝のやりとりだった。この朝にも、同じことが繰り返された。まず古堂房恵があいさつをして、あの男が答える。だれが聞いても、社長と古参の秘書とのやり取りでしかない。

あの男が会社にやってくると、誰よりも先に、房恵が熱いコーヒーをささげもって社長室に入るのだ。他の秘書は誰一人、古堂房恵が休みをとった日の朝でもなければ、この役を務めることはない。あの男は、自分の机の前に座って書類を読みながら、一瞬だけ目を上げ、房恵を見る。だが、すぐに紙に戻す。パソコンの画面に見入っていて、声だけで顔を上げないこともある。

十年間、少しも変わらない。

（ところで、いつ奈良へ行くの？）

あの男の口からは、あのことをたずねる言葉は出てこない。

むっつりと押し黙って、卓上におかれた香蘭社のコーヒーカップを右手親指と人差し指だけでつまみあげると、ゆっくりと口に運ぶ。カップの表面では、真っ白な地にピンクのカトレアの花びらが何枚も大きく開いている。いまにも動き出して、なにもかもそのなかに包み込んでしまいそうだ。

「ああ、美味しい」

感に堪えないように大きく息を吸い込むと、カップから唇を離す。誰に聞かせるともない、そっと自分の頭の内側にむかってささやきかけるような声だ。

「今朝のコーヒーは格別に美味しいんだ。どうしてだろう？」

今度は、目の前の房恵に問いかける。部屋のなかには、机のこちらとあちらと、二人しかいない。

「別に、とくにわけなんてございません。いつもと同じです」

後ろに下がりかけていた房恵が、小さくて薄い朱塗りの盆を縦にかかえこんだまま、ほんの少しだけ振り返って答えると、そのままドアのほうへ歩いてゆく。

あの男は、もう一度、コーヒーカップに手を伸ばす。口元に運びながら、

「あれ、その淡いブルーのスーツは、どのブランドだっけ？　記憶にあるぞ」

と問いかけた。だが、あの男の声が届かなかったのか、房恵は背を向けたままドアを開け、その場で振りむくと、目もあげず一礼して出ていってしまった。

房恵が身に着けていたのは、〈マリー＝ルイーズ・オミュルフィ〉の青だった。

〈マリー＝ルイーズ・オミュルフィ〉というのは、ミラノのブランドの名前だ。内外海行が取り扱うようになって久しい。ルイ十五世のために、ポンパドゥール夫人がつくった鹿の園という名の娼館に招きいれられた十五歳の少女、マリー＝ルイーズの名に由来する。マリー＝ルイーズは、フランソワ・ブーシェが描いた『黄金のオダリスク』という絵のモデルだった。

絵のなかでは、全裸で寝椅子にうつ伏せに横たわり、上半身を上げて顔が画面の左外側を見ている。両脚は大きく広げられ、片方が羽毛のクッションに乗っている。豊満な肉体とは

反対にどこか幼さを残した少女の姿だ。ドイツのケルン市にある。

鹿の園でルイ十五世の子どもを二人も授かり、最後には七十七歳で天寿を全うした。四十三歳で死んでしまったポンパドゥール夫人とのなんという違い。そういえば、その少女の名前をブランドに使ってみせたのはフランスではなくイタリアの男だった。

ブランドとしてはほんの短い盛りが日本であって、すぐにしなびてしまって埋葬されていた。あの男が墓場から拾い上げて、命の息吹きを再び吹き込んでやって生き返らせたのだ。〈カリグラ・デ・ローマ〉という名のブランドの次の次だった。

もう、十年前どころではない。

あの男は、椅子のレバーを押さえて背もたれを倒し、ゆったりと後ろに寄りかかる。目が窓の外になげられ、雲を探す。はるか遠くで雲がちぎれて、二つにわかれて流れてゆくのを見つけると、目を離さない。大きなのと小さなのと、どちらもほとんど同時にすーっと青い空に広がって、消えてゆく。

あの男には、今朝のコーヒーがことさらに美味しく感じられる理由がわかっていた。房恵を見る目がもう末期（まつご）の目になっているのだ。

房恵は、ドアを後ろ手に閉めると、ドアのすぐ外側に立ち止まった。

その前、あの男が呼びかける声は聞こえていた。あの男の思い出しかけたとおり、〈マリー＝ルイーズ・オミュルフィ〉の青を着ていたのだ。

ずっと以前、あの男が、房恵がこの服を着ているのを見て、

「ああ、やっぱり〈マリー＝ルイーズ・オミュルフィ〉だったのか。懐かしいな。そいつ、ブルーが一番いいんだよ。あなたはよくわかっているんだね」

そう言ってくれた時を思い出していた。

初めて二人で食事をした夜だった。あの男が、「僕の横にいてほしい」と房恵にすがるようにささやいた日のことだ。ホテル・オークラの本館のすぐ手前の、それと言われなければ気づきもしないほどひっそりと隠れた細い道を入った先にある、松川という名の小さな和食の店でのことだった。

まだ十年にもならない。

昨日までの房恵なら、あの男の声がすれば、どんなにかすかな声でもすぐに振り向いただろう。

でも、あの男には、「どのブランドだったっけ？　記憶にあるぞ」などとは言ってほしくなかった。あの男が、すたれてしまったのを再発見して手塩にかけて再び生き返らせてやったのだ。あの時あの男にとって生きている証しだったのだ。忘れてしまうなどということは、あり得ないはずだった。

今朝のあの男は、見知らぬ風景、なにもかもすっかり一変してしまった場所、昔、故郷と呼んだことのあるところ、そこへ、長い旅から戻ってきて独りでたたずんでいる、とでもいう顔つきをしていた。

それが、房恵に、あの男の心のなかにもう自分のいる場所がなくなってしまっていることを思い知らせた。かつて確かにあったもの。つい昨日、我と我が手で放り投げてしまったもの。

（どうして、こうなってしまったの？　私が悪かったの？

そのとおり、私が悪かった。

それにしても、私はどうして急に父親のことなぞを言い出したのだろう？

父親のことを気にしていたから？）

房恵は奈良に帰った日のことを思い出していた。

びっくりしてしまったのだ。あれほどきれい好きで、なんでもキチンと片付けずには済ますことのできない性分だった父親が、敷きっぱなしの布団のなかで眠っていた。シーツはいつ換えたものともしれなかった。枕元には食べさしのカップ麺に割り箸が乱雑に差してあって、ああ、その隣に中身のほとんど残っていない一升瓶までが置かれていた。

ぞっとした。思わず、その場にへたりこんでしまった。眠り込んでいる父親の足もとで崩れるように畳のうえに倒れこんだ。

「お父さん、ごめんなさい。房恵は、悪い娘です」

涙が止まらなかった。

「え？　あ？　ん？」

父親が、目を開けた。昼間着ていた、厚手の、毛玉がいっぱいついた灰色のセーターのまま、布団をかぶっていたのだ。しばらくは何が起きたのかわからない様子で、一生懸命、目やにで閉じたままになってしまいそうな目を開けようと目蓋に力をいれる。

「やあ、房ちゃんか」

そう言うと、両の目を二、三度しばたかせて房恵のほうをのぞきこんだ。

「ああ、お帰り。相変わらず元気そうだね」

と、少ししわがれた、でもいつものやわらかい声で言ってくれた。

房恵は、伏せたままの顔を両手でおおうと、わーっと泣き出してしまった。大声をあげずにはおれなかったのだ。

「どうしたの、房ちゃん？」

そう言いながら、父親は布団からはい出て、右の手の平で私の背中をなでてくれた。意外なほど強い力だった。

房恵は、父親にとりすがって、泣きじゃくるばかりだった。

（もう自分のために生きるのは止めよう）

そう思った。

（これまで、いっぱい自分のためだけに生きてきたじゃないの、もういい加減にしてもいい頃）

と自分に言い聞かせていた。

しかし、二泊だけして、房恵は東京に帰ってきた。当たり前のように、会社に出た。そして、なにも変わらなかった。変えなかったのだ。

父親の家で便所の掃除をした時、やはり父親が弱っているのだとよくわかった。便器の奥、内側。どこにも、長い間の汚れがこびりついていて、こすってもこすっても取れなかった。父親は、決してそんな人ではなかったのだ。

母親が生きていた時から、父親は、

「便所というものはね、房ちゃん、顔よりももっとその人の中身が出てしまうものなんだよ」

と言って、家の便所の掃除を買ってでていた。房恵もその兄も、まだ子どもだった頃のことだ。

「お父ちゃんの趣味なのよ」

元気だった母親はいつも機嫌よく、ふっくらとした顔で笑っていた。

幼い房恵に、毎朝の歯の磨き方を手をとって教えてくれたのも父親だった。使った後の歯ブラシの洗い方、しまい方まで自分でやってみせてくれた。

そんな時が、昔、確かにあった。消えてしまった。今は、もうどこにもない。

（でも、だから私はあの時、門前仲町のマンションでシャワーを浴びた後、あの人の後ろから、「私、奈良に帰ろうかと思うの」と言ったの？　本当にそれだけが理由だったの？

たった今ドアを閉じたばかりの社長室という部屋の内側にいるあの人は、今、いったいなにを考えているの？

この四半期の会社の営業利益の予測数字？　独立させた部長たちの行く末のこと？　内外海行の株価？

「自分でもわからないのさ。なにも考えていないで、いつもその場限りのことをしゃべり散らかしているだけさ」とうそぶいてばかりいる人。

いつだったか、

「その場限りのやっつけ仕事をする。その手の、姑息な能力には恵まれていてね」

笑いながらそう言った人。

きっと本音。じゃあ、あの人の本当の姿はそれってこと？

違う。

あの人は真実のある人。その塊の人。でも、口からはああいう言葉しか出てこない人。

なのに。

とにかく、こうなったら奈良に帰るしかなさそう。

あの人が止めてくれなかったから？

え？　止めてほしかったの？

じゃあ、どうして、止めてほしいようなことを口走ってしまったの？

父親のことは私の本当の気持ちではなかったの？

私は奈良に帰るんじゃないの？　東京にいたいの？　会社に毎日来たいの？

あの人の傍にいたいから？

でも、これ以上耐えられなかった。どうして？

古堂房恵さん、あなたは、あの人のことでは、誰にも嫉妬なんてしていないんでしょう？

「どうして私は嫉妬していないのかしら」って、自分でも不思議に思っているくらいなんでしょう？）

そう我と我が身に問いかけてみる。

（そう、確かにそう、嫉妬なんて、私に関係ないこと。

南川の時もそうだった。あの人は深夜になると私といた表参道のマンションから元麻布に帰って、そこにある彼専用の大時代な寝台で眠っていた。といっても、私は見たこともないけれど。

だからって、南川を送り出した後の独りきりの時間が、私の至福の時だったことは少しも変わらない。

あの人もそう。私の門前仲町のマンションを真夜中に出て、一番町に帰る。美津江の待っている広い、ペントハウス。でも、私は、独りで残るあのちっちゃな場所が大好き。だのに）

房恵は、小さなため息をつくと、自分の席に戻った。座ると、門前仲町のマンションを売ることを考え始めた。

（もし売ってしまうのなら、荷物を片付けなくっては。五十一歳の女の、十六年分のオリ。大変。

あ、あのバスローブ、私が広尾の通り沿いにある〝tenerita Maison〟というオーガニック・コットンの素敵なお店で見つけたお揃い。

あの人、とっても気に入っているから、男物だけでも一番町に送ってあげようかしら？

きれいに洗っておきました、って、美津江にはちゃんとわけを話して。

いいえ、ダメ。そうはいかない。

でも、どうして？

私、変。こんなこと考えるなんて。

そんなことをしてやりたい、なんて。

私の心は、本当はなにを思っているの？

私は、嘘つきなの？　嘘を言っていても自分では真実を話しているつもりなだけ？

本当の私はどこにいるの？）

25

古堂房恵のスマホが、机の上でブルンと震えた。

画面に目をやると、「横須賀（ホテル・マルメゾン）」とある。

はっとした。ホテル・マルメゾンの横須賀副支配人から房恵に電話がかかってくる理由は一つしかない。ホテルがあの男に連絡を取ろうとして、どうしても連絡がつかないということなのだ。

ホテル・マルメゾンは、あの男が日ごろ利用している都心の高台にあるホテルだ。週に何度か、昼の時間を独りきりで過ごす。ホテルの部屋に滞在している間、あの男はどこにも存在していないことになっている。誰から連絡が来ても、あの男がそこにいるとも、そこにいたとも教えない。初めから、そういう約束になっているのだ。

あの男が直接ホテルに連絡する。もちろんフロントでは声だけであの男とわかる。それほどにあの男は、ホテル・マルメゾンで知られている。数多くのレストランでも宴会場でも、常連の客だ。しかし、あの目的でホテルにいる時には決して存在していない。携帯は切られている。

房恵は心配でならなかった。

あの男にとって、オフィスではない場所で独りきりの時間が必要なことはわかっていた。あの男には、安楽の場所はこの地上のどこにもないのだ。だから、誰にもあの男がホテルに滞在していることを知られてはならない。知られれば、かならず誰かに緊急事態が発生して、連絡が飛んで行く。あの男もそうなれば喜んで対応する。そういう男なのだ。しかし、それでは独りでホテルにこもる意味がなくなってしまう」

「でも万一のときにはどうしたらいいの？」

「わかったよ、房恵。ありがとう。

じゃあ、君の携帯の番号をホテルの人に話しておくことにしよう。本当に緊急のときにだけ、僕の生死にかかわるような止むを得ない時にだけだって念を押しておく。それでいいだろう」

「あなたの生死にかかわるとき、ね。

わかった」

ホテル側からの連絡は、副支配人の横須賀という名の男だけからということになっていた。横須賀が休みの日だけ、代わりの役を平田昭夫という別の副支配人が務める。

こうしてあの男がホテル・マルメゾンを使うようになって何年にもなる。しかし、これまで横須賀からの連絡が房恵の携帯電話に入ったことなど、ただの一度もなかったのだ。スマホにしてからも同じだった。

その横須賀からの房恵のスマホへの連絡だった。なにか、あの男の身に異変が起きたことは間違いなかった。それも、あの男が自分の力ではどうにもできないようなことが。

「古堂様ですね。ホテル・マルメゾンの横須賀でございます。おわかりいただけますね？」

房恵が、「はい」と答えると、横須賀はそれ以上を言わせず、急きこむように言葉を続けた。

「二三〇七号室のお客さま、ただいま救急車をお呼びいたしました」

「いったいなにが?」

とたずねた房恵に、横須賀は、

「部屋で倒れていらっしゃるのを発見しましたので、すぐに救急車を呼びました。ご本人様に意識がないので、古堂様にお電話いたしました」

と、ごく簡潔に用件だけを答えた。

房恵は、急いで、あらかじめ主治医の神野医師から言われている病院の名前を告げた。すると横須賀は、

「承知いたしました。

もう救急車がホテルへ着くと存じます。古堂様はこちらにこられるより、その病院に直接行かれたほうが良いかと存じます」

とまで言ってくれた。

すぐに車に飛び乗って病院の名を告げると、神野医師に電話した。

おそらく、心筋梗塞だろう、とのことだった。「私も病院に急いで行きます。よく知った病院ですから」と言う神野と病院で落ち合うことを約束した。

(慌てちゃダメ、房恵さん、あなたでなくっちゃできないことがいくつもあるでしょう)

そう自分に言い聞かせると、気が遠くなるような思いを振り切って、あの男の自宅に電話

して妻の美津江にことの次第を告げた。

もう遺体になってしまったあの男の前に、病院の医師と神野医師、それに美津江親子と房恵がいた。病院の医師の説明は、やはり神野医師の推測どおりだった。神野医師が、

「せめて誰かが横にいてくれれば。

そうですか、ホテルの部屋で独りきりだったんですか」

とつぶやくと、それがきっかけになったのか、美津江が、

「こんなこと、どうして」

と小さな叫び声をあげて、あの男のベッドのすぐ下、硬いプラスティック・タイルの床に泣き崩れた。大柄な娘が慌てて体を抱きかかえる。

房恵は、神野医師を脇に呼び、

「苦しんだのでしょうか？」

と、そっとたずねた。

「それは。でも、ほとんど一瞬のことで、後のことはご本人もなにがなんだかわからなかったのではないでしょうか」

神野医師は、房恵に同情するような親身な調子だった。

あの男の顔は、糸を引いたような目が大仏のようで、生きているのか死んでいるのかもわ

からないほど穏やかだった。

(良かった。あなた、自分でもこんなことになるなんて、思いもしない間に逝ってしまったのね。あまり恐ろしい思いはしないで済んだということなのね。

それなら、良かった。いつもとってもこわがりのあなたですもの。

でも。

私、いつかこういう日が来るとわかっていたの。きっと私のいないところ、知らないところで、ある日突然、あなたは遠くへ行ってしまうって。

私？　私は、あなたのためにしなくてはならない役目がまだ残っているから、それを果たします。悲しむのはそれから。お預け。

だから、しばらく待っていてね。ほんのちょっとの間のことだから。

それが終わったら、すぐまた逢える。そちらで、今度はいつも二人だけ)

房恵は、病院の事務を済ませると、もう遺骸となったあの男と美津江親子を神野医師に任せ、いったん会社に戻ることにした。車の中でも、

(房恵さん、さあ、しっかりしなさい。あなたの役は悲しむ役じゃないでしょう。わかっているわね)

と、運転手に聞こえないような小さな声を出して自分を励ました。少しも涙は湧いてこな

かった。

　房恵は、いつも神野医師が困り果てて愚痴をこぼしていたのを思い出していた。

「口を酸っぱくしてご警告申し上げているんですがね、ちっとも聞かれないんですよ。まったく困ったことです。事態が深刻だということのご理解がまるでないようなんです。それどころか、悪い方向に進むのを望んででもいらっしゃるようで。

　いえね、三本ある冠動脈がどれも詰まりかけているんです。

　でも、昔と違って、今の時代、必要なら冠動脈でも手術できるんです。現代医学の進歩は、文字どおり日進月歩と言っていい。素晴らしいんです。ですから、注意してさえいただければ、なんとでもなると申し上げました。何度も。

『会社はどうなるんですか、ご家族がお気の毒ではありませんか』とも、繰り返し申し上げたのです。

　でも、そのたびに、決まって、

『そのとおり、そのとおり。わかっている、わかっているよ、先生。でも、自分の体のことは自分が一番わかるからね。先生は医者としてすべきことをきちんとしてくれている。ありがたいと思っています。感謝しています。それでいいじゃないですか。

　私の人生です。私は家族のために生きているのではない。女房と娘には、私が死んだら、一番町のペントハウスと相当額の預金が行くようにしてあります。香典も入る。退職金も出る。それで十分です。

　私は、とっくの昔にオヤジに殉死していなくてはならないはずの男だったのです。でも、オヤジが止めた。会社を頼むって、天国からの命令だった。だから私は今も生きている。社長をしている。それが生きている唯一の理由なんです。でも、もうそろそろお終いにできそうです」

　会社からホテル・マルメゾンの横須賀にお礼の電話をすると、ベッドの横のナイト・テーブルに置いてあった本を保管していると言われた。ルーム・サービスの紅茶と二個のショート・ケーキのすぐ横に、読みさしのまま置かれていたという。

「頁の間にシャープペンシルが挟んでありますので、あるいはとても大事なものかと」

　秘書室の女性に取りに行かせると、漱石の『こころ』の文庫本だった。一四〇頁と一四一頁の間にシャープペンシルが差し込まれたまま、閉じられていた。

　開くと、一四〇頁の
「その時私の知ろうとするのは、ただ先生の安否だけであった。」

　という部分に横線が引かれ、欄外に見慣れたあの男の筆跡で、

「先生がいなくなれば奥さんといっしょになることができる、だから一刻も早く知りたい

許されない　汝ノ右ノ目ヲエグリダセ」

と書き込みがあった。

文字が終わりにかけて乱れていたから、房恵は、（ひょっとしたら、ここまで書いたところで）と、涙があふれそうになった。急いでシャープペンシルを元に戻し、同じ場所に挟んで、静かに、しっかりと本を閉じた。


緊急の取締役会が開かれた。大木弁護士が東京にいたから、手続きはなんの滞りもなく進んだ。とにかく、取り急ぎ代わりの代表取締役が要る、取締役でなければ代表取締役にはなれないという理由で、代表取締役に横淵三男がなるという決議が臨時の取締役会でなされた。あの男がいなくなってしまったが、社外取締役に大木弁護士が入っていたから法律上の最低人数である三人は満たしていた。

大木以外の二人の取締役が横淵と宮森賢治だった。この内部取締役の二人は、あの男が、「捨身飼虎だ、澤田先輩に続け」と叫んで大部分の取締役を執行役員に切り替えた時、取締役の序列が最下位だったというだけの理由で取締役に残されたのだ。

横淵の社長就任には社内で異論が噴出した。

「いや、横淵なんかでは軽過ぎる。あれは、社長が言われたとおり、形だけの取締役なんだ。

宮森も同じだ」

あの男がいなくなってしまった内外海行では、上から、専務執行役員の北野、片田、そして常務執行役員の三沢、村山の順になる。この四人が声を合わせて反対した。社外取締役の大木弁護士に対しても、四人そろって断固とした調子でそう申し入れた。

確かに、誰の目から見ても、社内の序列からは北野ら四人のほうが、横淵よりも宮森よりも上だった。しかし、大木弁護士は、

「ま、ともかく、形だけでもなんでも代表取締役は要ります。そして、代表取締役でなければなることができない。執行役員というわけにはいかない。取締役は株主総会でしか選べません。株主総会は、会社法の規定だけからも二週間かかる。実際にやるとなれば二カ月はかかかるでしょう」

そう言って取り合わなかった。弁護士というだけでなく、三人の社外取締役の一人でもあったからその発言は決定的だった。

「ま、横淵なら宮森よりも下だから、序列で決めたことにはならない。臨時だ、臨時」

と北野らも不承々々従った。

こうして、内外海行の新社長に横淵三男が就任した。形ばかり、というスタートだった。部屋も、あの男の使っていた社長室には入らないで、隣の会議室を仕切ってにわか作りの社

長室ということになった。

葬儀は青山葬儀場で執り行われた。社葬だった。喪主には妻の美津江の名があった。

通夜の席でも、葬儀の場でも、美津江の悲しみをこらえた態度は人々の涙を誘った。こみ上げてくる涙に体がよろけるたびに、横にピッタリと寄り添った大学生の娘が母親である美津江の体を支え、やさしく小声で叱咤した。そうした二人の健気な様子が、人々に突然の出来事のむごたらしさをあらためて思い知らせ、取り返しのつかなさにそこここでハンカチが揺れた。

成人した二人の息子の姿もそろって親族席にあったが、誰もそれとは気づいていないようだった。

現役の社長の葬儀は珍しい。たくさんの人が青山一丁目の駅から葬儀場までの道を埋めていた。それぞれに、内外海行との取引関係があり、その社長の葬儀にスケジュールを狂わせてでも出席しなくてはならない理由のある人々ばかりだった。

社長が現役のまま死んだ場合には香典の金額が多くなる。社葬であっても香典はすべて喪主に行く。全部で何千万にもなる。億を超えることもある。会社の費用で葬儀をしても、香典を貰った遺族に税金はかからない。

社葬の場の直前まで、会社の内部では参列の順序が定まらなかった。新社長の横淵が喪主に次ぐことすら北野ら四人は承知しなかったのだ。

「あいつなんか、臨時の雇われ社長に過ぎん」

北野のその口調には、自分こそが社長になる人間だという思いがこもっていた。

結局、なんと会社の筆頭には、社外取締役である大木弁護士が座ることになった。

大木弁護士は笑いながら、目の前にいる北野や横淵らに、

「まあ、私でこの場が収まるなら、お安い御用です、なんでも致しましょう。鷗外じゃないが、『下座に座ってお辞儀をしろということなら、私は平気でお辞儀をするでしょう。上座にすえられたって困りもしない』ってところですかね」

と言って、さっさとあの男の息子たちの隣に座ってしまった。

裏方で葬儀一切を取りしきっていた房恵に、秘書の一人の近藤琴利が受け取ったばかりの名刺を右手にかかげて小走りに駆け寄った。

「あの、経済ワールドっていう雑誌の記者が、どうしてもって」

途方に暮れた顔をしている。

「あ、大宮という方ね。いいわ、私がお会いするから。あちらにお通しして」

房恵はそう指示すると、脇の小部屋を指差した。

「いやあ、お取り込み中を申し訳ない」

口ではそう言いながらも、大宮には少しも悪びれた様子はなかった。こういう時、場所でこそ、ふだんは取れないネタがものにできる、そう顔に書いてあった。

大宮は、天井を仰いだまま、自分から切りだした。

「あの人は、スキャンダルのない人だった。ただし、あなたを除けばですがね。

私は、門前仲町にはずいぶん通いましたよ。あの、ショートケーキ屋の男性にも女性の店員さんにも、あなたの写真を見せて取材しました。

(やはりそうだったのだ。あの時に写真を撮られていたのだ)

「よおく知ってるって言ってましたよ。とても感じのいい、素適な奥様だって。

でも、私は記事にするのを止めたんです。

どうしてか、って顔してますね。

はっはっは、男の友情とでも言っておきますか。

直接取材したら、あの人、この私にこうおっしゃったんですよ。

『記事にするのか。ま、それがあなたの商売だ。是非もない。

でも、会社がかわいそうだな。関係ない人、従業員。どれも下っ端の連中に過ぎんと大物を相手にするジャーナリストのあなたは思うかもしれない。だけど、みんなそれぞれに生活と人生がある。俺に社長を辞めろっていうんなら、なにも記事にせんでもいい。きちんと理由をつけて、面と向かってそう言ってくれ』って。

大した人だな、と思った。惚れたね」

房恵は、呆然として大宮の顔を見直した。別の顔に見えた。かすかに男の匂いの立ち上ってくるような、そんな目と眉だった。

「そうでしたか」

やっとの思いで房恵がそう口にすると、もう大宮の姿は部屋にはなかった。

(そんなことがあったの。あの人、私が心配すると思ってなにも言わなかったのね)

房恵は椅子から立ち上がりながら、深く息を吸った。

(私は泣かない。今は泣く時じゃない。房恵さん、わかっているでしょ。後で、ウチに帰ってから、独りで、いくらでも)

房恵は自分に言い聞かせながら、式場の片隅に戻った。


房恵は、葬儀の翌日も会社へ出た。

もう主のいない社長室に、房恵は朝のコーヒーを運ばない。独りで自分のパソコンをにらみながら、安手のマグカップに淹れたコーヒーをときどき口元に運ぶ。

秘書室の隅っこで、一番若い伊野久美が年かさの松下麻緒にささやくような声でたずねるのが、房恵の耳にも届かずにはいなかった。

「社長がいらっしゃらなくなって、私たち、どうなってしまうんですか？　横淵社長でも北野専務でも、もう、こんなにたくさんの秘書なんて要りませんよね」

そう言ってから、久美は一段と声の調子を下げると、

「古堂さん、会社から追い出されちゃうって本当なんですか？」

松下麻緒が、あわてて首を振ると、左右の眉を大きく寄せ、小声で、

「久美ちゃん、そんなこと誰が。ダメ、ダメ」

と叱責した。

「だって、みんなそう言ってるんです。あの社長がいたから古堂さんは特別だった。なにしろ、前の社長の個人秘書までやった女性なんだから、社長にも実際のところお荷物だったろうな、って。

でも、もう社長がいなくなれば、出て行くのが当たり前だ、なんて。

男の人たち、大きな声で堂々と話してます。

私、そんなひどい話、って思うんです。

だってそうじゃありませんか。

古堂さんは、秘書室長です。私たちのリーダーです。それなのに、そんなことで会社を辞

めさせられるだなんて」

伊野久美に向かって、松下麻緒が唇に人差し指をあててみせた。目で左向こうにいる房恵をさしている。房恵はなにも聞こえなかったふりをしていることにした。

(私はここにいたいわけじゃない。以前から同じこと。私はちっとも変わっていない。奈良に帰りなさいっていう天の声かしら？　ほんとに身勝手な房恵さん、いい加減に目を覚ましなさい、もうあなたの大事な人はいませんよって？)

そう自分に言い聞かせていた。

午後一番で、大木弁護士から房恵に電話が入った。会社の固定電話だった。できるだけ早く会いたいので事務所に来てほしいと言う。すぐに参ります、とだけ答えて電話を切った。

「大木先生のところへ行ってきますから」

と秘書室の女性たちに告げながら、房恵はふと、厭離穢土欣求浄土(おんりえどごんぐじょうど)という言葉を思い出した。いったいどこで習い覚えたのだったか。確か、もう穢れたこの世は嫌だ、西方の浄土へ行きたい、死んでしまいたい、という意味だった。

「いや、いろいろなことがあって、あなたも大変でしょう。なのに、忌引き休暇もなしで毎日会社に出ていらっしゃる」

開口一番、大木弁護士はこう言った。

房恵に応答をするいとまを与えず、

「あの男が死んだので、南川氏の考えどおり、内外海行の株の一九・九%があなたのものになります。そのお話をと存じましてお呼びたてしました。

私は南川氏についてもあの男についても、遺言執行者、つまり、遺言状に書かれたことをそのまま実現してやる役です。南川氏については信託の受益者の代理人でもあります」

と淀みがなかった。こうしたことには、職業柄慣れているのだろう、そう房恵は感じた。

しかし、房恵には何がなんだか訳がわからない。信託などと言われても投資信託以外には聞いたこともなかった。

（それにしても、南川が、私に内外海行の株を？　いったいどうして？）

「あなたは内外海行の一九・九%の大株主になりました。

正確に言うと、内外海行の一九・九%の大株主である鶏鳴社という会社のオーナーがあなたになりました。

南川丈太郎氏が、自分の死んだ後のために考えていたことです。私は南川氏の信託が仕組み通りに実行されるようにお手伝いする立場でもあります」

「え？　でもその鶏鳴社というのは確か南川元社長の奥様の」

「ええ、そういうことになっていました。南川氏の妻が鶏鳴社の全株を所有している、と。

形ははるか昔からそのとおりです。間違いない。

南川氏の奥様は父親の言いつけを守ってきました。

でも、鶏鳴社はずっと以前から南川丈太郎氏のものです。

南川氏が亡くなったあとは、あの男のものになりました。

ただし、条件がついていました。

『あの男が社長でなくなったら、古堂房恵のものになる』

あの男は死にました。つまり社長でなくなった。だから、今やすべてあなたのものです。

鶏鳴社の株は、あの男が死んだ瞬間、あなたに移った。形式的には南川氏の妻から、実質的にはあの男から。そういう仕掛けになっていたのです。南川氏が決めたことです。私も相談にあずかりました。

ですから、今やあなたは、鶏鳴社を通じて内外海行の株の一九・九%を保有している人株主です」

そこまで言うと、大木はニッコリと微笑んだ。

「もちろん、あなたはそれを断ることもできます。

でも、南川氏とあの男、二人の男たちがあなたにこの株を持ってほしいと願っていろいろ複雑な経路であなたの手元に届くようにしたのです。税金のことも検討済みです。鶏鳴社というのは膨大な借金を抱えた会社ではあっても、決してあなた個人には迷惑がかからないようになっています。

ぜひ貰ってやってください。

あの男に、オヤジと呼んでいた南川氏への約束を果たさせてやってください。南川氏の宿願も、それでやっと叶う」

房恵にはなにがなんだかわからなかった。南川とあの男が、本当に大木が言っているとおりに考えていたのかどうかもはっきりとしなかった。

〈そういえば、南川は、

「おまえのものにしたいからさ、俺が自分で稼いだものはなにもかも」

と言っていた。今は懐かしい、あの興津の家でのこと。でも、あれは興津の家の話なのだと思っていた。ゴンザーガという変わった名前の会社。あれなら、南川が死ぬ前から私のもの。でも、この内外海行という会社は南川が稼いだもの？　それを私に？

あの人も興津の家のことは知っていた。南川に聞いたんだろうと私は気にも留めなかった。でも。

鶏鳴社なんて、南川はなにも教えてくれなかった。あの人も、ひとことも言わないでいなくなっちゃった。

あの人、いなくなっちゃった、独りで、なにも言わないで。私がいっしょにいてあげれば、あの人、あんなことにならなかった。そう神野先生もおっしゃっていた。

『糖尿病は本人には自覚がない。サイレント・キラーって呼ばれているくらいですから。ですから、周りの人が注意してあげないと。

社長の場合は、古堂さん、あなただ』

そんなこと、私に言われても。

美津江は、あの人の体のことをどこまで知っていたのかしら？

電話であの人が亡くなったと伝えた時には、『え、あの人が？ そんなこと嘘、ありえない。あんなに頑丈な人が』なんて言っていたくらいだもの、なにも知らなかったのじゃないかしら。

あの人は、私には病気のことを教えてくれたのに、美津江には言わなかったのかしら。

どうして？

でも、私の知らないところで、隠れてショートケーキを食べていた。

一つじゃ足りなくて、二つも頼んだりして。馬鹿な人。

きっと自分がどうなるかわかっていたのね。

生きているのが嫌だったのかもしれない。サイレント・キラーを自分から呼び寄せていたのかもしれない。

かわいそうな人〉

「いかがですか？」

黙ったままでいる房恵に、大木がやさしく声をかけた。

「すぐにしなくてはならないことはなにもありません。

あの男が死んだ瞬間から、あなたが鶏鳴社のオーナーです。法律で決まっています。

手続きは私がしておきます」

房恵には、あの男が死んだ気がしない。

ふっと、あの男が死んだと平然と口にする大木のような男がいるから、あの男はこちらの世界に戻って来れないのじゃないかしらと思った。

黙っていた。

「いいですね？」

大木がもう一度、いっそうやさしい調子で、それでも確認するように話しかけた。

「はい、すべて先生にお任せします」

そう大木弁護士に答えた瞬間、房恵は、あの男が永遠に戻ってこないことを悟った。

〈誰も彼もが、みんなであの男を追い立ててしまって、もうこちら側に戻って来ることがないように蓋をしている。

私もその一人。

あの人、きっと独りであちらにいて、とても寂しがっている)

房恵が会社の大株主になったことは、瞬時に会社中に知れ渡った。

専務の北野が房恵のところへ来て、別室へ誘った。社長室に入ろうとするので、「あ、そこは」と言って房恵が止めた。北野は、はっとした様子でばつが悪そうな表情を浮かべると、並んだ小さな会議室の一つに逃げ込むように入っていった。

向かい合って腰掛けた。先に部屋に入った北野が入り口に近い側に座ると、房恵のために奥の椅子を指し示した。

「古堂さん、次の株主総会までには会社の体制をきちんと立て直しておかないといけません。横淵なんかでは社長は務まらない」

北野の後は、その横淵だった。同じ部屋に、同じように座った。

「古堂さん、私は先代の社長が取締役として私のようなものを残してくださったことを、大事に考えてゆきたいと思っています。先代がなにをお考えだったか、私は古堂さんに教えていただきながら、先代の敷かれた路線のとおり、忠実にやってゆきたいと思っています」

四人の専務と常務、それに新社長になった横淵、取締役の宮森の六人が次々と訪ねてきた時、房恵は、会社での自分の新しい立場をおぼろげながら理解し始めていた。

若い秘書たちは、いまやおおっぴらに房恵が新しい会社の支配者になったのだと話し始めていた。伊野久美などは、先輩格の近藤琴利に、

「古堂さんは、この会社をどうされるんでしょうか？

私たち二千人の運命は、古堂さんの手の中にあるっていうことになったんでしょう？

私なんか独り者ですけど、でも、女房子どものいる男の人たちもいます。女の人も同じです。その人たちのご家族の数も入れたら、すごい数です。

考えただけで、頭が膨れてきて、熱気球みたいに体が舞い上がってしまいそう」

と、浮き浮きした調子で話しかけていた。

「私たちは、今までとなにも変わりません。自分のやるべきことを一生懸命やればそれでいいのよ」

そうさえぎるように答えた琴利の言葉に、久美は、

「だって、横淵社長はただのピンチ・ヒッターだって、みんな言ってます。次の株主総会で北野専務が社長になるんだって。

それはそうですよね、社長がいなくなっちゃったんですから、そのすぐ下は北野専務です

もの。


でも、会社の社長って、誰が決めるんですか？　どんな基準で決まるんですか？」

と、口を動かすのを止めない。古堂の耳に入ることは承知でのやりとりだった。

「株主が決めるの」

琴利が、もうおしまいといわんばかりに久美を睨みつけながら、ピシャリと言った。日が
微笑んでいた。

「で、株を持っているのが古堂さんてことなんでしょう？」

言葉の止まらない久美に、琴利はわざとらしく大きなため息を吐き、書類を抱えて立ち上
がると久美を見下ろしてから、首を左右に振って見せた。

房恵は、大木のところへ、今度は自分から出かけていった。〈マリー＝ルイーズ・オミュ
ルフィ〉のブルーのスーツを着ていた。お腹まわりが一段ときつくなっていた。もう、着続
けることはできそうになかった。
大木の態度は、以前と少しも変わらない。あの男がいたころ、あの男のちょっとした用事
で大木の事務所を訪ねた時と同じ微笑が待っていた。
「先生、私はどうしたらいいんでしょうか？

私は、偶然にあの会社に入ったら、知らない間に南川に気に入られてしまって、そのまま南川に言われてあの人の秘書になった。それだけなんです。

私はあの人とでなくてもよかったし、いつ会社を辞めてもよかったんです。

たまたま、こんなに長くなってしまった。

それが、実は、こんな、なんだか恐ろしいような運命が隠れていただなんて。

北野専務だとか横淵社長だとか。手のひらを返す、っていう言葉がありますよね。まるでそのとおりなんです。私は、あの男たちの同類ではありません。第一、私は女なんです」

房恵が憤ってみせると、大木は、

「わかりますよ、わかります。

でも、仕方がないでしょう。あの人たちにとっては人生の重大事だ。

形のうえでは外に出てしまっているけれど、満田さんにしても片岡さんにしても、同じような思いを抱いていても何の不思議もない。みんな、一度限りの人生を懸命に生きているんです。必死なんです。男も女もありはしません」

と、静かに言った。

(ああ、片岡さん。

そういえば慶子はどうしているのかしら？

私のこと、なんだか何もかも知ってるみたいな口ぶりだったけど）

房恵の胸に、あの男がいた。

「先生、あの人は、誰を次の社長にするつもりだったのでしょうか？

私、あの人の思っていたとおりにしてさし上げたいんです。

私にはなにも言ってくれていません。

先生ならご存知でしょう。教えてください」

大木が、大きく息を吸った。微笑が消えていた。

「そうはいかないんですよ、古堂さん。

もう、あの男はいません。

あなたが内外海行のオーナーになるのです」

そう言うと、大木は微笑を取り戻して、ふたたび話し続けた。

「銀行はびっくりしていました。でも、大丈夫です。内外はそれほどの金を銀行から借りているわけではありません。幸いというか、外資も相手にしてくれていません。株は、鶏鳴社と持合いを合わせれば過半数を超えます。

取引先は、今では流通もずいぶん変わってしまっているから、結局は海外のブランドをどこまで押さえているかの問題になります。例えば、〈カリグラ・デ・ローマ〉のオーナーは、ご存知のとおり、若くはない女性です。あなたよりもずっと年上だ。彼女にとっても、ご亭主が遺したブランドだったんです。早くに死んでしまった。

でも、あそこが外国にまで知られるようになったのはクラウディアに代替わりしてからなんですよ。面と向かって話しているとつい引き込まれてしまう、とても魅力にあふれた女性なんだそうです。あの男が、そう話してくれました。

あなたと同じ、と言ったら、あの男はなんて言うかな。きっと、『大木、お前、余計なことまで』って怒ってみせるかもしれませんね。でも、内心は喜んでいる。いつも、そう言って、あなたのことを自慢してましたから」

房恵の心にあの男の微笑みがよみがえった。あの男なら、きっと大木にそんな風に言っただろうという気がした。嬉しかった。あの男は、房恵について大木にそんなことまで話していたのだ。

思わず、ニコリとした房恵に、

「あの男は、あなたについて、こう言っていましたよ。

『いや、男女の関係がある仲で、こんなことを言うとお前は変だと思うかもしれんが、本音だ。

大したものさ。彼女といっしょにいて、俺には金が一円もかからない。飯は門前仲町のマンションで食えば、ただ、だ。彼女が用意してくれたものを亭主面して食べる。外で食べる時には、そりゃ俺が払うさ。それも初めは割り勘にさせられた。

後になってからも、会社の経費なんかにはさせてくれない。俺がポケットから出すのならいい、っていうことだそうだ』」

「そんなことを」

「ええ、それも嬉しそうに話してくれましたよ。

『なにか物を買ってくれってねだられたなんてことは、一度もないな。物は要らない、記憶に残ることが大事、ってことなんだそうだ。

もっと広いマンションに移ったらと気を引いてみても、この門前仲町のマンションが好きだから、これで十分満足してますって来る。俺にしてみれば、わかるだろう、あちらは一番町でこちらは、ってのは、どうもな』」

「いやな人、先生にまで」

「私にしか話せませんよ」

「それはそうですね」

「とても大事なことがあります。あの男らしいことです。あの男、私にこう言ったのですよ。

『俺は古堂房恵って女、いや女性に尊敬心を抱いている。きっとオヤジも同じだったのだろうと思うことがある。

　真面目な話、そう思う。男と生まれて、尊敬できる女性に出逢うのは人生の幸運の一つだ。愛する女と出逢うよりも、ずっと難しい。男は女と見ると、すぐに邪念が湧いてしまう動物だからな。愛を発見するってのはそう難しくも珍しくもない。だれの人生にも一度や二度は起きる。毎日起きてる奴だっている』

　あの男の顔つきは真剣そのものでしたよ」

「私のこと、そんなにまで」

「それだけではありません。

『だから俺は、悲しいかな、哀れな話だが、オヤジに嫉妬せずにおれないんだ。同じ彼女が、オヤジにはそうじゃなかったはずだ。

オヤジは、彼女のことをどう思っていたのか。

興津に戻る直前に、俺のところに行け、それがおまえの運命だって、こんこんと諭したらしい。

オヤジがいなくなってから、彼女は俺の横にずっといた、いてくれた。

もちろん、どこにでもあるような男と女のようなこともあったさ。愉しい時間もあった。

だが、それだけじゃ終わらない。いっしょにいるうちに俺は、あの女、いや彼女、古堂房恵を尊敬するようになったんだ、心から』

そう言うと、あの男、

『オヤジはわかっていた。すべて見えていた。オヤジからすれば、俺など、所詮あの素晴らしい女性の〝forerunner(前を駆ける者)〟でしかなかったってことかもしれんな』

古堂さんなら、よくわかってくださるでしょう。あの男、オヤジといって南川氏の話をしているときは、いつも顔がほころんでいました」

大木が再び大きく息を吸い込んで、ゆっくりと吐いた。顔に微笑があった。

(大木弁護士は心のなかで、南川からあの男へ手渡しされてしまった私のことを笑っているのではないかしら。この弁護士さん、心のなかでは、私のことをとんでもない尻軽女、性悪女と軽蔑しているのかもしれない。

でも弁護士さんだから、そんなことはオクビにも出さず、仕事と割り切ってニコニコとして見せているだけ。そうなのではないかしら)

房恵は黙ったままでいた。

大木が口を開いた。

「私は長いあいだ弁護士をしていますが、あの男のような気持ちになったことはない。羨ましかったな、そんな女性と出逢うことができたあの男が、あいつの人生が」

そう言って、また話をあの男に戻した。

「あの男、こんなことも言っていましたよ。

『あの世でオヤジと話してみたいよ。俺の正体は何なんですか、って。

　この俺の骨と肉、そいつは確かに目に見え、手に触れることができる。だが、その内側に詰まっているはずのハラワタはオヤジの目には決して映らない。俺はハラワタがあって初めて生きていける。だが、俺の腹のなかにあるこのグニャグニャしたものは、実は、オヤジにとっては初めっから存在などしていなかったんだ。ほら、深い海のなかには体が透明で、骨組みまで素どおしの魚がいるだろう。オヤジにとっての俺はそいつと同じこと。なにもかも、オヤジからは透けて見えていた。

　オヤジにとって、俺は一定の機能を果たす器に過ぎなかったということだ』」

「そうなんですか。私にはよくわからないことです」

「わかってやってください。あの男のハラワタには、あなたが詰まっていたのですから。オヤジなる人がいて、その思いのとおりに動いて役割を果たしていた。でも、それは骨と筋肉だけのこと。ハラワタはあなただと信じていたのです。

　こうも言っていました。

『俺は恨みごとをいっているのではない。人は、あらかじめ定まった、それぞれの運命を生きる。生きているうちに、そいつを悟ることができた俺は幸運だった。俺にとってオヤジはすべてだ。どこへ行ってみても、オヤジがいる、いてくれる。俺は、そうでしかない俺に心から満足している』

あの男はなにもかも自分のなかに呑みこんでいました。

『オヤジが、俺の後を彼女にやらせたいと思っていたのはわかっていた。しかし、彼女を後継者になんて言ったって、誰も相手にしやしない。いくらオーナー・ファミリーが支配しているといったって、内外は上場会社だ。オヤジにとってどんなに大事な女性であっても、彼女は正式な結婚からは外れている女性だからな。世間は愛人と呼ぶだろうよ。遺言状になんと書いたところで、どう仕組んでみたって、世間てものがある。世間は納得なんかしない。オヤジもよくよくそこのとこを考えたんだろうな。

俺が房恵に心底から惚れ込んだところで、俺の女房に取って代わるなんてことを彼女が承知するはずもないってことも、オヤジには見えていたのさ』

済みません、嫌なことばかり申し上げて。でも、あの男が話したことをあなたにできるだけ正確にお伝えしたいのです。お許しください」

おだやかな表情をたたえた大木が房恵の目の前にいた。房恵は改めて大木弁護士のことを、弁護士としてだけではなく、人間として信頼できると感じた。

房恵と南川とあの男の三人の関係を少しも悪くとっていないように思われたのだ。弁護士だからそんなことには慣れっこというだけではなく、南川のこともあの男のことも心から理解し、同情しているようだった。それに房恵のことも。房恵は、心がおのずと打ち解けていくのを感じないではいられなかった。

「いいえ、先生、あの人の言ったとおりを、あの人の使った言葉で教えてください。お願いします」

「あの男は、こう言いましたよ。

『オヤジには俺がいた。便利だった。信じるに足りる、しっかりした中継ぎの聖火ランナーってわけだ。聖火ランナーは、オリンピックには出場しない。がっちりした骨組みで筋肉が盛り上がっていれば、役割を果たすに足りる。聖火ランナーには、正体(ハラワタ)なぞ要りはしない。俺に会社を預けて、彼女に渡すまでやらせる。鶏鳴社ってのが、その仕掛けだ。細かいことは、大木、お前が仕組んだんだろう。

俺が突然いなくなったら、幹部連中が子ども会の会長選びみたいになる、収拾のつかない騒ぎになる、ってことも、オヤジはとっくに読み切っていたんだな。

それに、俺が、「俺の後継など、ウチにはいやしない」なんてうそぶいて、後のことなど考えずにいるうちに死んでしまうってことまで、な』」

「あの人、南川のことをそこまで」

「ええ。

でも、大事なことはあの男があなたを尊敬するようになったということなんです。

『男はダメだ。会社に長い間いて、しがらみができあがっている。

オヤジにしたって、同じこと。俺を社長にすれば、俺は、オヤジにつながったチェーンの端っこにいる。オヤジにはもちろん、下にもその下にも、それなりのしがらみがギッチリとからみついていて、離そうったって離れるもんじゃない。

だから、女だ。

男が女とのしがらみを切ることができないように、会社のトップも、男との、組織の人間とのしがらみを断つことなどできない。

しがらみってのは人の「心」のなかにあるからな。

組織ってのは、個人と違って、心がない。だから、「人心一新」と称して、なにもかも変えちまうことができる。それが、女なら、男には及びもつかない離れ業ができようってものだ。

オヤジってのは、恐ろしいほど先の見える男だったってことだな』

「南川もあの人も、なにも私には言わなかった」

「お互い、言葉は必要なかったのでしょう。あの男はこう言っていましたから。

『大木、お前は知っていたんだろう？

オヤジは、お前に頼んでいたんじゃないのか？

俺は、そうだと思っていた。俺は俺の勝手をやればいい。オヤジは俺を読みきっていたからな。俺のすることなんか、全部オヤジにしてみれば、みえみえだ。

万一なにかがずれてきたら、違うぞって言うのがお前の役だ。俺はそう思っていた。

お前も一応は弁護士ってわけだからな、どうなんだ教えろって言われたって、ぺらぺら喋るわけにもいかんだろう』」

「そうだったんですか」

「もう少し続けさせてください。これで終わりです。あの男は自分の運命を知っていたんです。

『俺は、オヤジの予定したとおりに、死ぬだろうよ。もう長くはない。俺は、ほんの少し寿命を延ばして、不自由な生活をするためなんぞに医者に体を預ける気にはならない。望みどおり生きて、近いうちに死ぬ』

どうですか、驚きましたか？」

房恵は、

「南川は、先生になにをお願いしたのでしょうか。あの人は、南川と先生の話をみんな知っていたわけではなかったのですね」

と問いかけた。

大木は、黙ったままだった。

房恵が、静かな、しかし断固とした調子の声で再びたずねた。

「先生。南川が私について、なにを先生にお願いしたのか、教えてください。南川に禁じられているとおっしゃるのかもしれませんね。先生は弁護士さんですもの。でも、私に真実を話さなければ南川の思いを実現することはできないということなら、先生が秘密を守る義務に縛られているとしても、私にだけは、なにもかも話していただけるのではないでしょうか。

私は、どうしても知りたいのです」

「わかりました。南川氏からは、特になにかを禁じられているわけではありません。古堂さん、あなたは知る権利があります。いや、南川氏のためにも知っていただいたほうが良い」

大木は、姿勢を正すように椅子の上で座りなおした。

「南川氏の依頼というのは、一風変わったものでした。

　話は、自分が死んだときのために遺産の処分を決めておきたいということから始まりました。これなら、誰にでもあることです。ことに南川氏は大富豪でしたから、当然のことに過ぎません。会社の顧問弁護士に相談したくない事柄だったから、私が便利だったというのもよくわかりました。きっとあの男が適当なことを吹き込んでくれたのでしょう。

　しかし、南川氏はのっけから、

『房恵をあの男のもとへ置いてゆく。彼女の将来のためにそうするのだ』

　と言われたのです。

『ただ単純に財産を彼女に残す遺言はしない。あの男に彼女をfoster（フォスター）させる』

　美しい響きのブリティッシュ・アクセントでそう発音されました。ごぞんじのとおり、フォスターというのは養育するという意味の英語です。そのために私に頼んでおきたいことがあるということでした」

「フォスター、ですか」

「はい。

『先生、五十歳を過ぎた女が一人生きてゆくのには、それほどの金がかかるものじゃない。そんな金なら、私の財産のほんの一部で十分だ。

だがね、先生、私は房恵に私の稼いだもの、創りだした価値のすべてをやりたいのだ。だから考えた』」

房恵が、大木の言葉に軽くうなずいた。大木は、房恵をやさしい視線で包みこむと、まるで昨日の出来事を報告してでもいるかのように話し続けた。

「南川氏は、悩み抜いたといった表情を隠そうとされませんでした。

『内外の株の一九・九％は私のものだ。この私が、その価値を創りだした。企業価値って先生たちの世界では言うのだろう。何百億になるのかな。時価総額が七百億の会社だ。一九・九％なら百億は下らないだろう。すべて私が稼いだものだ。私の創りあげたものは、私の望みどおりに処分することが今の日本ではまだ相当程度許されている。

だから、私に付いてきてくれた房恵にこの株をそっくり渡してやりたい。

こいつは、私の情だ。誰に恥ずることもない、私の心だ。女房には女房の分がきちんと残るようにするつもりだ。

だが、いざとなるとそう簡単じゃない。先生ならわかるだろう。いや税金のことを言っているのではない。それは先生の仕事だ。

私の創りあげたものは、一九・九％の株の価値、マーケットでの値段だけじゃないということだよ。

この株は内外海行という会社を支配している。年商二千億。働いている人間が二千人いる会社だ。そのまわりを入れれば万に近いだろうな。

たった一九・九%で会社全体を動かしている。私がいるからだ。株主は、誰もが私を信頼してくれている。次の社長に小関を指名したのも私だ。小関が期待どおりでなきゃ、首をすげかえる。小関が馬鹿なことをしでかしてくれたおかげで、私は会社に戻るほかなかった。だから、今度はあの男を社長にした』」

「南川はそういう存在でした」

「そうです。その時私は、

『それが内外海行という会社の実態だということでしょう』

と、素直な感想を申し上げました。

でも、南川氏は私の言ったことには少しも関心を示されませんでした。ただ大きなため息をついて、頭をソファの背もたれにあずけると、そのまま天井を仰ぐような姿勢で話し続けられました。

考えながら、頭のなかで言葉を探しつつ、という感じでした」

「そう。よくそうしてました。癖だったんですね」

「南川氏は、

『私は、会社に責任がある。二千人とその連中につながる人々。株主。取引先。みんな内外が生きているからそれぞれの生活がなりたっているってわけだ。もちろんお互い様だがね。

だから、私は単純に私の創りあげたものをすべて房恵に渡してやるわけにはいかない。株は渡せても、会社の支配権を譲り渡すわけには行かない。それじゃ内外は求心力がなくなる。会社が立ち行かなくなる。社員も取引先も困る。

第一、房恵にも不幸のもとになる。

あれは賢い女だ。だが、先生ならわかるだろう。金は魔物だ。権力は魔物だ。なまじ金にも権力にも縁がなければ幸せに人生を閉じることのできる人間が、そうした機会に巡り合うと不幸を自分で招き寄せることになる。小関が好い例だ。あいつも、この私が社長なんかに指名しなければ、幸せな副社長としてサラリーマン人生を送りました、めでたしめでたしってことで済んだんだろうがな。自業自得とはいえ、思えば気の毒なことをしたものだ。

自分で稼いだのではない金、我が身の血と汗が染みこんでいない金は、危ない。金があると、急に友人が増える。先生は、仕事柄、そうした光景をいくらも見てきただろうじゃないか。

この私は房恵のためにどうしてやったらいいのか。

私は考えた。死を目前にして、必死だった』」

「南川は死期が近いとわかっていたのでしょうか」

「そうです。

南川氏は口を尖らせると、突然なにかに挑むように天井に向かって大きく息を吹きかけました。

『興津の三年があって、私の心の中に、彼女の人生に対して空恐ろしいことをしているのではないかという後悔に似た罪悪感が生まれたんだ。思いもかけなかった。そんな予感があったら、あれを興津に連れてゆきはしない。だが、いったんそうした考えが浮かんでみれば、心底怖くなったんだな。あの女を便利に使ってしまったこの身の身勝手さゆえの後悔だ。申し訳なさで一杯になったんだ。今、私は七十三歳だ。近いうちに死ぬと考える医学的な理由がある。確実に来る、自分のいなくなった後の房恵の人生のことが気になってならないのだ』」

「私は知りませんでした。なんておバカさん」

「あなたに告げなかった南川氏の心のうちを察してあげてください。

『金まみれにしてやればそれで好いのなら、簡単だ。

一九・九％の株をもとに会社を支配させたかったのなら、秘書のままにはしておかなかった。会社の営業だとか経理や人事だとか、ラインの仕事をいくつもやらせて責任者に取り立ててやったろう。そうなれば、房恵のビジネスの上での力を誰もが理解する。女社長にしても世間の納得がいくというものだ。

しかしね先生。それでは二人の生活は存在しない。人生でもっとも大事な時間は二人の間に流れない。

では、どうして秘書にしておいたのか、せめて会社の外のこと、パーソナルなマターにすべきではなかったのかと言いたそうな顔だな。一部上場企業の社長の立場をわきまえなさいってことだろう。弁護士さんなら当然の疑問だ』

『恐れ入ります。そのとおりです』

『先生。まだ若いな。

私の人生は仕事だ。仕事を取ったら私の人生などなにも中味がない。がらんどうだ。その私の近くにいて、私の仕事を見聞きし、リアルタイムで私の人生の悦びと悲しみ、怒りに共感してくれるためには、いつもすぐ横にいてくれなくてはダメなんだ。だから秘書という立場で会社にいて欲しかった。

仕事がうまく行くだろうかと私が不安の塊になっていると、房恵にはそれがわかるから、黙って見守っていてくれる。怒りのあまり机を拳(こぶし)で叩くと、私になにが起きたのか瞬時に察してくれてそっと紅茶を淹れてきてくれる。

その女性と昼間は会社でいっしょに働き、夜は二人で過ごしたかった。

先生は私のことを、とんでもなく身勝手な男だと笑うだろうな』

そう問いかけるともなく言う南川氏に、私は、

『とんでもない。南川さんのおっしゃっていることは、人の世の真実の一つだと思います』

そう答えました。思ったとおりを申し上げたのです」

「私は、南川にはなにもしてあげられなかった」

「南川氏はなにもかも承知していましたよ。

南川氏は、私の言ったことが聞こえなかったのか、そのまま言葉を続けられました。

『会社を辞めさせて、個人秘書っていうことにしてしまった。

興津にいる私はもう仕事をしないから、ことさら秘書などは必要ない。私が黙っていると周囲が気を利かす。会社に余計な負担をかけては相済まん。だから、会社を辞めて私の個人秘書になってもらった。その程度の金はあったからな。

いや、もっともっとたくさんある。死んだ後に残ってしまうほどあるから、財産の片付け方をあらかじめ考えておいてやらんと、後に残された者が争いへの誘惑に駆られてしまう。上場している会社の株だから始末が悪い。人としての情、私の情に引っ張られる心と、会社

を支配する者としての責任との間で真っぷたつに引き裂かれる。ま、だから、こうして生きている間に先生に相談してるってわけだ』

なんともしみじみとした口調でした。

『たった三年の月日が、私に人が歳をとることの真の意味を教えてくれた。いや、思い知らされたといったほうがいい。医学的理由があって、近いうちに自分が滅びて消えるということの実感が湧いてきたということだ。

つまらん話だがね、先生。房恵が、興津の庭に自分でピーマンを植えていてね。そのピーマンを食べさせてくれたことがあったんだよ。この、子どものころからのピーマン嫌いにね』

「えーっ、ピーマンのことまで先生に」

「とても素晴らしい思い出だったようです。

『そんなことがあったんですか』

私が意外だと言わんばかりの声を出すと、南川氏は私のほうへ顔を向けました。はにかんだような、嬉しそうな表情でしたよ。私は、つい身を乗りだして先を促してしまいました。

『あのとき、たったいま口の中に入れたピーマン、薄く輪切りにスライスされた生のピーマン。そいつが土から芽生えてきたんだってことをふと思ったんだ。送り出したほうの地面、ピーマンを生み出し、いずれそのピーマンと別れ別れになる運命にあった土くれ。自分がその土くれだっていう気がした。近いうちに土に戻る自分を意識したってことかもしれんな』」

「ピーマンなんて嫌だって、まるで駄々っ子みたいだったんですよ」

房恵が涙をこらえているのが大木に見てとれた。大木は声を静めると、

「南川氏は、また背もたれに頭を戻しましてね。

『私は内外の株の一九・九％を持っている。私が稼いだものだ。少なくとも、今の価値、株価にしたのは私だ。何十倍になったか。

それをそっくり房恵に遺してやりたい。愚かな老人のわがままだ。身勝手に房恵の人生を捻じ曲げてしまった哀れな老人の罪滅ぼしといってもいい。

だがね、先生。だからといって、会社は別物だ。それくらいの分別はあるさ。会社は大株主だからといって、支配できるものではない。支配していいものでもない。株を持つことと経営することは別のことだ。従業員が、取引先が、世間が納得してくれなくては、どうにもならない。ところが、房恵は南川の愛人だと誰もが思っている』」

大木が一瞬、口を止めた。

「何度もお許しください。南川氏の言われたとおりを申し上げているのです」

「お気になさらないで。ありのままを教えていただきたいのです。

でも、先生、申し上げましたでしょう。私はこの会社でなくても良かったし、いつ辞めてもいいと思っていました。ずっとそう思っていました。南川でなくても良かったのです。たまたま南川が私の目の前にいただけ。その後は、いつの間にかあの人とここまで来てしまった。

私って変ですか？」

「そうでしたね。

あなたは不思議な方です。とっても。

南川氏の話を聞いて、私は口を開こうとしたのです。ですが、南川氏は私のことなど意に介しませんでした。平然とした様子で、あなたについて、こう続けたのです。

『いや、先生、世間がそう思ってるってことさ。

房恵は私の愛人かね？

違うね。彼女は私の一部だ。だが、そんなことはこの世の中には通用しない。

いずれにしても先生、人の世で大事なのは魚の獲り方を知っていることだ。魚はいくらあっても直ぐに腐ってしまうからな。魚は海に行けば無尽蔵にある。捕まえ方さえ知っていればだがね。

魚の獲り方ってものは簡単に教えられるものではない。自ら学ぶしかない。横にいて、手とり足とりして指導してやる人間が要る。

　私も房恵相手にそいつをしなかったわけではない。でも、だめだったな。私は彼女を大事にし過ぎた。彼女も私に寄り添い過ぎていた。それはそうだ。お互いに大切だったからな。それぞれがお互いの一部だった』」

「南川ったら」

「南川氏はこうおっしゃったのです。

『そこへ小関のスキャンダルが起きた。天の啓示だと思った。ああ、これだと私の心は高鳴った。天が南川丈太郎に行く手を指し示している、とな。

　会社に戻ろう、戻って、あの男になにもかも任せてしまおう。そう決めた。会社も房恵もなにもかも、だ。あいつなら、房恵を漁師に仕込むことができる。できなけりゃ、あの男は社長なんだから、房恵が一九・九%の大株主ってだけでは会社を任せたりはしない。上場している会社にはそんなことなぞ許されない。あの男にはわかっているさ。あの男なら、一九・九%の株を持っている大株主でも支配できないように会社を作り変えることなぞ、雑作もないことだ。

　そうなれば、房恵の手の中には、一九・九%の株だけが残る。会社の支配権抜きの株のマーケットでの価値が手に入るということになる。私の創りあげたもののごく一部だが、それでも百億もの値段がついている。配当が年に二億か三億にはなる。あの男がＭＢＯでもすればプレミアムまで付く。

あいつが房恵をフォスターし、その結果次第で決めるのさ』」

「で、私は素晴らしい漁師になったというわけでしょうか？　それとも、漁師には不向きな人間のままだったのですか？」

房恵がたずねた。大木弁護士は、それには答えず、

「南川氏はこうも言いましたよ。

『そういえばあの男には弁護士だという友だちがいたってことを思い出したんだ。それが大木先生、あなただよ。あなたは、弁護士でありあの男の友人でもある。その関係は再生できない。天が私にくれた、もう一つの恵みだと思っている』

その瞬間、私は思わず、『へえ、そうだったんですか』と、間の抜けた合いの手を入れてしまいました。

『房恵のことを頼むなんてあの男に言えば、あの男のことだ、彼女を南川丈太郎の分身として特別扱いする。それでは、なんのためにあの男に彼女を委ねるのかわかりはしない。

わかってるさ、先生。房恵があの男の近くにいれば、男と女だ、なにが起こるかくらいのこと。嫌だよ。こんな歳になっても、身を焦がす思いってものはあるからね。嫉妬ってやつ

は土に戻るまでこの身から消えない。人間てのは、どうにも手に負えない生き物だ。だがな、先生、彼女がそれを望むってことになったのなら、私はそれを喜んでやりたいという思いも、不思議とあった。自分にできないこと、私が土に還ったのちに、房恵があの男に抱かれて、人生の悦び、愉しさを味わうのなら、そいつは房恵の身に起きたほうがいいことだとすら感じた。もちろん、なんとか自分に言い聞かせたってところもあるがね』

ごめんなさい。同じ弁解になりますが、なんとか南川氏の言ったとおりをあなたに正確にお伝えしたくって、こんなことまで申し上げてしまいました」

房恵は微笑むと、黙って軽く二、三度うなずいて先を続けてくれるよう促した。

大木弁護士は、微笑み返すとテーブルの下でゆっくりと脚を組み直した。

「あなたは、自分が良い漁師になったかと訊かれましたね。

あの男はあなたのことを尊敬している、と言っていたと申し上げました。それがあの男が出した答です」

「でも、あの人はなにも言ってくれなかった。第一、漁師になる訓練だなんて、ひとことも」

「はっはっは」

大木が笑い声をあげた。

「あの男も自分が漁師見習いのコーチになったなんて知らなかったのかもしれませんから、古堂さん、どうか勘弁してやってください」

房恵は、大木弁護士を軽くにらむような表情をつくると、

「では、あの人の友人の弁護士さんのご採点は？」

とたずねた。大木は直ぐに笑いをおさめると元の顔に戻った。

「さあて、それはあなた自身がお決めになることでしょう。私はお手伝いするだけ」

と言ってから、

「そうそう、最後に南川氏は、こんなことも話してくれましたよ。

『先生、相続の話だからな、言っておく。この南川丈太郎という男には、どこにも子どもはいない。生まれつきそういう体なんだそうだ。大昔、女房に医者のところへ連れて行かれたんだ。そのときに宣告されたんだよ』

会社の、ごく些細な事務の話でもするような調子でした。

『おかしなものだ。俺の子どもができたって金をせびった女も何人もいたんだが、どれも嘘だったってことだ。

先生、法律の世界では結婚してる間に女房にできた子どもは亭主の子どもってことになるそうじゃないか。俺の女房はやり方を間違えたのかな。なに食わぬ顔をして妊娠しちまえば

夫婦の子どもってことになって、めでたしめでたしということになったようだからな。なにも、俺が子どものできない体だって本人に知らせてやることもなかったわけだ』

　そうおっしゃって大きな声で笑われると、南川氏は、

『いや、彼女はそんな女性じゃない。悪い冗談だ。あいつは本当に子どもを欲しがっていた。俺にはそいつを叶えてやることができなかった
　仕方がないよ、先生。人生には自分の力ではどうにもならないこともあるのさ。そうじゃないかね？』

　と問いかけるような調子で続けられました。

　余計なことですが、そのときの南川氏の表情が余りに印象的だったので申し上げさせてください。私は南川氏が、なんというか無遠慮に私の体を眺めまわしていると感じたのです。

（お前には子種がありそうだな、若いの。どうだ、まだ行けるか？）

　南川氏の目が嫉妬で黒紫色に輝いているように見えたのです。その目の色を見て私には南川氏の思いが痛いほどわかりました。彼は、生命（いのち）は失われて初めて何だったのかが分かるものだと言って歯軋りしていたのです。なんとも答えようのない問いに、私は柄にもなく曖昧な声を出してその場を済ませたと思います。

　何回かのミーティングを繰り返して、私は南川氏の依頼どおり、あの男があなたをフォス

ターするのを傍らで見守り、いつか必要が生じたときには古堂房恵さん、あなたのために私なりに取り計らうことを承諾しました。

こういうことです。以上ですべてです。真実を話せと言われたので遠慮なく申し上げました。南川氏の遺志をまっとうするためでもあります。あの男のためでもあります。失礼なことも申し上げましたが、どうかお許しください」

大木弁護士は座ったまま深々と頭を下げた。房恵は、

「失礼だなんて。私がお願いしたことです」

と言ってから、

「でも、先生、南川には元麻布の奥様が」

そう問いかけた。

大木弁護士はあいかわらず淀みがなかった。

「南川氏には南川氏なりの心の整理があったのです。もちろん、身勝手なという非難は覚悟の上です。南川氏は体中からエネルギーが迸り出ていた。私には、南川氏というのは、そういう自分でも制御できない自分自身について、何とも独特な意味で倫理的な方だったという気がしてなりません。

元麻布の奥様について南川氏は、限定的ではあったにもせよ、それなりに誠実であろうと

したのです。大正が昭和に替わるころに生まれた一対の男女だから可能だったことです。それに、南川氏は子どものできない方でしたから、元麻布の奥様もその点だけは安心していらしたようですしね。

男と女のことは、二人だけの間はどんなことがあってもいいのです。世間が知らない間はいい。しかし、時間が経てばその二人の間には新しい生命が誕生するものです。すると、どうにも抜き差しができなくなる。南川氏はそれを免れていました」

「ええ、南川は私にそう言って謝ったことがあるんですよ。私自身のことでもあるのに、変な人」

「そうだったのですか。

お話しした鶏鳴社というのは、もともと南川氏の義父、つまり元麻布の奥様のお父さんに当たる方が作った会社なのです。丑年の方だったから鶏鳴の時、丑の刻にこだわりがあって、それで鶏鳴社と名づけたのだそうです。内外海行の株を持つための財産管理会社と言っていい。

南川氏が結婚する時に、義理のお父さんがそういう仕組みにすると一方的に娘婿である南川氏に宣言されたんだそうです。

『会社には社員がいる、取引先がある。ここまでの規模になった会社は、もはや俺の私物じゃない。娘には他のものをたっぷり遺しておくから、君はなにも心配せんでいい。鶏鳴社については、娘の名義だが、実質は君のものだ。娘は、なんでも君の言うことを聞く。心おきなく会社のために働いてくれ。そして、君の眼鏡にかなった人物を後継者にしてくれ。会社は、個人と違って、永遠の生命を生きるのが定めだ』

そうおっしゃったそうです。これは、私が南川氏から直接聞いた話です。

いいお言葉です」

「先生は元麻布の奥様にお会いになったのですか」

「はい、あの男が亡くなってからも。私がお会いすると、奥様はいつも、『会社は私とは関係がないの。父は私に、会社は南川のものだと申しておりましたから。私は名前だけ。いつも、なんでも、そうなの。どうしてなのか、自分ではわからない。でも、名前が必要だっていうことは、中身がほんの少しはあるってことでしょう。つまり、私でもなにか世の中のお役に立っているということ。

それでいいのかってお訊きになりたいみたいですね。

私は昭和四年、一九二九年に生まれた女です。それが答です。

平成に変わってからは、もし平成四年にこの世に生を受けていたら、と思うこともありましたけれど、でも、そんなこと、自分では選べないですものね。

私たちに子どもでもあれば、あんな南川でも『幸せな家庭』を二人で築こうなんて思ってくれて、私の一生はきっと違ったものになったのでしょうけれど。でも南川は子どものできない体。その南川が私の夫。私にはどうしようもないこと。あのとき、私はそれでいいと思うことに決めたのです』

そうおっしゃっていました。

私が南川氏に相談されていたと申し上げると、

『南川らしい。

南川は、毎晩元麻布に帰っていたんですよ。律儀なつもりだったのかしら。自分勝手な話。古い男の論理。でも、南川というのはそういう人。

玄関の扉を開ける音と閉める音が続けてして、忍ばせた足音が二階に上っていくと南川の寝室でしばらく物音がしているのよ。私、毎晩、南川が寝入ってしまうまで耳を澄ましていましたの。

だから興津に行ってしまったときには、もう葬式を挙げようかしらなんて考えたのよ。

そしたら三年で戻ってきて、また行ってしまって。

忙しいお爺さん。でも、先生はよくわかっていらっしゃいますよね。会社人間のあの人には、私から逃げられない理由があったこと』

今回のお話をしましたら、すっと庭の池に目をやられて、

『こんどは女性なの。そう、昭和三十六年に生まれた方なの。お若いのね、うらやましい』

と言われました」

「でも美津江は？」

房恵がつぶやくように問いかけると、大木弁護士は、

「ああ、あの男の配偶者という立場の方ですね。

内外の株については利害関係がありません。あの株は、結局のところ、あの男の相続財産には含まれていないのです。私が信託を利用して仕組みを考えておきましたから」

と屈託のない声で答えた。

房恵が理解できないという顔をすると、大木弁護士は、

「あの男とあの男の妻子との間のことは会社の株には関係ありません。そのように組み立てておくことが南川氏の依頼でしたから。あの男は一番町のマンションを稼ぎだし、それと貯金、有価証券、香典、それにこれから出るはずの退職金を妻と子に遺しました。もっとも、前の奥さんとの間に子どもが二人います。でも、それは遺言状さえあれば何とかなる範囲のことです。

ふつうに成功したサラリーマン経営者がそれなりの財産を家族に遺す。平和でとても豊か

な風景です。

外からはそう見えるということですがね。でも、あの男自身には別の風景が見えていたのではないでしょうか。

私には、あの男は自分で自分を処罰したかったのではないのかという疑問が消えないのです。もしそうなら、あいつらしい気がします。高校生のころから少しも変わっていません。

だから、自分の思うとおりにした。ご存知のとおりです。

いや、あなたこそ大変だった。お察しします」

そう付け加えた。

「自分を処罰？　どうして？」

「あの男なりに、妻を裏切っていた自分を許せなかったのでしょう。二度目です。だから、妻にはいつも良い夫であろうとしていた。子どももいる。良きビジネスマンであり、良き家庭人でなくてはという、一種強迫観念（オブセッション）のようなものがあったのでしょう。それが世間の期待でもある。だから、自分にそれを課さずにおれない。

あの男はその役を演じ切っていた。いや、そのうち自分でもそれを信じてしまっていたのかな。でも、自ずと心は別のところに向かわずにはいられなかった。そんな自分の姿が見えてしまう男だから、心のどこかで、自分がどうしても許せなかったのでしょう」

「私のせい？」

「とんでもありません。

これは私の勝手な想像です。

あの男は、すべてを自分の胸のなかに収めていましたから。だから心臓に来たのかもしれません。そういう男だった。

あの男のことなら、私などよりあなたのほうがよくおわかりのことです。これはとんだ失礼を申し上げてしまいました。どうかお許しください」

そこまでを言い終わると、大木はテーブルの上のファイルを閉じた。房恵はもっとあの男の話を聞きたいような気もしたが、十分に聞かせてもらったという満足感もあった。

別れ際、エレベーターのドアが閉まる直前、大木はエレベーター・ボックスの中の房恵に向かって、

「会社は、卑弥呼が死んでしまった直後の邪馬台国みたいな状態のようですね。

あの時には、男どもが争って国が治まらなかったから、国中の民が困り果ててしまった。それで、壱与という名の女性を後継にしたのでした。そしたら、嘘のように静かになって、人々は以前どおり一生懸命働き始めた。

そうじゃありませんでしたっけ？」

と謎かけのような言葉を発した。

房恵は、大木の事務所からの帰り道、広尾に寄ってみた。バブルの前に建った建物群が、どれもしっかりと存在していた。槇文彦という名の建築家が設計したのだと、南川が教えてくれた建物だった。

その隣に、擦りガラスのファサードが一面をおおった瀟洒なビルができていた。洗練された都会の雰囲気が形となって辺りに漂っている。横河健という建築家の作品だった。

〝HIROO COMPLEX〟と壁に英文で名前が描かれていた。

どうしてなのか、心惹かれずにおれない。「わたし、都会と溶け合ってる」という感覚が房恵の心にそっとからみつく。

ガラスと建物との間の薄い空間に、長い階段が一階から四階まで斜めに張りつけられている。途中、ところどころ四角くガラスが抜けていて、建物の窓越しに室内が直接のぞいていた。ジムなのか、トレーニング・ウエアを着た男女が何人もランニング・マシーンの上を走っている。コンプレックスと名づけられているとおり、右と左、二つの建物で一揃いのようで、その真ん中に、都会の迷路（ラビリンス）に誘い込みでもするように、別の階段の入り口が奥に向かって大きな口を開けていた。

一階の歩道沿いに〝t. et café〟という明るい入り口のお店があった。小人のウェイターの人形が手招きしている。この隣のtenerita Maisonという店であの男とおそろいのバスローブを買ったのだ。つい、昨日のような気がした。あのバスローブも、あの男が使ったときのまま畳まれて、今では暗い引き出しの中でひっそりと息をひそめている。

窓際の、木の椅子に座ってみる。

あれは大学を出る前だから昭和五十七年、一九八二年のこと。

（自分で足の爪紅く塗って、外からよく見えるようにピンクのサンダルはいて。二十一歳の房恵ちゃん）

カプチーノを頼んだ。ケーキは頼みたくなかった。あの男は、房恵といっしょの時には、ほとんどケーキを口にしなかったのだ。

（私には、南川が言ったように、

『この組織を、俺がしたようにまとめ、引っ張り、騙したりすかしたりして、継続させてゆくこと』なんて、できっこない。

南川はこうも言っていた。

『あいつが嘘を言っているとき、あいつ自身は、真実を本気で語りかけているつもりなのだ。本心から、だ』

私もそうなの？　じゃあ、私はあの二人の男たちと同じように、化け物っていうこと？）

運ばれてきたカプチーノにほんの少し砂糖を入れ、スプーンでゆっくりとかき回す。取っ手のないカップを両方の手の平で挟むと、温かさがじんわりと伝わってきた。

（それなら、それでいい。

世間が、南川やあの男と私のことをどう思っていたって、私は私。

あ、これが本気で嘘を言っている、言うことができる能力ということ？

そうなの？）

房恵は、両手の甲をそろえて木のテーブルの上にそっと置いてみた。皺が刻まれ始めている。いずれ、あのクラウディアというミラノの女性のように、かさかさに乾いて干からびた皮膚の上に青黒い血管が浮かび上がるはずの手だった。

突然、南川の声が聞こえた。

「房恵、お前も若いだけの女ではない。わかるはずだ。人は、自分の運命を変えることなぞ決してできはしない。

お前は、あの男に出逢って、翻弄される。だが、それがお前の役回りだとすれば？　それがお前の、生まれる前から定まっていた運命だとすれば？　どうだ？」

南川の声は、まるで目の前で話してでもいるように生々しく房恵の耳の中で響いた。

「その運命ってやつを、正面から引き受けてみては？　お前は世の中の形をほんの少し変えることができる。お前は、自分の人生に、手で触れてそれとわかるような本物の感触を持つことができる。こいつは、誰にも起きることじゃあない。神様に選ばれた人間の、一種なんというか、特権のようなものだ」

房恵は学生の時に習った calling という言葉を、あの男の使っていたのと同じシャープペンシルを使って紙ナプキンに書きとめた。

（ミッション系の女子大だったから、背の高い、青い目をした中年の神父さんが、「calling というのは天命という意味です。職業という意味でもあります。どちらも、天にまします神様のお召しなのです」と教えてくれた。

どうして、今、そんな言葉を思い出したのかしら？

南川と出逢って、南川に言われたとおり、あの人のところへ行った。あの人といっしょにいた。それは私が選んだこと？　私の運命？　私の人生は、こうなるためにあったの？じゃあ、父親を放り出す悪い娘だっていうことも、生まれる前から決まっていたことなの？）

房恵は、社長を誰にするのか決めなくてはならなかった。自分がなるよりも、南川があの男を選んで任せたように、誰かに委ねるのが賢いように思われた。

では、あの男なら誰にするのだろうかと考えた。ふと、満田を思いついた。片岡の会社で事件があった直後、あの男が満田に向かって、「オマエの人生の時の時だ。器量が試される。つまり、オマエがなにものだったかの人生の総決算になる」と言っていたのを思い出したのだ。あのとき満田は、あの男に言われたとおり、見事に事態を収拾した。

あの事件のとき、あの男は、「会社は働く人間が人生の喜びを感じるためにあるんだ」と房恵に説き聞かせてくれた。房恵は、満田なら試してみる価値があるような気がした。ダメならば取り替えればいい。

大木のアドバイスで満田にCOOというナンバー・ツーのタイトルを与え、そのすぐ下に、片岡を呼び戻して副社長として置いておくことにした。どちらにも取締役の席を与えることにした。大木弁護士は、房恵自身は代表取締役会長になるように勧めてくれた。だが、ナンバーワンであることを示すCEOのタイトルは房恵が持っているべきだと言った。そのとおりにした。

「先生が社外取締役を続けてくれなくては困ります」

大木に念を押した。大木は、ニコニコと微笑んで抱きしめでもするように何度もうなずいてくれた。

臨時株主総会が開かれた。簡単な儀式だった。

だれが支配者なのか、もう誰の目にも明らかだった。支配者の視点から見れば、どれもこれも試用期間中ということでしかない。内外海行の取締役の任期は一年でしかないのだ。あの男が南川のいる間にそう決めたのだ。臨時の株主総会で選ばれたものの命は次の定時株主総会までの任期だからもっと短い。

総会の会場から会社に戻ると、あの男の部屋に入った。新しい会長室だった。

伊野久美が緑茶を淹れて、ささげるようにして持ってきてくれた。目で礼をいうと一口だけ飲んだ。教えたとおり、ちゃんと飲みやすい温度にしてあった。

ふと思い立ってトイレに行った。入り口近くにある洗面台の前で、顔馴染みの掃除の女性が声をかけてくれた。いつも挨拶を交わす仲の、紅い口紅が印象的な、機敏な身動きの中年女性だ。

「おめでとうございます。

私、古堂さんがいつかこうなられるんじゃないかと思ってました。

古堂さんだけです。他の人が使って汚れたままにして出て行ってしまったトイレなのに、黙ってご自分で掃除して使ってくださった。そんな人、いません。

ここは、男の人が決して見ることがない場所。だから、女性の心がそのままむき出しになるところ。露出せずにはいないところ。

私らには声もかけないで、ロボットとでもすれ違うように個室に入って、出て行く女性。何度注意しても、歯ブラシや化粧用のポーチを置いたままにする女性。洗面用のシンクに長い髪の毛を何本もべったりと残したままで平気な女性。

だから、私は古堂さんのこと、誰よりもわかっているつもりでした。

古堂さんが会長さんになれば、この会社はきっと良くなります。

私の予感て、当たるんですよ」

房恵は、そう言われて不安になった。

(本当に私はそういう人間？　そのうち変わってしまわない？　嘘を真実のように見せかけているだけの人間ではないの？)

廊下に出ると、すれ違う人々が次々に祝いの言葉を投げかけてくれた。

廊下の一番奥からは、あの男の声がした。

「僕はいずれ消える。

僕が消えても、君は残る。残った君は、ときどき僕のことを思い出してくれる。だから、君が生きているかぎり、僕も生きている」

そのすぐ上の天井近くには、南川の微笑があった。

「社長次第で会社は天と地の違いがある。会社のすべてが社長によって良くもなれば悪くもなる」

社長を選んだのは房恵だった。取り替えるのも房恵だった。

(ああ、これが生まれる前から決まっていた私の運命。calling。

それなら、私はそれを引き受ける。なぜなら、それこそが私が望んでいるもの、この手に握りしめたいものだから)

房恵は自分にそう言い聞かせながら、声をかけてくれた人々に次々と微笑みを返していった。

あとがき

「世の中は所詮男と女だよ」

　或る老大家にそう言われたことがあった。そのとおりかもしれないと思いつつも、やはり世の中は個人と組織でできていると私なりに考えてきた。つまり性よりも会社が大事だと。この小説を書き始めたときもそうだった。

　しかし、できあがってみれば個人と組織について書いたつもりが、「所詮男と女」になってしまったかもしれない。「男女小説は、書き込んでいけば、良俗的なきれいごとだけではすまなくなる」（渡辺淳一）という。ほんの少しでもそうなっているとすれば、書いているあいだじゅう私の頭の中に住んでいたあのビジネスマンも、巨大な墓石の下で喜んでくれているだろう。

「僕は女性に優し過ぎたのだと思っていた。でも実は反対だったのかもしれない」

　亡くなられる直前にそう言われたことがあった。創業者として巨大組織に君臨し、この世の果実をすべて味わい尽くした人生の最後の言葉だった。私は弁護士として知り合い、組織のために働き、たくさんのことを教えられた。

或る時、「個人的なことなのだがね、相談に乗って欲しいんだ」と言われた。私はそのときの彼の表情を今でも鮮明に覚えている。人生の難問に困りきったという、それまでに決して見せたことのない顔だったのだ。

誰に対しても誠実な方だった。倫理的に生まれた方だった。だから、弁護士としては大いにやりがいのある仕事だったと言ったら、大声で笑われるに違いない。亡くなられた後、彼の遺言を執行するために何人もの女性に会った。どの女性も老齢で、彼との日々を人生の宝石箱に納めていた。

もう何年も前のことになる。私は若く、与えられた仕事を夢中で果たした。

彼はモデルではない。私は現実を小説に書くことはしない。私の職業に課された義務である。例外はない。あの方の件は、組織が男と女に絡むとどんなことが起きるのかの経験だった。だから執筆中、彼の顔を思い浮かべることが度々あったというだけである。

日経ビジネスオンラインに連載していただいたのだが、その後ずいぶん手を入れた。その過程で飯村かおり編集長や出版局の黒沢正俊氏を始めたくさんの方々にお世話になった。改めてお礼を申し上げたい。今回、私は自分の小説の書き方が変わったと感じている。

文庫版あとがき

こんなことがあった。

連載の最終回直前、年末に飯村かおり編集長にお会いした。別れ際に、「房恵さんのこと、よろしくお願いしますね」と言われた。そのとき私の胸中には、独り奈良に去って行った房恵がいた。遠く離れた東京では、「あの男」が何もかも放り捨てて房恵を追いかけてゆこうとしていた。

正月休み、房恵と夜ごとパソコン越しに濃密な対話をしていると、私に向かって彼女がきっぱりと言った。

「そんな結末、私はいやです」

私は彼女の望むままに書き継いだ。だから彼女は自分の力で自分の人生を摑みとったのである。

漱石の『夢十夜』のなかにこんな話がある。運慶が仁王像を彫る話である。

「なに、あれは眉や鼻を鑿(のみ)で作るんじゃない。あの通りの眉や鼻が木の中に埋っているのを、鑿と槌(つち)の力で掘り出すまでだ」

私の古堂房恵も木のなかにいたらしい。私は彼女を、かぐや姫のようにそのまま取り出しただけのことなのだ。

解　説

稲垣博司

　小説家としても着実にキャリアを築き上げている、本業は弁護士である作者と、私はこれまでに大きく分けて三回のビジネス上の出会いがあった。

　一回目は、約十六年前。自分が某外資系企業（百パーセント外資の会社で、その会社は業容上、売上高宣伝費比率が元々高い業種だったが、かといって、化粧品会社とか、製薬会社程ではない）に在任中のある年、年間宣伝予算を大幅に超過させてしまった。この経営上の大ミスの時、当時その会社のＣＥＯで会長でもあった私と、社内のＣＦＯを飛び越えて、海外の本社から原因追及の任を作者は受けた。弁護士事務所のボスとしての出会いだった。信頼するＣＯＯである部下の判断の甘さと、それを結果的には容認してしまった私の全面的なミスだった。

本社が懸念したのは、宣伝費の大幅オーバー分が何に使われたのか。そこに横領があったのではないかとの嫌疑の調査だったが、弁護士チームの調査で単純な管理ミスと分かり、処分は軽微で済んだ。しかし、その時、事情をじっくり聴取された際の弁護士の目、表情。

検事出身の強面の弁護士のイメージですっかり気圧されていた私だが、優しく柔和な目と口元で「さあ、何があったのですか？　全部話して下さい」との彼の第一声に、ほっとした。とはいえ、もう全て知っていますよとの表情と、眼球の奥深くに宿る輝きに、何故か吸い込まれてしまった感情を想い出す。

二回目は、ある会社の経営権を巡って相手側の弁護士として活躍した作者の揺るぎのない戦略、戦術をたまたまオブザーバーとして見聞した時。

三回目は、自分の縁戚が経営者の一翼を担う会社で、厳しい戦い方の指導を受けた。この時、私は会社の経営の根幹に係る依頼をするクライアントとして作者（弁護士）と対峙した。

そんな彼が上梓した、この得難い小説を読んで先ず浮かんだのは、作者が何を我々読者に伝えたいと想って書いたのか、それを知りたい、整理したい、憶測出来るものならば憶測したいという点だ。

文中にも表現されている森鷗外をはじめとした、いわゆる二足のわらじを履いていると称せられる小説家たちの、他のそれ一筋の職業作家とは違う作品意図があるとすれば、それを突き止めたいと強く想った。作中人物に、ある程度自分の分身とおぼしき弁護士を登場させて、重要な役割を担わせる意図からも、作者の、自分の職業を通じて考えている、男と女、仕事、男の息づまる企業との関わり合い、その葛藤を通じて浮かび上がる企業人として血の滴る生臭さや、あり方をろ過してロジックとして定理にまで昇華させなければならない弁護士という立場〜安全弁としての要素を持たせながら、収斂させてストーリーを展開させる手法に、一種の凄味さえも感じさせられてしまう。

そう感じるのは、仕事を通じて作者とある程度面識があり、その仕事の進め方にまさに畏敬の念しか持ち得ない、自分のような経験を持つ読者達だけなのか、一般の読者もそうなのかは分からない。

深夜の書斎（作者最新のエッセイのタイトル）で、極端に限られた作家としての持ち時間の中から、どうやって作品が紡ぎ出されるのか。そして、その頭脳構造はどんな風なのか、大変興味深い対象でもある。

あとがきで作者も記しているように、登場人物に特別のモデルはないと思う。しかし、「あの男」「南川」二人の人物の考え方や生きざま、フィロソフィーのモデルは複数人存在する、もしくは存在していたのではないか。

なぜなら、経営者のはしくれだった自分にも、二人の考え方は、企業人経営者、経営の継続性という観点からも、理想型の一つとして、実在の人物にも充分散見されると想うからだ。しかし、個人企業ならともかく、ブランドを扱う商社で、年商二千億円の大企業「内外」であそこまで自分の考えを貫けるモデルは存在しづらいと思う。

問題はもう一人の主人公「房恵」だ。

トップ二代の秘書業務を完璧にこなし、プラス愛人としても仕えた女性が、後継者、CEO（筆頭株主の有資格者だとはいえ）に就任する。こんな前例があるものなのか、どうか。

女性が後継社長になるケースは、それが大企業の場合、日本ではまだ極めて珍しいが。現実、アメリカでは、単純作業のアルバイトだった女性が巨大企業のCEOを務めているケースもある。でも彼女とて、ライン業務の経験を充分積んだ上での結果である。

これまでの実社会での弁護士と作者のつながり、それも段々と核心に迫る関係の中で、強く感じたのは、作者の「法」の帷子（かたびら）をつけた時の悪魔のような俊敏さと、そうでない時の善良な常識人として協力的に振る舞おうとする態度、それは天使のようとでも言ったら言い過ぎか。

でも、その後者の振る舞いの中で、たとえ雑談中でも一度たりとも出てこない女性に関する話。これが私には謎めいていたが、作者の既刊の小説を数冊読む機会があり、それぞれ女性の登場人物の描き方の巧みさ、そしてむしろフェミニストのように、女性の持つ本能的な悪さをあえて避けて表現する優しさを発見して、ああ、作者は朴念仁の類ではないなとほっとしたのも事実。

プライベートでの行動は、全くうかがえないが、これまでの作者の小説に登場した女性の究極のパターンともいえるのが、主人公の一人「房恵」の存在だろう。

まるで推理小説を想わせるタイトル（このタイトルはマーケティング的に考えると秀逸である）からも推察されるように、ストーリー展開は読者の予測を次々と裏切る。

その流れの中で、まるで司馬遼太郎の歴史小説に見られるような、作者なりの人生の考え方、幸福論、仕事論、男女の愛の形、主婦の幸せについての考え方、まさに深夜の書斎で作者が醸成させてきたしん言、人生訓の数々、時には作中の弁護士に発言させている言葉の数々。その的確さに読者はストーンと腑に落ちる。

改めてここに列記する。

・社外取締役をしている弁護士の私には、この場にいる人間たちの運命の糸をたどった先の光景が、ぼんやりとではあっても目に見えるような気がしていた。~人の一生は偶然が決めるのだ。それを必然と呼び運命と呼び替えるかどうかは、その人間の哲学による。

・ブランド・ビジネスは焼畑農業に似ているという者もいる。
・喧嘩は、こぶしの握り方一つで勝ち負けが決まることがある。
・こいつはここまで自分で自分に酔うことができる。なんとまあ、稀有な才能の持ち主だな。
・瞳は歳をとらない。
・思えば、弁護士というのも因果な仕事ということかもしれない。
・それでも、時には手をたたいて喜びたいような目にも遇う。涙を流さずにはおれないこともある。
・人生ってのは、なんだかんだいうけど、結局は暇つぶしってことじゃないのか。
・組織なんて幻だ。聖徳太子じゃないが『虚仮（こけ）』だよ。
・人は人のために生きるものだ。組織なんて得体のしれないもののためには生きられない。
・人は誰でも外見からは想像もできないような悩みを抱えているものなのだ。
・冗談じゃない。社長の一番大事な仕事は、物ごとを決めるってことだ。時間なんか要らん。腹をくくる、そいつができればいい。
・みこし〜実は宙に浮いてるだけなんだ。会社も同じだ。
・人の笑いの表情は歳をとることがない。
・歳をとって、先に希望の光がなくなってくると、人は過去を思い出す。過去は常に美しい、懐かしい。

・私がおそろしいのじゃない。人の心というものがおそろしいものなの。安定にひたりつつ波乱を味わいたがる。

・多分、僕は人生ってものを、この僕自身の人生ってものを愛していないんだ。これほど自分のことは愛しているのに、不思議といえば不思議な話だ。

・ブランドてのは、人の心のなかに住みついている不思議な生き物なんだ。

・だから、少しでも、そのときそのときを楽しく過ごしたいんです。自分も周りの人も、ほんの少しの数の人でもいい、～そういう人たちを私のささやかな力で楽しくしてあげたい。

・男には、走り出したら止まらないのがいる。

・会社なんて、上司にほめられりゃこんな楽しいところはない。

・会社の財産は、働く者の意欲と忠誠心だ。人の心と涙だ。

・いずれにしても先生、人の世で大事なのは魚の獲り方を知っていることだ。

書き出せば、キリがない。

ストーリーの中で、決定的なのは次の言葉だ。

「男と生まれて、尊敬できる女性に出逢うのは人生の幸運の一つだ。愛する女と出逢うよりも、ずっと難しい」

この言葉が、この小説の肝だろう。

登場人物中、「南川」に似たバリバリの経営者、男の中の男というタイプは、全くいないわけではない。

片岡の妻のタイプ。今でも圧倒的多数ではないか。

女性の読者は大いに共感できると思う。「あの男」～どうして名前を伏せて主役として登場させたのか。それは何回も反復して読まないと、よく解せないのでは。

口でも行動でも同じタイプはいるが、いざ自分がボスの全て、愛人をも受け継ぐというのは戦国時代にもあった話か。

そういえば、「杉良太郎」の名演技、「拝領妻始末」というやや似たストーリーの芝居があったが、多分現実にいるのかもしれない。全く同じではないにしても。

彼らの行動は死ぬまで変わらなかったが、一般的には入口は同じでも、途中から心変わりするのが人間なのでは……。

読者はこの小説のタイトルからしても、最後には「あの男」の正体が違う形で露見してしまうと予想したのでは。

その分、いつ心変わりがあるかとドキドキしながら最終まで読んでほっとする。作者はそこまで計算して書いているのか。そうではなさそうでもあり、結果そうだったのか、そこら辺はわからない。

問題は「房恵」だ。

彼女の正体が全部書かれているようでいて、何故か全部表現されていないという読後感が残る。

よく世間ではいう、犬は飼い主に付くけれど猫は家に付くと。じゃあ彼女は猫なのか。実は彼女こそ経営者の秘書というパーソナルな仕事をまっとうした、深い意味での組織人だったのではと考えさせられる。

彼女が「南川」から、「あの男」を経由して会社の株式を相続した時、なぜ株式はともかく、ＣＥＯの職を受けたのか。

現業での勤務経験がなくても偉大な二人の経営者の秘書という立場、それも肉体関係付きを何年も続けると、経営術のテクニックに関しては素人でも、哲学としての経営は十二分にマスターしていると、弁護士から指摘され、自分でもそれに気づいたのだろうか。

この結末に、作者の高度なロジックと、単純な、本能的な匂いを感じてしまう。

そう、作者自身が経営経験のない彼女でも充分にＣＥＯ候補であると感じ、彼女は機会を得たのだ。

世間や取引先、社員がなんといおうと断固彼女なら、充分会社を益々発展させられると考えているから、この結論を導いたと考えられる。
この考え方の作者を単に一言で片付けられないと思う。フェミニストと云って。

――エイベックス・ミュージック・クリエイティヴ株式会社　シニア・アドバイザー

この作品は二〇一四年九月日経ＢＰ社より刊行されたものです。

あの男(おとこ)の正体(ハラワタ)

牛島信(うしじましん)

平成28年10月10日　初版発行

発行人――石原正康
編集人――袖山満一子
発行所――株式会社幻冬舎
〒151-0051東京都渋谷区千駄ヶ谷4-9-7
電話　03(5411)6222(営業)
　　　03(5411)6211(編集)
振替00120-8-767643
印刷・製本―中央精版印刷株式会社
装丁者――高橋雅之

幻冬舎文庫

ISBN978-4-344-42528-6　C0193　う-2-8

幻冬舎ホームページアドレス　http://www.gentosha.co.jp/
この本に関するご意見・ご感想をメールでお寄せいただく場合は、
comment@gentosha.co.jpまで。